가장 파란 눈

세계문학전집
249

Toni Morrison : The Bluest Eye

가장 파란 눈

토니 모리슨 장편소설

정소영 옮김

문학동네

일러두기

1. 번역 대본으로는 *The Bluest Eye*(Toni Morrison, Vintage, 2007)를 사용했다.
2. 주석은 모두 옮긴이주다.
3. 원서의 이탤릭체는 고딕체로, 대문자는 굵은 고딕체로 표시했으며, 첫 글자만 대문자로 강조된 부분은 방점으로 표시했다.

내게 생명을 준 두 사람과

나를 자유롭게 해준 한 사람에게

서문

일시적으로든 지속적으로든, 누군가 자신을 싫어하거나 거부했을 때 어떤 기분이 드는지 모르는 사람은 분명 없을 것이다. 고작 무관심이나 가벼운 짜증 정도의 기분일 수도 있지만 그것 역시 상처가 될 것이다. 우리 중에는 실제로 미움을 받는 일이 어떤 건지 아는 사람도 있을지 모른다. 그것도 본인은 어떻게 해볼 수도, 바꿀 수도 없는 면 때문에. 이런 일이 벌어질 때 그 미움이나 증오가 정당하지 않다는 사실을, 당신이 그런 대우를 받을 까닭이 없다는 사실을 깨닫는다면 얼마간 위로가 된다. 그리고 가족이나 친구가 정서적으로 힘이 되어주고 지지해준다면 피해는 덜해지거나 사라진다. 인간으로 살아가다보면 겪게 되는 (심각하든 심각하지 않든) 스트레스로 여기게 된다.

『가장 파란 눈』을 쓰기 시작했을 때 내 관심은 그보다는 다른 것에 있었다. 남들의 멸시에 대한 저항이나 그것을 피하는 방법이 아니라, 배척을 정당하고 자명한 것으로 받아들였을 때 초래되는 훨씬 더 비극적이고 파괴적인 결과에 관심이 있었다. 나는 지독한 자기비하의 피해자가 결국 위험하고 난폭한 성향이 되어, 자신을 거듭거듭 욕보이게 될 적敵을 재생산한다는 사실을 깨달았다. 또다른 부류는 자기 정체성을 포기하고, 자신들에게 부족한 강한 자아상을 건네주는 구조 속으로 녹아들어간다. 대부분은 그것을 극복하고 성장하지만 말없이, 이름도 없이, 그것을 표현하거나 인정할 목소리도 없이 붕괴하는 사람도 있다. 그들은 눈에 띄지 않는다. 자아를 일으켜세울 '두 다리'를 가지기 이전의 아이들에게 자존감의 종말은 금방, 쉽게 일어날 수 있다. 무관심한 부모와 무시하는 어른, 자체의 언어와 법과 이미지로 절망을 강화하는 세상에 어린 나이라는 취약성이 더해지면 파멸로 이르는 길은 확정적이다.

그래서 내 첫 책인 이 소설은 어린 나이나 성별이나 인종으로 인해 해로운 외부 영향력에 가장 저항하기 힘들 법한 인물의 삶으로 들어가려는 기획이었다. 심리적 살인이라는 암울한 서사로 시작하고 나니, 주인공의 수동성에서 서사의 공백이 초래되어 주인공 혼자로는 지탱할 수가 없었다. 그래서 주인공의 곤경을 이해하고 공감까지 보낼 수 있는, 하지만 든든한 부모와 왕성한 혈기라는 이점을 지닌 친구들과 급우들을 만들어냈다. 그들도 무력하긴 마찬가지라 친구를 세상에서 구해내지는 못했고, 주인공은 망가져버렸다.

이 소설의 첫 구상은 어릴 적 친구와 나눴던 대화에서 나왔다. 막 초등학교에 입학한 무렵이었다. 친구는 자기 눈이 파란색이면 좋겠다고 했다. 나는 파란 눈을 가진 친구의 모습을 떠올리면서 그 바람이 이루어진다면 어떤 모습일지 상상했고, 그러자 반감이 일었다. 슬픔이 담긴 친구의 목소리가 동정을 바라는 투라서 동정을 꾸며 보이긴 했다. 하지만 실제로는 친구가 그런 훼손을 원한다는 사실에 깜짝 놀라서 그 애에게 '화가 치밀었다'.

그때까지 난 예쁜 사람, 사랑스러운 사람, 멋진 사람, 추한 사람을 보며 살아왔다. 그리고 '아름답다'라는 단어를 당연히 사용하기도 했겠지만 그것이 얼마나 충격적인지는 경험해보지 못했다. 그 충격의 강도는 아무도 그것을 인식하지 못한다는 사실, 그것을 소유한 사람조차, 아니 본인이라 특히 인식하지 못한다는 사실과 맞먹었다.

내가 그때 살펴보았던 그 얼굴만의 문제는 분명 아니었을 것이다. 그날 이른 오후 거리에 깃든 적막, 빛, 그 고백을 듣던 순간의 분위기도 작용했을 것이다. 어쨌든 그때가 내가 아름다움을 처음으로 알게 된 순간이었다. 나 혼자 상상해왔던 아름다움을. 아름다움은 그저 눈으로 바라보는 것이 아니었다. 그것은 본인이 실행할 수 있는 어떤 것이었다.

『가장 파란 눈』은 그런 문제를 두고 무슨 말이라도 하고자 했던 시도다. 그애는 어째서 자신이 소유한 것을 체험하지 못했는지, 혹은 영원히 체험하지 못할 것인지에 대해서. 또한 그애는 어째서 그렇게 근본적인 변화를 원했는지에 대해서. 그애의 욕망에는 인종적 자기혐오가 내포되어 있었다. 이후 스무 해가 지났지만 그런 것이 어떻게 습득되는지 여전히 잘 모르겠다. 누가 그런 말을 했을까? 자기 본연의 모습보다 괴물이 되는 편이 낫다는 생각을 누가 그애에게 심어주었을까?

그애를 보며 모자란다고, 아름다움의 저울에 올려보니 너무 빈약하다고 여긴 이는 누구였을까? 이 소설은 그애를 단죄하는 시선을 쪼아 없앤다.

1960년대에 인종적 아름다움을 회복하자는 운동이 이런 생각을 불러일으켜, 나는 그런 주장의 필요성을 생각해보게 되었다. 남들에게 매도당할지언정, 공동체 내에서는 이 아름다움이 왜 당연히 받아들여지지 못했을까? 그것이 존재하기 위해 어째서 광범위한 대중적 발화가 요구되었을까? 그 대답은 금방 자명해졌고 지금도 그러하니, 총명한 질문들은 아니다. 하지만 내가 이 소설을 시작한 1962년과 이것이 한 권의 책을 이루게 된 1965년에는 그렇게 자명하지 않았다. 인종적 아름다움의 주장은 모든 집단에 공통적으로 존재하는 문화적·인종적 약점에 대한 자조적이고 익살스러운 비판에 대한 반발이 아니었다. 그것은 외부 시선에서 유래하는 절대불변의 열등함이라는 가정을 내면화하는 해로운 과정에 대한 반대였다. 따라서 나는 한 인종을 통째로 악마화하는 기괴한 현상이, 아이라는 사회의 가장 연약한 구성원이자 여자라는 가장 취약한 구성원인 인물 속에 어떻게 뿌리박게 되는지에 초점을 맞췄다. 무심한 인종적 멸시로도 초래될 수 있는 인간성의 황폐화를 이야기로 구성하면서 난 전형적이 아니라 독특한 상황을 선택했다. 페콜라의 사례가 지닌 극단성은 평균적인 흑인 가족이나 화자의 가족과 달리 구성원을 무력하게 만드는 무력한 가족에서 기인한다. 페콜라의 삶이 비록 남다르지만 그 취약성의 몇몇 면모는 모든 여자아이 안에 자리잡고 있다는 것이 내 생각이었다. 아이를 말 그대로 산산이 부숴버린 사회와 가정의 폭력성을 탐구하면서 난 일상적이거나 예외적이거나, 무시무시한 배척의 여러 장치를 마련했는데, 그러는 내내 페콜라가 속수무책으로 당하는 악마화 과정에 공모하는 일이 생기지 않도록 무진 애를 썼다. 다시 말해 페콜라를 맹비난하고 그애의 파멸에 기여한 인물들을 비인간적인 인물로 그리고 싶지 않았다.

한 가지 문제는 소설적 탐구에서 그렇게 연약하고 취약한 인물에게 큰 비중을 두면 그런 인물은 아무래도 산산이 부서지기 쉽고, 그러면 독자는 그런 상황을 따져 묻기보다 그 인물을 적당히 동정하고 말 수 있다는 것이었다. 서사를 여러 부분으로 나눠 독자가 재배열하도록 했던 내 해결책은 당시엔 좋은 방안으로 보였는데, 지금 보니 만족스럽게 실행된 것 같지는 않다. 게다가 효과도 없었다. 마음이 움직이기보다 동정심만 보인 독자들이 많았으니까.

또다른 문제는 당연히 언어였다. 멸시하는 시선을 유지하면서 동시에 전복하기란 쉽지 않았다. 이 소설은 인종적 자기멸시라는 쓰린 신경을 타격하고 드러낸 뒤, 그것을 마취제가 아니라 내가 처음으로 아름다움을 경험했을 때 발견한 작용을 모사하는 언어로 진정시키고자 했다. 그 순간은 워낙 인종에 침윤되어 있었기에(내 친구가 원했던, 아주 검은 얼굴의 아주 파란 눈에 내가 느꼈던 반감, 그애가 아름다움에 대한 내 관념에 해를 가했던 일), 난 명백하게 검은 글쓰기를 하려고 고군분투했다. 그것이 정확히 무엇인지는 아직도 잘 모르지만 그럼에도 불구하고, 또한 그것을 찾으려는 노력을 무력화하려는 시도들에도 불구하고 난 여전히 그것을 추구할 것이다.

내 언어 선택(말하는 투의 구어적 대화체), 충분한 이해를 돕기 위해 흑인문화에 뿌리박힌 관례에 의존한 일, 직접적인 공모와 친밀함의 효과를 (거리를 두어 설명하는 구조 없이) 추구했던 일, 그리고 침묵을 깨뜨리면서 동시에 형성하려는 시도는 미국 흑인문화의 복잡성과 풍부함을 문화라는 이름에 값하는 언어로 변형하려는 시도다.

　표현적 언어가 내게 제기했던 문제를 지금 다시 돌아보니, 그것이 여전히 유효하고 끈질기게 지속된다는 사실이 신기하다. '교양 있는' 언어가 인간의 존엄을 떨어뜨린다는 말이 들리고, 문화적 푸닥거리가 문학의 가치를 떨어뜨리는 상황이 눈에 띄고, 효력을 없애는 은유의 호박琥珀 속에 자신이 보존 처리되는 상황을 목격하는 지금, 나의 서사 기획은 그때와 마찬가지로 지금도 어렵다고 말할 수 있겠다.

차례 █

가장 파란 눈

여기 집이 있다. 녹색과 흰색이다. 문은 빨간색이다. 무척 예쁘다. 여기 가족이 있다. 어머니, 아버지, 딕, 제인은 녹색과 흰색의 집에 산다. 아주 행복하다. 제인을 보라. 빨간 원피스를 입고 있다. 놀고 싶다고 한다. 누가 제인과 놀아주지? 고양이를 보라. 야옹야옹 운다. 이리와서 놀아. 이리 와서 제인이랑 놀아. 고양이는 놀아주지 않는다. 어머니를 보라. 무척 상냥하다. 어머니, 제인과 놀아줄래요? 어머니가 웃는다. 웃어요, 어머니, 웃어요. 아버지를 보라. 아버지는 몸집이 크고 힘이 세다. 아버지, 제인과 놀아줄래요? 아버지가 싱긋 웃는다. 싱긋 웃어요, 아버지, 싱긋 웃어요. 강아지를 보라. 멍멍 짖는다. 제인이랑 놀아줄래? 강아지가 뛰는 걸 봐. 뛰어, 멍멍아, 뛰어. 봐, 봐, 여기 친구가 오네. 친구는 제인과 놀아주겠지. 재밌는 놀이를 하겠지. 놀아, 제인,

놀아봐.

여기 집이 있다 녹색과 흰색이다 문은 빨간색이다 무척 예쁘다 여기 가족이 있다 어머니 아버지 딕 제인은 녹색과 흰색의 집에 산다 아주 행복하다 제인을 보라 빨간 원피스를 입고 있다 놀고 싶다고 한다 누가 제인과 놀아주지 고양이를 보라 야옹야옹 운다 이리 와서 놀아 이리 와서 제인이랑 놀아 고양이는 놀아주지 않는다 어머니를 보라 무척 상냥하다 어머니 제인과 놀아줄래요 어머니가 웃는다 웃어요 어머니 웃어요 아버지를 보라 아버지는 몸집이 크고 힘이 세다 아버지 제인과 놀아줄래요 아버지가 싱긋 웃는다 싱긋 웃어요 아버지 싱긋 웃어요 강아지를 보라 멍멍 짖는다 제인이랑 놀아줄래 강아지가 뛰는 걸 봐 뛰어 멍멍아 뛰어 봐 봐 여기 친구가 오네 친구는 제인과 놀아주겠지 재밌는 놀이를 하겠지 놀아 제인 놀아봐

여기집이있다녹색과흰색이다문은빨간색이다무척예쁘다여기가족이있다어머니아버지딕제인은녹색과흰색의집에산다아주행복하다제인을보라빨간원피스를입고있다놀고싶다고한다누가제인과놀아주지고양이를보라야옹야옹운다이리와서놀아이리와서제인이랑놀아고양이는놀아주지않는다어머니를보라무척상냥하다어머니제인과놀아줄래요어머니가웃는다웃어요어머니웃어요아버지를보라아버지는몸집이크고힘이세다아버지제인과놀아줄래요아버지가싱긋웃는다싱긋웃어요아버지싱긋웃어요강아지를보라멍멍짖는다제인이랑놀아줄래강아지가뛰는걸봐뛰어멍멍아뛰어봐봐여기친구가오네친구는제인과놀아주겠지재밌는놀이를하겠지놀아제인놀아봐

다들 쉬쉬했지만 1941년 가을에는 금잔화가 없었다. 당시 우리는 금잔화가 자라지 않은 까닭이 페콜라가 자기 아버지의 애를 가져서라고 생각했다. 조금만 살펴봤다면, 훨씬 덜 우울했다면, 우리 씨앗만 싹을 틔우지 못한 게 아니라는 사실이 분명해졌을 것이다. 누구의 씨앗도 싹이 트지 않았으니까. 그해는 금잔화가 호숫가의 정원에도 보이지 않았다. 하지만 우리는 페콜라가 무사히 건강한 아기를 낳아야 할 텐데, 그 걱정이 태산이라 우리 마법을 거는 일 외에 다른 생각은 할 수 없었다. 씨앗을 심고 거기에 꼭 맞는 주문을 외워주면 꽃이 피고 다 괜찮아지리라는 마법.

한참이 지나서야 언니와 나는 우리 씨앗에서 초록 싹이 나오지 않으리라는 사실을 인정했다. 알고 나니, 상대를 탓하며 비난하고 싸우는 것으로나 우리의 죄책감을 덜 수 있었다. 수년 동안 난 언니 말이 맞는다고, 내 탓이라고 생각했다. 내가 씨앗을 너무 깊숙이 심었다고. 땅 자체가 아무것도 내주지 않을 수도 있다는 생각은 둘 다 하지 못했다. 페콜라의 아버지가 자기 씨를 자기 땅 검은 흙에 뿌린 것처럼 우리도 우리 땅 검은 흙에 우리 씨앗을 뿌렸다. 그의 욕정이나 절망이 그랬듯 우리의 순진함과 믿음 역시 아무것도 생산해내지 못했다. 이제 분명해진 것은 그 모든 희망과 두려움과 욕정과 사랑과 슬픔에서 남은 것이라고는 페콜라와 아무것도 내놓지 않는 땅뿐이라는 사실이다. 촐리 브리드러브는 죽었고 우리의 순진함도 죽어버렸다. 씨앗은 쪼그라들어 죽었고, 페콜라의 아기도 죽었다.

정말이지 더는 할말이 없다. 어째서라는 질문을 빼면. 하지만 어째서란 다루기 영 힘든 문제이니 어떻게에서 피신처를 구해야만 한다.

가을

수녀들은 욕정처럼 조용히 오고가고, 취한 남자들과 취하지 않은 눈들이 그리스호텔 로비에서 노래를 한다. 자기 아버지 카페 위층에 사는 우리 이웃 친구 로즈메리 빌라누치는 1939년식 뷰익에 앉아 버터 바른 빵을 먹고 있다. 그애는 차창을 내리더니 프리다와 내게 우리는 출입이 안 된다고 말한다. 우리는 그 빵이 먹고 싶어 그애를 빤히 바라보는데, 무엇보다 그 눈에서 오만함을 뽑아내고 싶고 우물우물 빵을 씹는 입에서 소유의 자만심을 박살내고 싶다. 차에서 내리기만 하면 흠씬 두들겨패서 그 하얀 피부에 벌건 자국을 만들어줘야지. 그러면 그애는 질질 짜면서 바지를 내려야 하느냐고 묻겠지. 우리는 아니라고 대답할 것이다. 정말 바지를 내린다면 우리 기분이 어떨지, 뭘 어떻게 해야 할지 모르면서도, 그애가 그렇게 물을 때면 뭔가 소중한 것을 주겠다는 것이므로 받지 않겠다고 해야 우리 자부심을 내보일 수 있다는 사실을 우리는 안다.

학기가 시작되었고, 프리다와 나는 새 갈색 스타킹과 간유*를 받았다. 어른들은 피곤하고 낯선 말투로 지크 석탄회사에 대해 떠들고, 저녁이면 우리를 기찻길로 데리고 간다. 그러면 우리는 널려 있는 작은 석탄조각을 주워 마대에 담는다. 나중에 집으로 걸어가면서 뒤를 돌아보면, 시뻘겋게 달아 연기를 피워올리는 광석 찌꺼기를 화차들이 잔뜩 실어다 제철소를 둘러싼 협곡 아래로 내버리는 모습이 보였다. 꺼져가는 불이 칙칙한 오렌지빛으로 하늘을 밝힌다. 주위는 온통 시커먼데 색을 지닌 그 작은 부분을 바라보느라 프리다와 나는 뒤로 처진다. 그러다가 자갈길을 벗어나 들판의 죽은 풀 사이로 발이 푹 빠지기라도 하면 몸서리가 안 날 수가 없다.

우리집은 낡고 춥고 초록색이다. 밤이 되면 등유 램프로 큰 방 하나를 밝힌다. 바퀴벌레와 쥐가 득시글거리는 다른 방들은 어둠 속에서 잔뜩 긴장한다. 어른들은 우리와 대화를 하지 않는다. 지시만 할 뿐. 정보도 주지 않고 명령을 내린다. 어쩌다 발이 걸려 넘어져도 우리를 힐끗 보고 만다. 베이거나 멍이 들면 정신 나갔느냐고 한다. 감기에 걸리기라도 하면, 조심성 없는 태도에 넌덜머리가 난다는 듯 고개를 절레절레 흔든다. 너희가 다 아프면 도대체 일은 누가 하느냐고 묻는다. 우린 뭐라고 대답할 수가 없다. 우리가 아프면 경멸과 역겨운 설사약과 정신이 몽롱해지는 피마자유로 치료한다.

---

* 생선 간에서 추출한 지방유. 구루병 예방 등을 위해 권장하는 식품이었다.

석탄을 주우러 다녀온 다음날, 이미 기관지가 가래로 꽉 찬 채 내가 요란하게 기침을 하자 어머니는 눈살을 찌푸린다. "세상에 맙소사. 침대로 들어가. 머리에 뭘 쓰고 다니라고 도대체 몇 번을 말해야 하니? 이 동네에 너보다 멍청한 애는 없겠다. 프리다, 헝겊조각으로 창문 틈이나 좀 막아."

프리다가 창문 틈을 다시 막는다. 난 죄의식과 자기연민에 젖어 터덜터덜 침대로 간다. 속옷을 입은 채 누우니 검은색 가터의 금속이 다리에 배겨 아프지만 벗을 수가 없다. 스타킹을 벗고 눕기에는 너무 춥기 때문이다. 내가 누운 자리를 체온으로 덥히는 데만도 한참 걸린다. 몸의 윤곽대로 따뜻해지고 나면, 어느 방향으로든 반 인치만 움직여도 너무 차가워서 꼼짝할 수가 없다. 내게 말을 걸거나 좀 어떠냐고 묻는 사람이 아무도 없다. 한두 시간이 지나 어머니가 온다. 어머니의 손은 크고 거칠다. 그 손으로 빅스 연고를 내 가슴에 바르고 문지를 때면 너무 아파 온몸이 뻣뻣해진다. 두 손가락으로 한 번에 듬뿍 연고를 떠내서 정신이 아득해질 때까지 내 가슴을 문지른다. 당장이라도 비명이 튀어나오려고 할 때, 어머니는 검지에 연고를 조금 묻혀 내 입에 넣고는 삼키라고 한다. 뜨거운 수건으로 목과 가슴을 감싼다. 두꺼운 이불을 덮어주고는 땀을 내라고 한다. 금방 땀이 나기 시작한다.

나중에 내가 토하자 어머니가 말한다. "도대체 왜 침대보 위에 토하는 거니? 고개를 침대 밖으로 내밀 정신머리도 없어? 네가 한 짓을 좀 봐. 내가 한가하게 네 토사물이나 치울 사람으로 보여?"

베개를 다 적신 토사물이 침대보까지 흘러내린다. 오렌지색 얼룩이 군데군데 섞인 회녹색 물질. 깨진 날달걀처럼 움직인다. 하나로 끈끈하게 엉겨 분리하기도, 닦아내기도 어려운. 어떻게 저렇게 단정하면서 동시에 역겨울 수가 있지?

어머니가 계속 웅얼거린다. 내게 하는 말이 아니다. 토사물을 보며 말하는데 내 이름인 클로디아라고 부른다. 최대한 닦아낸 뒤, 여전히 젖어 있는 넓은 부분을 빳빳한 수건으로 덮는다. 난 다시 눕는다. 창문 틈에 끼운 헝겊이 떨어져 방안 공기는 차다. 차마 어머니를 다시 부르지는 못하겠고, 따뜻한 침대에서 일어나기도 싫다. 어머니가 화를 내면 난 굴욕감이 든다. 하는 말마다 내 뺨이 거칠게 쓸리는 느낌이라 울음이 터진다. 내가 아니라 내 병 때문에 화를 낸다는 사실을 나는 모른다. 어머니는 병에 '휘둘린' 내 허약함을 경멸한다고 믿는다. 머지않아 난 병에 걸리지 않을 것이다. 내가 그렇게 놔두지 않을 것이다. 하지만 지금은 울음이 터진다. 울면 콧물이 더 많아진다는 걸 알지만 어쩔 수가 없다.

언니가 들어온다. 슬픔이 가득한 눈길로 내게 노래를 불러준다. "줄린 정원 담벼락에 진보라색이 드리우면 누군가 나를 생각하겠지……" 난 자두와 담벼락과 '누군가'를 생각하며 깜빡 잠이 든다.

하지만 정말로 그랬을까? 내가 기억하는 만큼 고통스러웠을까? 약간만 그랬다. 아니, 그보다는 열매를 맺는 생산적 고통이었다. 알레거시럽처럼 걸쭉하고 시커먼 사랑이 깨진 창문 틈새로 슬그머니 들어왔다. 집안 어디서나 그 냄새를 맡을 수 있었다. 맛도 느껴졌다. 톡 쏘는 노루발풀향이 아래에 깔린 달콤하면서도 퀴퀴한 맛과 향. 그것이 내혀와 더불어 성에가 낀 창문에 들러붙었다. 기침 연고와 함께 내 가슴을 덮었고, 자다가 목을 감싼 수건이 벗겨지자 방안 공기가 내 목의 굴곡을 따라 예리하고 선명하게 존재를 드러냈다. 밤에 내가 거칠고 메마른 기침을 내뱉자 소리 없는 발걸음으로 누군가 방을 가로질러 다가와서는 수건을 다시 고정하고 이불을 다시 덮어주고 잠시 내 이마에 손을 얹는다. 그래서 난 가을을 떠올릴 때면 내가 죽지 않기를 바라던 손을 가진 누군가가 떠오른다.

헨리 씨가 왔을 때도 가을이었다. 우리 하숙인. 우리 하숙인. 그 말이 입술에서 풍선처럼 부풀어 우리 머리 위로 떠다녔다. 소리 없이 동떨어진 채, 기분좋게 신비로운 분위기로. 그 사람이 온다는 말을 하면서 어머니는 그렇게 느긋하고 흡족해할 수 없었다.

"그 사람 알잖아." 친구들에게 그렇게 말했다. "헨리 워싱턴. 서틴스 스트리트에서 미스 델라 존스와 함께 살았잖아. 그런데 그 여자가 지금 정신이 너무 오락가락해서 하숙을 계속할 수가 없대. 그래서 다른 거처를 찾고 있더라고."

"아, 맞아." 친구들은 호기심을 숨기지 않는다. "그렇잖아도 거기서 언제까지 지내려나 했는데. 그 여자 상태가 정말 심각하다고 하더라고. 자기 하숙인도 거지반 몰라보고, 달리 알아보는 사람도 없다지."

"뭐, 그런 늙은 미치광이 검둥이와 결혼을 했으니 머리가 온전하겠나."

"그자가 아내를 버리면서 사람들에게 뭐라고 했는지 들었어?"

"아니. 뭐라고 했는데?"

"일리리아에서 왔다는 그 보잘것없는 폐기와 도망쳤다는 거야."

"올드 슬랙 베시의 딸?"

"그래. 그 어린것이 어디가 좋아서 델라처럼 신심 깊고 착한 여자를 버리느냐고 누가 물어봤다지. 델라가 집안 살림을 잘했던 거 알잖아. 그랬더니 그자 말이, 진짜 솔직히 말하자면 델라 존스가 쓰는 그 제비꽃 물을 더는 못 참겠다고 했대. 자기는 여자 냄새가 나는 여자를 원한다고. 델라는 너무 청결하다고."

"늙은 개자식 같으니. 정말 추잡하네!"

"내 말이. 그게 무슨 논리래?"

"논리는 무슨. 그냥 개자식인 남자들이 있잖아."

"그래서 뇌졸중이 온 거야?"

"분명 영향이 있었겠지. 하지만 다들 알다시피 그 집 여자들이 별로 총명하진 않잖아. 히죽거리던 해티 기억나? 나사 하나가 빠진 것 같았잖아. 게다가 이모인 줄리아는 아직도 혼잣말을 하며 식스틴스 스트리트를 오르락내리락한대."

"시설에 들어가지 않았어?"

"아니. 카운티에서 안 데려간대. 아무에게도 해를 입히지 않는다면서."

"나한테 해를 입히는데. 새벽 다섯시 삼십분에 일어났다가 보닛을 쓴 그 할망구가 쓱 지나가는 걸 보면 얼마나 기겁하게 되는지 모를걸. 살려주세요, 그런다고!"

다들 깔깔 웃는다.

프리다와 나는 병조림용 유리병을 씻고 있다. 말소리가 들리지는 않지만, 어른들과 함께 있을 때 우리는 귀를 쫑긋하고 무슨 말들을 하나 신경을 쓴다.

"내가 치매에 걸리면 그렇게 배회하게 내버려두지 않으면 좋겠어. 수치스러워."

"델라는 어떻게 되려나? 다른 가족은 없나?"

"노스캐롤라이나에서 여동생이 와서 돌봐준대. 집을 차지하고 싶어서겠지."

"오, 그러지 마. 들어본 적 없는 사악한 생각이야."

"내기할래? 헨리 워싱턴 말이, 그 여동생은 십오 년 동안 언니를 보러 온 적이 없다고 하더라고."

"난 헨리가 조만간 그 여동생과 결혼하겠구나 생각했는데."

"그 할망구랑?"

"뭐, 헨리도 청춘은 아니잖아."

"그렇긴 하지만 탐욕스럽지도 않지."

"결혼한 적은 있나?"

"없어."

"어쩌다가? 누가 방해라도 했나?"

"그냥 까다로운 거지."

"까다롭기는. 이 동네에 결혼할 만한 사람이 있기나 해?"

"음…… 없지."

"분별력이 있을 뿐이야. 조용히 살아가는 착실한 일꾼이지. 별일 없으면 좋겠어."

"그럴 거야. 얼마나 받아?"

"이 주에 5달러."

"그것만으로도 큰 도움이 되겠네."

"말해 뭐해."

어른들의 대화는 은근히 짓궂은 춤 같다. 소리와 소리가 만나 인사하고 몸을 흔들며 춤을 추다가 물러난다. 다른 소리가 등장하지만 곧 또다른 소리가 무대를 차지한다. 두 소리는 서로 원을 그리며 돌다가 멈춘다. 때로는 말이 소용돌이를 이루며 높이 솟구친다. 또 어떤 때는 요란하게 뜀뛰기를 하다가 그 모두가 젤리로 만든 심장이 고동치듯 훈훈하게 벌떡거리는 웃음소리로 종지부를 찍는다. 그들 감정의 뾰족한 날과 찌르기와 구불거림이 프리다와 나에게는 항상 명료하다. 나는 아홉 살, 언니는 열 살이라 우리는 대화의 뜻을 알지 못하고 알 수도 없다. 그래서 우리는 그들의 얼굴과 손과 발을 주시하고, 음색에 깃든 진실에 귀기울인다.

그래서 토요일 밤 헨리 씨가 왔을 때 우리는 냄새를 맡아보았다. 근사한 냄새가 났다. 나무나 레몬 보습크림처럼. 누나일 머릿기름이나 희미한 센센 구취사탕 냄새처럼.

그는 한가운데가 상냥하게 벌어진 작고 가지런한 치아를 내보이며 자주 미소를 지었다. 어머니는 프리다와 나를 손가락으로 가리키기만 했을 뿐 소개하지는 않았다. 화장실은 여기예요, 옷장은 여기예요, 여기는 내 딸 프리다와 클로디아예요, 이 창문은 조심하세요, 끝까지 다 열리지 않아요, 이런 식으로.

우리는 곁눈질만 했을 뿐 아무 말도 하지 않았고, 그 사람도 말을 걸지 않으려니 했다. 옷장을 향해 그랬듯이 그저 고개만 끄덕이며 우리의 존재를 확인하리라 여겼다. 놀랍게도 그가 우리에게 말을 걸었다.

"안녕. 넌 분명 그레타 가르보이고 너는 진저 로저스겠구나."

우린 키득키득 웃었다. 심지어 아버지도 놀라서 웃음을 지었다.

"1페니 줄까?" 그가 우리에게 반짝이는 동전을 내밀었다. 프리다는 너무 기뻐서 대답도 못하고 고개를 숙였다. 나는 손을 내밀었다. 그가 엄지와 검지를 탁 튕기자 동전은 사라졌다. 소스라치듯 놀란 와중에도 즐거움이 섞여들었다. 양말에 손가락을 넣어보고 외투 안자락을 들춰보기도 하며 그의 온몸을 뒤졌다. 확실한 기대가 행복이라면 우린 행복했다. 그리고 동전이 다시 나타나기를 기다리는 동안 부모님도 우리를 보면서 즐거워한다는 것을 알았다. 아버지는 빙그레 웃고 있었고, 어머니는 부드러운 눈길로 헨리 씨의 몸을 더듬는 우리의 손길을 좇았다.

우리는 그를 사랑했다. 나중에 벌어진 일에도 불구하고 그에 대한 기억에는 씁쓸함이 없었다.

그애는 우리 침대에서 함께 잤다. 프리다는 담대했으므로 바깥쪽에서 잤다. 잠결에 팔이 침대 밖으로 떨어지면 '뭔가'가 침대 아래에서 기어나와 손가락을 물어뜯을지도 모른다는 생각 따위는 전혀 하지 않았다. 나는 그런 생각이 들었기에 벽 쪽에서 잤다. 그래서 페콜라는 우리 사이에서 자야 했다.

이틀 전 어머니는 '특이한 인물'이 올 거라고 말했다. 갈 곳 없는 여자애라고 했다. 카운티 당국은 앞으로 어떻게 할지 결정할 때까지, 더 정확히 말하면 가족이 재결합할 때까지 며칠간 그 아이를 우리집에 맡겼다. 그러니까 싸우지 말고 친절히 대해주라고 했다. 어머니는 "사람들이 갑자기 정신이 어떻게 된 건지" 모르겠는데, 늙은 개 브리드러브가 자기 집에 불을 지르고 아내 머리를 후려쳐서, 결과적으로 모두 나앉게 되었다고 했다.

우리는 나앉는 것이 삶의 진짜 공포임을 알았다. 당시에는 나앉게 될 위험이 수면 위로 떠오르는 일이 잦았다. 도를 넘을 뻔하다가도 그 생각에 다들 멈칫했다. 너무 많이 먹으면 결국 나앉게 될 수 있었다. 석탄을 너무 많이 태워도 나앉게 될 수 있었다. 도박을 하거나 술독에 빠져도 그렇게 될 수 있었다. 때로 어머니가 아들을 나앉게 만들기도 했는데, 그런 일이 벌어지면 그 아들이 무슨 짓을 했건 다들 그를 동정했다. 아무개가 나앉았는데, 그의 피붙이가 그렇게 만들었다는 식으로. 집주인 때문에 나앉는 것은 다른 문제였다. 불행한 일이지만 돈벌이가 자기 의지대로 되지는 않으니 그 또한 자기 의지대로 할 수 없는 삶의 일면이었다. 하지만 사람이 태만해서 나앉거나 자기 피붙이를 나앉게 할 정도로 매정하다면 그건 범죄나 다름없었다.

내쫓기는 것과 나앉는 것에는 차이가 있다. 내쫓기면 어딘가 갈 데가 있지만, 나앉으면 갈 곳이 없는 것이다. 미묘하지만 결정적인 차이였다. 나앉는다는 건 무언가의 끝이었다. 우리의 형이상학적 조건을 정의하고 보완하는, 돌이킬 수 없는 물리적 사실이었다. 신분과 계급 모두에서 소수자인 우리는 삶이라는 옷자락의 끝단에서 어떻게든 돌아다니며, 나약한 우리끼리라도 뭉쳐 버티려 기를 쓰거나 혼자서 옷의 몸통 부분으로 기어올라가려 버둥거렸다. 그런데 존재의 주변성으로 말하자면 우리가 대처할 방법을 배워 아는 것이었다. 아마 추상적인 문제였기 때문일 것이다. 그러나 길에 나앉는다는 구체성은 다른 문제였다. 죽음의 개념과 실제 죽음이 다른 것처럼. 죽은 상태는 변하지 않고, 나앉는 것도 여기 계속 있을 것이다.

나앉는다는 것이 존재한다는 사실을 알게 되면서 우리에게는 재산과 소유를 향한 갈망이 자라났다. 마당과 포치와 포도 시렁의 확고한 소유. 재산을 가진 흑인은 자기 둥지에 모든 열정과 사랑을 쏟았다. 광분하여 필사적인 새처럼 무엇이든 과도하리만치 장식했다. 힘들여 얻은 집을 두고 수선을 떨고 안절부절못했다. 여름 내내 조림과 잼과 보존식품을 만들어 찬장과 선반을 가득 채웠다. 집 구석구석을 칠하고 뒤지고 쑤석거렸다. 그래서 그런 집들은 셋집이라는 무성한 잡초 사이에서 온실 속 해바라기처럼 위용을 과시했다. 셋집살이하는 흑인들은 그들이 소유한 마당과 현관을 슬쩍슬쩍 건너다보며 '작고 오래된 근사한 집'을 장만하는 일에 더욱 일로매진하기로 마음먹었다. 자기 집을 가질 날을 고대하며 허리띠를 졸라매고 열심히 긁어모아 가축우리 같은 셋집에 할 수 있는 한 쌓아올렸다.

당시 셋집살이를 하던 흑인 촐리 브리드러브는 자기 가족을 나앉게 만들었기에 인간적 배려가 미칠 수 없는 영역으로 스스로를 내던졌다. 짐승 무리에 합류한 것이다. 정말로 늙은 개, 뱀, 쥐새끼 같은 검둥이가 되었다. 미시즈 브리드러브는 고용주의 집에서 지냈다. 아들 새미는 다른 가족과, 페콜라는 우리와 지내게 되었다. 촐리는 교도소에 갇혔다.

그애는 빈손으로 왔다. 여벌의 옷가지나 잠옷이나 희끄무레한 면 속바지 두 벌이 든 작은 종이가방도 없이. 어떤 백인 여성과 함께 나타나 자리에 앉았다.

페콜라가 온 뒤 며칠 동안 우리는 재밌게 지냈다. 프리다와 나는 다투지도 않았고, 우리 손님이 나았았다는 기분이 들지 않도록 무척 애쓰며 정성을 다했다.

그애에게 우리 위에 군림하려는 마음이 없다는 사실을 깨닫자 그애가 마음에 들었다. 페콜라는 내가 익살을 부리면 깔깔 웃었고, 프리다가 먹을 것을 선물로 주면 싱긋 웃으며 고상하게 받았다.

"그레이엄 크래커 먹을래?"

"그래도 되고."

프리다는 그레이엄 크래커 네 개를 접시에 담고 파랗고 하얀 셜리 템플* 컵에 우유를 따라 가져왔다. 페콜라는 천천히 오랫동안 우유를 마시면서 보조개 팬 셜리 템플의 얼굴을 사랑스럽게 바라보았다. 셜리 템플이 너무 '귀이엽다'며 프리다와 사랑 넘치는 대화를 나눴다. 난 셜리를 아주 싫어했기에 그 대화에 끼지 않았다. 귀여워서 싫은 게 아니라 보쟁글스**와 춤을 췄기 때문이었다. 보쟁글스는 내 친구이자 내 삼촌, 내 아버지였고, 그와 탭댄스를 추면서 함께 웃을 아이는 나였으니까. 그 대신 그는 양말이 발꿈치까지 흘러내리는 법이 없는 어린 백인 여자애와 멋진 춤을 추면서 즐겼다. 그래서 난 제인 위더스***를 좋아

---

* 1930년대 미국에서 인기를 끈 아역배우로 관련 상품이 다양하게 출시되었다.
** 할리우드와 브로드웨이에서 활동한 흑인 댄서로, 영화 속에서 셜리 템플과 함께 춘 탭댄스가 유명하다.
*** 셜리 템플과 같은 시기에 활동한 아역배우.

한다고 말했다.

두 사람은 어리둥절한 표정으로 나를 보더니, 이해할 수 없는 애라고 치부하며 다시 사팔눈의 셜리에 대한 이야기로 돌아갔다.

두 사람보다 어린 나는, 당시 셜리를 사랑해도 되는 정신발달의 전환점에 아직 도달하지 못했다. 그때 내가 느꼈던 것은 순전한 미움이었다. 하지만 그 이전에 내가 세상의 모든 셜리 템플을 향해 품었던 감정은 미움보다 더 기이하고 더 무시무시한 것이었다.

시작은 크리스마스와 그때 선물받은 인형이었다. 사랑 가득한 크고 특별한 선물은 늘 파란 눈의 커다란 아기 인형이었다. 어른들이 혀를 쯧쯧 차는 걸 보면서 난 그 인형이 어른들 생각에 나의 가장 절절한 바람을 대표한다는 것을 알았다. 난 그 물건을, 그 생김새를 보고 어리둥절했다. 이걸로 뭘 어쩌라는 거지? 엄마 시늉을 내라는 건가? 난 아기에게도, 모성이라는 관념에도 관심이 없었다. 나와 나이도 비슷하고 몸집도 비슷한 인간에게만 관심이 있었고, 미래에 엄마가 된다고 생각해봐야 아무런 열의가 생겨나지 않았다. 엄마가 된다는 것은 나이가 드는 것이었고, 까마득한 미래에나 가능한 어떤 일들이었다. 그래도 그 인형으로 뭘 해야 하는지는 곧 알게 되었다. 어르고, 인형을 가지고 여러 이야기를 지어내고, 잠도 같이 자야 했다. 그림책에 인형을 안고 자는 여자아이들이 수두룩했다. 주로 누더기 앤* 인형이었지만, 내게는 불가능한 일이었다. 그 인형을 보면 몸에서 거부반응이 일어났고, 내색은 안 했지만 동그랗고 멍청한 눈과 팬케이크 같은 얼굴과 오렌지색

_____

* 작가 조니 그루엘이 만든 캐릭터. 1918년 동화책으로 처음 등장했다.

벌레를 닮은 머리칼이 무서웠다.

내게 큰 기쁨을 안겨줄 것으로 보였던 다른 인형들도 정반대의 효과만 거두었다. 인형과 함께 침대에 누우면 딱딱하고 뻣뻣한 팔다리가 내 몸을 밀어냈다. 군데군데 오목하게 팬 통통한 손에 달린 손가락의 뾰족한 끝으로 내 몸을 긁어댔다. 잠결에 돌아누우면 뼈처럼 차가운 머리에 내 머리가 부딪혔다. 함께 자기에는 너무 불편하고 명백히 공격적인 친구였다. 안아봐도 나을 것이 없었다. 뻣뻣하게 풀 먹인 레이스나 그물 천이 달린 면 드레스 때문에 안기가 영 불편했다. 내게 있던 욕망은 단 하나, 인형을 해체하는 것이었다. 무엇으로 만들어졌는지 알아보고, 그것이 귀한 까닭을 알아내고, 내가 알아차릴 수 없는, 그것도 오직 나만 알아차리지 못하는 그 아름다움과 매력을 찾아내는 것. 어른들과 나보다 나이가 많은 여자아이들, 상점, 잡지, 신문, 진열장 광고까지 온 세상이 여자아이라면 다들 파란 눈과 노란 머리와 분홍 피부의 인형을 소중히 여긴다는 데 합의한 듯했다. "여기, 이게 아름다움이야. 네가 오늘 '자격이 된다면' 가질 수 있겠지." 그렇게 말했다. 난 선 하나만으로 그려진 인형 눈썹이 신기해서 손가락으로 얼굴을 더듬었다. 활 모양의 빨간 입술 사이에 피아노 건반처럼 박혀 있는 진줏빛 치아를 잡아 뜯었다. 코끝이 솟은 콧대를 따라가다가 유리알 같은 파란 눈알을 푹 찌르고 노란 머리칼을 거머쥐었다. 도무지 사랑할 수가 없었다. 하지만 온 세상이 사랑스럽다고 하는 이유가 무엇인지 살펴볼 수는 있었다. 작은 손가락을 부러뜨리고 납작한 발을 구부리고 머리칼을 잡아 늘이고 머리통을 비틀었는데, 인형이 내뱉는 소리는 단 하나였다. '엄마'라는 그 소리가 다들 애처롭고 다정하다고 하는데, 내게는 죽어가는 양이 우는 소리, 더 정확하게는 7월에 우리집 냉장고의 녹슨 문을 열 때 나는 소리처럼 들렸다. 냉랭하고 명청한 눈알을 잡아 뽑아도 여전히 '매애애' 하고 울 것이고 머리를 잡아 뽑고 톱밥을 흔들어 빼내고 황동 침대 난간에 등을 내려쳐 깨버려도 여전히 '매애애' 하고 울 것이다. 그물 천으로 된 등이 갈라지며, 그 안에 구멍이 여섯 개 뚫린 원판이 보였다. 그것이 소리의 비밀이었다. 한갓 둥그런 금속.

어른들은 인상을 쓰며 야단을 부렸다. "넌-도대체-뭐든-잘-간수할-줄을-모르는구나. 난-평생-아기-인형을-가져본-적이-없고-그걸-사-달라고-눈알이-빠지게-울기도-했는데. 넌-어여쁜-인형이-생겼는데-이렇게-찢어발기다니, 어디가-어떻게-된-거-아니니?"

얼마나 노발대발들을 하던지. 눈물이 쏟아질 것 같아 초연하게 권위를 지키기도 힘든 모양이었다. 수십 년간 이루지 못한 갈망에서 비롯한 감정이 목소리에 잔뜩 묻어났다. 그 인형을 왜 망가뜨렸는지는 나도 몰랐다. 하지만 아무도 내가 크리스마스 선물로 뭘 원하는지 묻지 않았다는 것은 알았다. 내 욕망을 실현시켜줄 능력이 있는 어른 가운데 누구라도 나를 진지하게 대하며 무엇을 원하는지 묻기만 했더라면, 뭔가를 갖거나 어떤 대상을 소유하려는 마음이 내게 없다는 사실을 알았을 것이다. 난 크리스마스에 차라리 무언가를 느끼고 싶었다. "클로디아, 크리스마스에 어떤 경험을 하고 싶니?" 이것이 알맞은 질문이었을 테고, 그러면 난 큰 소리로 이렇게 말했을 것이다. "무릎 위에 라일락을 가득 올려놓고 할머니 부엌에 있는 낮은 의자에 앉아서 할아버지가 나만을 위해 바이올린을 켜는 걸 듣고 싶어요." 내 몸에 맞게 만들어진 낮은 의자, 할머니 부엌의 안정감과 따뜻함, 라일락향,

음악소리, 그리고 내 모든 감각이 만족되면 좋을 테니, 그다음에는 복숭아맛.

그 대신 난 지루하기만 한 다과회를 위해 제작된 주석 접시와 찻잔의 아린 맛과 냄새를 맛보고 느껴야 했다. 그 대신 난 함석 목욕통 안에서 지긋지긋한 목욕을 하고 나서야 입을 수 있던 새 원피스를 혐오스럽게 바라봐야 했다. 욕조에서 자꾸 미끄러지고, 물이 너무 금세 식어버려서 놀거나 몸을 느긋이 담글 수도 없고 맨몸을 즐길 새도 없이, 양다리 사이로 비눗물 커튼을 만들어 흘러내리게 하는 일밖에 할 수 있는 것이 없었다. 그다음엔 까슬까슬한 수건의 감촉과 때를 다 벗겨낸 끔찍하고 치욕적인 상태. 짜증스럽고 따분한 청결함. 다리와 얼굴에서 잉크 얼룩이 지워지고, 그날의 창작물과 축적물은 다 사라지고 대신 소름만 돋아났다.

난 하얀 피부의 아기 인형을 망가뜨렸다.

하지만 진정 공포스러운 일은 인형의 해체가 아니었다. 정말 무시무시한 일은 똑같은 충동이 하얀 피부의 여자아이들에게로 옮겨간다는 것이었다. 무심하게 그들을 산산조각낼 수도 있을 것 같았는데, 그 무심함이 흔들린다면 오직 그렇게 하고 싶은 마음이 너무 강해서였다. 내 손아귀에서 내내 벗어나는 그것, 하얀 피부의 여자아이들은 어떤 비밀스러운 마법으로 다른 사람을 사로잡는지 알아내고 싶은 욕망. 다들 그 아이들을 보며 '어머나'라고 감탄하면서 내게는 그러지 않는 이유가 뭘까? 거리에서 그 아이들이 다가올 때 검은 피부의 여자들이 그들의 몸을 훑는 시선, 그 아이들을 대하는 손길에 담긴 부드러운 소유욕. 내가 그 아이들을 꼬집으면—아기 인형 눈의 미친 광채와 달리—

아파서 눈을 찡그리겠지. 그리고 울음소리는 냉장고 문에서 나는 소리가 아니라 매혹적인 고통의 울음이겠지. 이런 무심한 폭력이 얼마나 역겨운 것인지 깨달았을 때, 무심하기 때문에 역겹다는 사실을 깨달았을 때 내 수치심은 허둥대며 피신처를 찾았다. 가장 좋은 피신처는 사랑이었다. 그렇게 원초적 가학증이 날조된 증오로, 기만적인 사랑으로 전환되는 것이다. 그것은 셜리 템플에게 다가가는 작은 발걸음이었다. 한참 뒤에 난 청결함을 기꺼워하는 법을 배운 것처럼 셜리 템플을 우러르는 법을 배웠다. 비록 그런 변화가 개선 없는 적응에 불과하다는 것을 깨달았더라도.

"우유 3쿼트*. 어제 저 냉장고 안에 그만큼이 있었어. 더도 덜도 아닌 3쿼트. 그런데 없어. 한 방울도 없다고. 다들 원하는 게 있으면 가져가는 거야 상관없지만, 우유 3쿼트라니! 대체 우유가 3쿼트나 필요한 사람이 누가 있다고?"

어머니가 말하는 '다들'은 페콜라를 가리키는 거였다. 페콜라와 프리다와 나, 세 사람은 아래층 부엌에서 페콜라가 마신 우유의 양을 두고 야단법석을 떠는 어머니의 목소리를 들었다. 셜리 템플 컵이 좋아서, 단지 귀여운 셜리의 얼굴을 만지고 바라보려고 페콜라가 기회만 생기면 우유를 마신다는 것을 우리는 알았다. 어머니는 프리다와 내가 우유를 싫어한다는 것을 알았으므로 페콜라가 식탐을 부려 다 마셨으

---

* 부피를 재는 단위로, 미국 기준 3쿼트는 약 2.8리터다.

려니 했다. 우리는 당연히 어머니 말을 '반박할' 수가 없었다. 우리는 어른에게 먼저 말을 걸지 않았으니까. 묻는 말에 대답만 했으니까.

친구가 욕을 잔뜩 먹는 상황이 민망해서 우리는 그냥 앉아 있었다. 난 발가락 사이에서 때를 떼어냈고 프리다는 손톱 때를 이빨로 뜯어냈고, 페콜라는 고개를 한쪽으로 기울인 채 무릎에 난 상처를 손가락으로 어루만졌다. 어머니의 야단스러운 독백이 들릴 때마다 우리는 짜증이 나고 우울해졌다. 한없이 이어졌고, 모욕적이었고, 직접적이진 않았지만(엄마는 절대 이름을 말하지 않고 다들이나 어떤 사람들이라고만 했다) 듣고 있기에는 극도로 고통스러웠다. 이 일에서 저 일로 이어지며 원통했던 일을 전부 다 토해낼 때까지 몇 시간이고 계속되었다. 그렇게 있는 사람, 있던 일 전부 끌어내고 나면 난데없이 노래가 시작되었고 날이 저물 때까지 이어졌다. 하지만 노래가 시작되려면 아직한참 기다려야 했다. 그동안 우리는 위장이 흐물거리고 목이 후끈거리는 채로 서로의 시선을 피하며 발가락 사이 때를 떼어내거나 하면서 그 상황을 견뎌야 했다.

"……지금 내 집에서 뭘 하는 건지 나도 모르겠다. 이게 구호소지 뭐야. 나도 이제 퍼주는 줄에서 벗어나 받는 줄에 서야 할 처지야. 가진게 아무것도 없게 될 팔자니까. 결국 구빈원에 들어갈 팔자니까. 무슨짓을 해도 거기서 벗어날 수가 없는 모양이니. 허구한 날 다들 나를 어떻게든 구빈원에 보내려고 야단이잖아. 고양이가 옆주머니 찰 일이 없는 것처럼 나도 군식구 먹일 일이 없다고. 내 자식들 먹여 살려가며 구빈원에 안 들어가려고 기를 쓰고 있는데 이제 그걸로 모자라서 아예나를 들이켜버리려는 게 또 생겼잖아. 아니, 그렇게는 안 될걸. 내가 사지 멀쩡하고 혀를 놀릴 수 있는 한 그렇게는 안 되지. 모든 일에는 한 계라는 게 있어. 다 날려버리려고 지금껏 모은 게 아니야. 우유가 3쿼트나 필요한 사람은 아무도 없어. 헨리 포드도 안 그런다고. 순전한 죄악이야. 난 사람들을 위해 할 수 있는 일은 기꺼이 하는 사람이야. 아무도 아니라고는 못 할걸. 하지만 이런 일은 중단되어야 하고, 내가 바로 그 일을 중단할 거야. 성경에도 주위를 살피는 일이 기도만큼이나 중요하다고 쓰여 있어. 자식은 남에게 떠넘기고 자기들끼리 잘사는 자들이 있잖아. 자기 자식이 제대로 먹고사나 들여다보는 이가 없어. 자기 자식한테 먹을 게 있나 싶어 들여다보는 거라면 모를까. 아니, 그런 생각이 아예 들지도 않겠지. 그 한심한 촐리라는 작자는 감옥에서 나온 지 이틀이 지났는데도 여태껏 자기 자식이 죽었는지 살았는지 궁금해서 보러 온 적이 없어. 죽었을 수도 있는데 알 바 아니라는 건가. 그 어미란 작자도 마찬가지고. 도대체 어떻게 된 족속들이야?"

어머니 입에서 헨리 포드가 나오고, 내 집에 먹을 것이 있는지 없는지 신경도 안 쓰는 사람들까지 나오면 이제 자리를 떠야 할 때였다. 루스벨트와 CCC 캠프*까지는 듣고 싶지 않았다.

프리다가 일어나서 계단을 내려갔다. 페콜라와 나도 그 뒤를 따랐다. 부엌문을 피하려고 멀찍이 돌아갔다. 우리는 포치 계단에 앉았다. 거기서는 어머니의 목소리가 간간이 들렸다.

쓸쓸한 토요일이었다. 펠스나프타 세제 냄새와 겨잣잎 끓이는 매캐한 냄새가 집안에 가득했다. 토요일은 쓸쓸하고 야단스럽고 비누 냄새

---

* Civilian Conservation Corps. 대공황기 프랭클린 루스벨트가 추진한 뉴딜정책의 하나로 저소득층 젊은이들을 산과 국립공원 등의 기초공사에 동원한 노동 구호 프로그램.

가 진동하는 날이었다. 비참하기로는 전분과 기침약 맛이 나는 **빡빡한** 일요일, '하지 마'와 '앉아'만 난무하는 일요일 다음이었다.

어머니가 노래할 기분이면 그럭저럭 괜찮았다. 노래는 전부 어려운 시절, 고생스러운 시절, 누군가 날 버리고 떠난 시절에 관한 것이었다. 하지만 목소리가 워낙 아름답고 노래 부를 때의 두 눈은 녹아내릴 듯 부드러워서 나로서는 그 어려운 시절을 갈망할 정도였다. "내 이름으로 된 재산은 한푼도" 없이 어른이 되기를 갈망할 정도였다. 난 "내 남자"가 나를 버리고 떠난 뒤 "내 남자가 이 마을을 떠난 것"을 알게 되어 "지는 저녁해도 보기 싫을" 그 근사한 날을 고대했다. 어머니 목소리가 비참함을 초록색, 푸른색으로 물들여 그 말에서 슬픔은 다 사라졌고, 고통이란 참을 만할 뿐 아니라 달콤하기도 하다는 확신을 내게 심어주었다.

하지만 노래가 없는 토요일은 석탄통처럼 머리 위에 올라앉았고, 지금처럼 어머니가 불평을 늘어놓을 때면 누군가 석탄통에 돌을 던지는 것만 같았다.

"……그래서 지금 내가 멀건 죽처럼 궁색하잖아. 날 뭐로 보는 거야? 무슨 샌디클로스*인 줄 아나? 지금은 크리스마스도 아니니 양말은 내리는 게 좋을걸……"

우리는 불안해서 꼼지락거렸다.

"뭐라도 하자." 프리다가 말했다.

"뭘 하고 싶어?" 내가 물었다.

---

* 산타클로스의 여성형.

"몰라. 하고 싶은 게 없어." 프리다가 나무 꼭대기를 빤히 바라보았다. 페콜라는 자기 발만 내려다보았다.

"헨리 아저씨 방에 올라가서 여자 나오는 잡지 볼래?"

프리다가 얼굴을 구겼다. 프리다는 음란한 사진 보는 걸 좋아하지 않았다. "그럼, 아저씨 성경을 보면 되지. 그건 예쁘잖아." 내가 말을 이었다. 프리다는 마땅찮다는 듯 입을 모으고 입술로 츱 소리를 냈다. "좋아, 눈이 반쯤 먼 아주머니를 위해 바늘에 실을 꿰어드리자. 그럼 1페니를 주실 거야."

프리다가 콧방귀를 뀌었다. "그 사람 눈이 콧물 같아. 그런 눈 안 보고 싶다고. 넌 뭘 하고 싶어, 페콜라?"

"난 상관없어." 그애가 말했다. "너희가 원하는 거면 아무거나."

내게 다른 생각이 떠올랐다. "골목을 올라가서 쓰레기통에 뭐 들었나 보자."

"너무 추워." 프리다가 말했다. 따분한데다 심술이 나 있었다.

"알아. 그럼 퍼지* 만들 수도 있는데."

"말이 돼? 엄마가 저렇게 난리를 치는데? 벽을 쳐다보며 저렇게 난리치기 시작하면 종일 간다는 거 알잖아. 우리가 퍼지 만들게 두지 않을 거야."

"그럼 그리스호텔에 가서 사람들 욕하는 거 듣자."

"오, 그런 걸 누가 하고 싶대? 게다가 맨날 똑같은 욕만 하는걸."

내가 짜낼 수 있는 방안은 거기까지라. 난 손톱의 하얀 반달무늬를

---

* 설탕, 버터, 우유로 만든 물렁한 사탕.

들여다보기 시작했다. 그 무늬가 있는 손톱의 숫자가 내게 생길 남자 친구의 수라고 했다. 일곱이었다.

어머니 독백은 점차 잦아들었다. "……성경 말씀에 배곯는 자를 먹이라고 했지. 그건 좋아. 괜찮다고. 하지만 코끼리를 먹일 일은 아니잖아…… 우유를 3쿼트나 마셔야 사는 사람이라면 내 집에서 나가야지. 집을 잘못 찾은 거야. 내 집이 뭐? 낙농장이라도 되나?"

난데없이 페콜라가 겁에 질려 눈이 휘둥그레지며 벌떡 일어났다. 입에서 울음소리가 비어져나왔다.

"너 왜 그래?" 프리다도 일어서며 물었다.

다음 순간 우리 둘은 페콜라의 시선이 향한 곳을 보았다. 다리에서 피가 흘러내리고 있었다. 계단에도 몇 군데 핏방울이 떨어져 있었다. 난 펄쩍 뛰어 일어났다. "야, 너 어디 베였어? 봐봐. 옷에도 온통 피야."

옷 뒤쪽이 검붉은 피로 물들어 있었다. 페콜라는 다리를 벌리고 선 채 여전히 울고 있었다.

프리다가 말했다. "아, 세상에! 알겠다. 뭔지 알겠어!"

"뭔데?" 페콜라가 손가락을 입으로 가져갔다.

"울경*이야."

"그게 뭔데?"

"알잖아."

"나 죽는 거야?" 페콜라가 물었다.

---

* 원문은 ministratin으로, 월경을 뜻하는 mensturation을 주워들은 대로 대충 발음한 것이다.

"아니이이이. 안 죽어. 이제 네가 아기를 가질 수 있다는 뜻이야!"

"뭐라고?"

"언니가 어떻게 알아?" 난 프리다가 뭐든 다 아는 것이 지겨웠다.

"밀드러드가 말해줬어. 엄마도 그랬고."

"안 믿어."

"안 믿어도 돼, 바보야. 자, 여기서 기다려. 앉아, 페콜라. 여기에."
이제 프리다는 신이 나서 상황을 주도했다. "그리고 너," 프리다가 내
게 말했다. "넌 가서 물 좀 가져와."

"물?"

"그래, 멍청이야. 물. 그리고 조용히 움직여, 안 그러면 엄마가 들을
테니까."

페콜라는 두려움이 조금 가신 눈으로 다시 자리에 앉았다. 난 부엌
으로 갔다.

"뭘 가지러 왔니?" 엄마는 개수대에서 커튼을 헹구고 있었다.

"물요."

"꼭 내가 일하는 데 와서 그러지. 컵 가져와. 새 컵 말고. 저 유리병
에 담아."

난 병조림용 유리병을 집어 수돗물을 채웠다. 시간이 한참 걸린 것
같았다.

"내가 개수대에 있는 것만 보이면 뭔가 필요한 게 생기지. 갑자기 다
들 물을 마시겠다고……"

유리병을 다 채운 난 부엌에서 나가려 했다.

"어디 가?"

"밖에요."

"그 물 여기서 마셔!"

"안 깨뜨릴게요."

"네가 그걸 어떻게 아니."

"알아요. 정말이에요. 가지고 나가게 해주세요. 흘리지 않을게요."

"흘리기만 해봐."

난 유리병을 들고 포치로 나갔다. 페콜라는 울고 있었다.

"왜 울어? 아파?"

그녀가 고개를 저었다.

"그럼 그렇게 눈물콧물 짜지 마."

프리다가 뒷문을 열고 나왔다. 블라우스 안에 뭔가 숨겨져 있었다. 프리다는 기가 막힌다는 듯 나를 보며 유리병을 가리켰다. "그건 뭐하려고?"

"그건 언니가 알지. 물 가져오라고 말한 건 언니잖아."

"그런 작은 병에 담아오란 말이 아니잖아. 많이 있어야지. 계단을 닦아야 할 것 아냐, 멍청이!"

"내가 그걸 어떻게 알겠어?"

"그래, 어련하겠니. 가자." 그러면서 페콜라의 팔을 잡아 일으켰다. "저 뒤로 가자." 두 사람은 집 옆쪽 덤불이 우거진 곳으로 향했다.

"야, 나는? 나도 갈래."

"조용히 해―" 프리다가 속삭이는 흉내를 내며 말했다. "엄마가 듣겠다. 넌 계단이나 닦아."

두 사람은 건물 모퉁이를 돌아 사라졌다.

난 뭔가를 놓칠 것 같았다. 또다시. 뭔가 중요한 일이 벌어질 텐데 난 뒤에 남겨져 그걸 지켜볼 수가 없는 것이다. 난 계단에 물을 붓고 신발로 문지른 뒤 두 사람을 쫓아갔다.

프리다는 무릎을 꿇고 페콜라의 팬티를 끌어내리고 있었다. 네모난 흰색 무명천이 그 옆 땅바닥에 놓여 있었다. "뭐해, 발을 빼." 피로 얼룩진 팬티를 애써 벗겨내더니 내 쪽으로 집어던졌다. "자."

"나보고 이걸 어쩌라고?"

"묻어야지, 이 천치야."

프리다는 페콜라에게 무명천을 다리 사이에 꽉 끼우라고 말했다.

"그러고 어떻게 걸어?" 내가 물었다.

프리다는 대답하지 않았다. 대신 자기 치맛단에서 옷핀 두 개를 빼내서 천 끝을 페콜라의 옷에 고정했다.

난 두 손가락으로 팬티를 집어들고, 땅을 팔 만한 도구가 있나 둘러보았다. 그때 덤불에서 부스럭거리는 소리가 나서 깜짝 놀라 돌아보니 밀가루 반죽처럼 흰 얼굴과 정신이 팔린 눈동자 두 개가 보였다. 로즈메리가 우리를 지켜보고 있었던 것이다. 난 그 얼굴로 확 손을 뻗어 코를 할퀴는 데 성공했다. 그애는 비명을 지르며 펄쩍 뛰어 뒤로 물러났다.

"맥티어 아주머니! 맥티어 아주머니!" 로즈메리가 고함을 질렀다. "프리다와 클로디아가 여기서 추잡한 짓 해요! 맥티어 아주머니!"

엄마가 창문을 열고 내려다보았다.

"뭐라고?"

"얘네 추잡한 짓 해요, 맥티어 아주머니. 보세요. 그리고 저한테 들키니까 클로디아가 저를 때렸어요!"

엄마가 창문을 쾅 닫고는 뒷문으로 달려나왔다.

"너희 뭐하는 거야? 아. 아하, 아하, 추잡한 짓을 한다 이거지?" 엄마는 덤불 안으로 손을 집어넣더니 나뭇가지를 하나 꺾었다. "추잡한 짓 하는 딸년들을 키우느니 차라리 돼지새끼를 키우겠다. 그건 하다못해 잡아먹을 수는 있으니까!"

우린 소리를 지르기 시작했다. "아니에요, 엄마. 그런 거 아니에요. 안 그랬어요! 쟤가 거짓말하는 거예요! 아니에요, 엄마! 그런 거 아니에요, 엄마!"

엄마가 프리다의 어깨를 그러쥐어 몸을 돌려세운 뒤 다리에 서너 차례 호된 매질을 했다. "추잡한 애가 되려 한다, 이거지? 그건 안 될 일이지!"

프리다는 참담하게 무너졌다. 매질은 상처를 입히고 모욕을 주었다.

엄마가 페콜라를 쳐다보며 말했다. "너도! 내 자식이건 아니건!" 페콜라를 붙잡아 몸을 돌려세웠다. 옷핀 하나가 툭 빠지면서 페콜라 치마 아래로 천이 늘어졌다. 회초리가 허공에서 멈췄고 엄마는 눈을 깜박거렸다. "도대체 이게 무슨 일이야?"

프리다는 훌쩍거렸고, 다음 순서인 내가 설명을 시작했다. "피를 흘렸어요. 그래서 피를 멈추게 하려고 그런 거예요!"

엄마는 그 사실을 확인하려고 프리다를 보았다. 프리다가 고개를 끄덕였다. "월경하는 거예요. 그래서 우리가 도와줬을 뿐인데."

엄마는 페콜라를 놓아주고 가만히 쳐다보았다. 그러더니 페콜라와 프리다의 머리를 배 쪽으로 끌어당겨 안았다. 미안해하는 눈빛이었다. "그래, 그래, 알았다. 자, 이제 그만 울어. 몰라서 그랬지. 자, 자, 집에 들어가자. 너도 집에 가라, 로즈메리. 구경거리 다 끝났으니."

우리는 무리 지어 들어갔다. 프리다는 조용히 흐느끼고 있었고, 페
콜라는 흰 천을 꼬리처럼 달고 있었고, 난 '성인이 된 소녀'의 팬티를
들고 있었다.

엄마는 우리를 욕실로 데려갔다. 페콜라를 안으로 들이밀고 내게서
팬티를 받아들더니 우리더러 밖에 있으라고 했다.

목욕통에 물을 받는 소리가 들렸다.

"물에 빠뜨려 죽이려는 건가?"

"오, 클로디아. 넌 정말 멍청해. 옷이랑 다 빨려는 거지."

"로즈메리 때려줄까?"

"됐어. 내버려둬."

세찬 물소리가 들렸고, 쏟아지는 그 물소리를 뚫고 엄마의 웃음소리
가 음악처럼 울렸다.

그날 밤 우리 셋은 침대에 가만히 누워 있었다. 프리다와 나의 마음
속은 페콜라를 향한 경외심으로 가득했다. 진짜로 월경을 하는 진짜
사람 곁에 누워 있자니 약간 겁이 났다. 이제 어른과 가까워진 페콜라
는 우리와 다른 사람이었다. 페콜라도 그런 거리감을 느낀 모양이었지
만 우리 앞에서 으스대지는 않았다.

한참 뒤 페콜라가 나지막이 말했다. "내가 이제 아기를 가질 수 있다
는 게 사실이야?"

"그럼," 프리다가 졸린 목소리로 말했다. "물론이지."

"하지만…… 어떻게?" 놀란 페콜라의 목소리가 허허롭게 들렸다.

"아, 누군가 널 사랑해줘야지." 프리다가 말했다.

"아."

페콜라와 내가 그 말을 곰곰이 생각해보는 사이 긴 침묵이 이어졌다. 그러니까 '내 남자'와 관련이 있나보다. 그 남자는 나를 떠나기 전에 나를 사랑할 테니까. 하지만 어머니가 부르는 노래에 아기는 나오지 않았다. 그래서 여자가 슬퍼했는지도 모르겠다. 아기를 만들기 전에 남자가 떠나버려서.

페콜라가 다시 이렇게 물었는데, 나는 한 번도 생각하지 못한 질문이었다. "그게 어떻게 돼? 그러니까 어떻게 해야 누군가 나를 사랑해주지?" 하지만 프리다는 이미 잠이 들었고, 나는 답을 몰랐다.

여기집이있다녹색과흰색이다문은빨간색이다집은무척예쁘다집은무척예쁘
다예쁘다예쁘

오하이오주 로레인의 브로드웨이와 서티피프스 스트리트가 만나는
교차로 남동쪽 모퉁이에는 버려진 가게가 있다. 납빛 하늘의 배경으로
스며들어가지도 않고, 주변의 회색 목조주택이나 검은 전신주와 조화
를 이루지도 않는 곳이다. 그보다는 짜증스럽고 울적한 분위기로 행인
의 시야에 불쑥불쑥 들어온다. 이 작은 마을을 찾는 사람들은 차를 몰
고 지나가며 왜 그곳을 허물지 않는지 의아해한다. 한편 근방의 주민
들은 지나칠 때마다 그저 고개를 돌려 외면한다.

한때 그 건물에 피자가게가 있었고, 그때 사람들 눈에 띈 것은 모퉁
이 근처에 옹기종기 모여 굼뜨게 움직이는 십대 남자아이들뿐이었다.
그들은 그곳에서 만나 사타구니를 문지르고 담배를 피우고 소소한 비
행을 꾸몄다. 깊숙이 들이마신 담배연기가 폐와 심장과 넓적다리까지

스며들어가서 전율하는 젊음의 기운을 억지로 눌러주었다. 그들은 움직임도 느리고 웃는 것도 느렸지만 담뱃재만은 너무 빨리, 너무 자주 털어내서 그 모습을 관심 있게 본 사람이라면 이제 막 담배를 피우기 시작한 아이들임을 알 수 있었다. 그들이 나직하게 떠드는 소리가 들리고 우쭐대는 모습이 보이기 한참 전에 그 건물에는 헝가리 제빵사의 빵집이 있었는데, 브리오슈와 양귀비씨 롤케이크로 그럭저럭 유명했다. 그 이전에는 부동산이 있었고, 그 이전에는 집시들이 작전기지로 사용했다. 집시 가족은 커다란 판유리창을 전에 없이 특색 있고 두드러지게 꾸몄다. 풍성한 벨벳 휘장과 창가에 걸어둔 오리엔탈 융단 사이에 딸들이 번갈아 자리를 잡고 앉았다. 창밖을 내다보며 가끔 미소를 짓거나 윙크를 하거나 부르는 손짓을 했는데, 가끔만 그랬다. 대개 바라보기만 했고, 긴 소매에 치렁치렁하고 정교한 드레스로 숨긴 벌거벗은 몸이 시선 속에서 드러났다.

그 구역을 오가는 인구는 워낙 유동적이라, 집시가 살던 시절이나 가게 앞 십대 아이들의 시절 이전, 브리드러브 가족이 거기 가겟방에서 옹기종기 모여 살던 한참 전을 기억하는 사람은 아마 없을 것이다. 부동산 중개업자의 변덕이 남긴 잔해에서 함께 쇠락해가던 시절. 그들은 칠이 벗어져가는 회색 건물을 슬며시 들락거렸을 뿐, 동네에서 눈에 띄는 일도, 노동자들 사이에서 소리를 낸 일도, 시장실에 풍파를 일으키는 일도 없었다. 가족 구성원은 각자의 의식 속에 살며 각자 자기만의 현실을 모아 조각보를 만들었다. 여기서 경험 한 조각, 저기서 정보 한 조각을 모으는 식으로. 그들은 서로에게서 자그마한 인상들을 모아 소속감을 만들어냈고 그때그때 서로의 상황에 맞춰 임시변통으로 살아갔다.

이 집의 주거공간은 첫 집주인이었던 그리스인이 될 수 있는 한 밋밋하게 만들어놓았다. 넓은 '창고'에 천장까지 닿지도 않는 비버보드*를 세워 방을 두 개로 나눴다. 가족들이 앞방이라고 부르는 거실과 모든 생활이 이루어지는 침실이 있었다. 앞방에는 소파 두 개, 피아노 한 대와 함께 작은 인조 크리스마스트리가 세워져 있었는데, 장식이 된 채 이 년 동안 그 자리에서 먼지를 뒤집어쓰고 있었다. 침실에는 침대가 세 개 있었다. 열네 살 새미와 열한 살 페콜라가 쓰는 좁은 철제 침대 두 개와 브리드러브 부부의 더블 침대. 석탄 난로는 온기가 골고루 퍼지도록 침실 한가운데에 자리잡고 있었다. 여행 가방, 의자, 작은 협탁, 판지로 만든 '옷장'이 벽을 빙 둘러놓여 있었다. 부엌은 건물 뒤편에 따로 마련되어 있었다. 욕실은 없고 변기만 있었는데, 소리는 다 들려도 세입자들 눈으로 볼 수는 없었다.

가구에 대해선 더 할말이 없다. 다양한 단계의 몰지각과 탐욕과 무관심으로 고안되고 제작되고 운송되고 팔린 것들이라 얼마나 형편없는지 이루 말할 수가 없었다. 세월이 가도 도대체 친숙해지질 않았다. 사람들은 가구를 소유만 했지 제대로 알지 못했다. 소파 방석 아래에서 동전이나 브로치를 잃어버렸다는 사람도 없었고, 언제 어디서 잃어버렸는지, 언제 어디서 다시 찾았는지도 기억하지 못했다. 혀를 끌끌차면서 "아니, 방금까지 분명 있었어. 바로 그 자리에 앉아 이야기를 나눴는데……"라거나 "여기 있네. 아기 젖 먹이는 동안 떨어졌나봐!"

---

* 목섬유로 만든 가벼운 건축자재의 상표명.

라고 말하는 사람도 없었다. 그 침대에서 아기를 낳은 사람도 없었고, 아기가 혼자 몸을 가누게 되었을 때 잡고 일어나느라 페인트칠이 뜯겨나간 부분을 애틋하게 기억하는 사람도 없었다. 껌을 씹다가 아까워서 탁자 밑에 붙여놓는 아이도 없었다. 술에 취해 기분좋은 사람이 ─목이 살찐 독신의 친구로, 먹성은 얼마나 좋은지!─피아노 앞에 앉아 〈그대는 나의 햇살〉을 연주하는 일도 없었다. 크리스마스트리를 바라보며 자기 손으로 그것을 장식했던 때를 떠올리거나, 파란 방울 장식이 떨어지지는 않을지, **그**가 과연 트리를 보러 돌아올지 궁금해하는 젊은 여자도 없었다.

그 가구들에는 추억이 없었다. 간직할 만한 추억은 확실히 없었다. 간혹 신체적 반응을 일으키는 물건은 있었다. 특정한 가구와 관련된 상황이 떠오르면 신물이 올라와 윗배가 쓰린다거나 목덜미에서 식은 땀이 나는 것처럼. 이를테면 소파가 그랬다. 새것을 샀는데 배달되어 왔을 때 등받이 천이 가로로 죽 찢어져 있었다. 가구상은 책임을 지려 하지 않았다……

"내 말 들어봐요. 트럭에 실을 때는 멀쩡했다니까. 트럭에 실은 뒤 벌어진 일에 대해서는 우리가 해줄 수 있는 게 없어요……" 입에서 리스테린 구강청결제와 럭키스트라이크 담배 냄새를 풍기며.

"하지만 새걸 샀는데 찢어져서 온 걸 그냥 받을 수는 없잖아요." 애원하는 눈길과 불안해서 쪼그라든 고환.

"운이 없는 거죠. 당신이 운이 없어서……"

물론 소파를 아주 미워할 수도 있다. 그러니까 소파를 미워하는 일이 가능하다면 말이다. 하지만 그게 문제가 아니었다. 여전히 매달 4달러 80센트를 꼬박꼬박 내야 했으니. 처음부터 찢어져서 온 소파, 볼품 없고 굴욕적인 소파에 매달 4달러 80센트를 내야 한다면 그것을 소유 했다고 기뻐할 수는 없을 것이다. 그리고 기쁨이 사라진 상태는 악취를 풍겼고 악취는 어디에나 스며들었다. 그 악취 탓에 비버보드 벽을 새 로 칠할 마음도, 의자에 어울리는 다른 가구를 들여놓을 마음도 안 들 었다. 찢어진 부분이 점점 벌어져도 꿰맬 마음이 안 들어서 벌어진 그 틈으로 값싼 프레임과 싸구려 안감이 다 드러났다. 그 때문에 거기서 잠을 자도 원기가 회복되질 않았다. 거기서 나누는 사랑은 괜히 은밀 한 분위기가 어렸다. 이가 하나 썩으면 그 통증이 몸의 다른 부분까지 퍼져나가 숨쉬기도 힘들고 눈도 잘 안 보이고 신경이 불안해지는 것처 럼, 보기도 싫은 가구 하나가 갈급증을 만들어내서 온 집안에 자기 존 재를 주장하며 그것과 관련 없는 것까지 즐길 수 없게 하는 것이다.

브리드러브 가족의 집에서 살아 있는 것이라고는 석탄 난로뿐이었 다. 난로는 그 무엇이나 그 누구와도 무관하게 독립적으로 존재하며, 스스로 알아서 불을 '꺼뜨리거나' '재로 덮어두거나' '불꽃을 피워올리 거나' 했다. 석탄을 넣어주는 것이 그 가족이고, 살살 뿌린다, 한꺼번 에 붓지 않는다, 너무 많은 양을 넣지 않는다 같은 상세한 식습관을 알 고 있는데도 그랬다…… 불은 자신의 계획에 따라 살아나고 잦아들고 죽는 듯했다. 하지만 아침에는 늘 죽어 있는 것이 옳다고 보았다.

여기가족이있다어머니아버지딕제인은녹색과흰색의집에산다아주행

브리드러브 가족이 가겟방에서 살았던 것은 공장의 인원 감축으로 생계에 일시적인 어려움을 겪고 있어서가 아니었다. 그들은 가난한 흑인이라 거기 살았고, 스스로 추하다고 믿었기에 그곳에 눌러앉았다. 대대로 가난했고, 가난해서 둔해졌다 해도 그들의 가난이 딱히 별나지는 않았지만, 그들의 추함은 별났다. 그렇게 지독히 거슬릴 정도로 추하지는 않다고 아무리 말해봐야 그들은 믿지 않을 것이었다. 행동거지가 추한(절망과 방탕, 그리고 하찮은 것이나 약자를 향한 폭력의 결과였다) 아버지 촐리를 제외하면, 나머지 식구인 미시즈 브리드러브와 새미와 페콜라는 추함을 입었다. 말하자면 원래 자기 것이 아닌 추함을 걸쳤다. 작은 두 눈은 좁은 이마에 바짝 붙어 있었다. 낮은 이마 선은 들쭉날쭉한데 거의 맞닿을 듯 덥수룩한 일자형 눈썹과 대조되어 더

들쭉날쭉해 보였다. 날씬하지만 구부러진 코와 무례한 콧구멍. 광대뼈는 튀어나오고 귀는 옆으로 뻗쳤다. 입술은 잘생겼지만, 오히려 그 때문에 얼굴 다른 부분에 시선이 끌렸다. 그 가족이 왜 그렇게 추하게 보이는지 알 수 없었다. 꼼꼼히 뜯어보면 딱히 추한 구석이 없었기 때문이다. 그러다가 그 추함이 그들의 확신에서 비롯한다는 사실을 깨닫게 된다. 어떤 신비롭고 전지전능한 주인이 그들 각자에게 추함의 옷을 입으라고 주었고, 그들은 아무 이의 없이 받아들인 것 같았다. "너희는 추한 사람들이다." 주인이 그렇게 말했는데, 스스로를 살펴보니 그 진술을 반박할 만한 사실이 보이지 않은 것이다. 실제로 자신들을 향한 광고판이나 영화나 사람들의 시선이 전부 그 진술을 뒷받침하는 듯 보였다. "그래요, 당신 말이 맞아요." 그들은 말했다. 그러고는 추함을 두 손에 받아들었고, 망토처럼 뒤집어썼고, 세상 어디를 가든 지니고 다녔다. 각자 방식대로 그것을 다루었다. 미시즈 브리드러브는 배우가 소품을 다루듯 했다. 인물의 특성을 표현하는, 자신의 역할이라고 곧잘 상상했던 순교자 역할을 뒷받침하는 소품. 새미는 남들에게 고통을 가하는 무기로 사용했다. 자기 행동을 거기에 맞췄고, 그에 기초하여 친구를 골랐다. 그 행동에 매료되고 겁을 내는 사람을. 그리고 페콜라. 그 아이는 그 뒤에 숨었다. 베일처럼 뒤집어쓰고 그 안에 숨고 자신을 가렸다. 그 뒤에서 밖을 살짝 내다보는 일도 매우 드물었고, 그러다가도 다시 가면을 쓰게 되기만을 갈망했다.

10월 어느 토요일 아침, 이 가족은 풍요와 복수라는 꿈에서 하나씩 깨어나 가겟방이라는 익명의 비참함 속으로 들어갔다.

미시즈 브리드러브는 가만가만 침대에서 나와 잠옷(사실 낡은 평상복) 위에 스웨터를 걸치고 부엌으로 걸어갔다. 멀쩡한 발에서는 뼈가 삐거덕거리는 듯한 둔탁한 소리가 났다. 뒤틀린 발은 리놀륨 장판에 끌리며 소곤대는 소리를 냈다. 일단 부엌에 들어서자 문을 쾅쾅 닫고 수도꼭지며 냄비를 요란스럽게 다뤘다. 그 소음이 공허하게 울렸지만 거기 내포된 위협은 공허하지 않았다. 페콜라는 누운 채 눈만 뜨고 완전히 꺼진 난로를 노려보았다. 촐리는 중얼거리며 잠시 침대에서 몸부림치다가 다시 조용해졌다.

페콜라가 누운 자리에서도 촐리의 위스키 냄새를 맡을 수 있었다. 부엌에서 들리는 소리는 더 요란해지고 덜 공허해졌다. 미시즈 브리드러브의 움직임에는 아침 준비와 관계없는 방향성과 목적이 있었다. 과거에 충분히 증명된 사실이라 잘 아는 페콜라가 배근육을 조이며 숨소리를 죽였다.

촐리는 만취 상태로 귀가했다. 불행히도 그때는 싸우지도 못할 정도였기에 오늘 아침에야 한바탕 난리가 벌어질 것이었다. 곧 있을 싸움은 하룻밤 미뤄졌기에 즉흥성은 떨어지고 미리 계산된, 뻔하고 치명적인 싸움이 될 터였다.

미시즈 브리드러브가 잽싸게 방으로 들어와 촐리가 누운 침대 발치에 섰다.

"집에 석탄이 필요해."

촐리는 미동도 없었다.

"내 말 안 들려?" 미시즈 브리드러브가 촐리의 발을 쿡 찔렀다.

촐리가 천천히 눈을 떴다. 붉게 충혈된 눈이 위협적이었다. 아무리 찾아봐도 이 마을에 촐리만큼 비열한 눈을 가진 사람은 없었다.

"어우우, 이봐!"

"석탄이 필요하다고 말했어. 집안에서 얼어죽게 생겼잖아. 술에 전 당신 엉덩이는 지옥불도 느끼지 못하겠지만 난 춥다고. 내가 온갖 일을 하고 살지만 얼어죽는 일은 안 해."

"나 좀 내버려둬."

"석탄을 가져오기 전까진 안 돼. 뼈빠지게 일해봐야 따뜻하게 지낼 수도 없다면, 미쳤다고 일을 하겠어? 뭐 하나 가져오는 것도 없으면서. 당신만 믿고 있었으면 이미 우린 다 죽었을걸……" 그녀의 목소리는 귀앓이 때처럼 머릿속을 울려댔다. "내가 이 추위에 직접 석탄을 가져올 거라고 생각한다면 그 생각 고쳐먹어야 할 거야."

"네가 가져오건 말건 신경 안 써." 그의 목안에서 난폭함이 부글부글 끓었다.

"술에 전 그 몸뚱이를 일으켜서 석탄을 가져올 거야, 말 거야?"

침묵.

"촐리!"

침묵.

"오늘 아침엔 날 시험하지 마. 한번 더 토 달면 찢어발길 테니!"

침묵.

"좋아, 좋다고. 내가 재채기만 하면, 한 번이라도 하면, 그때는 각오해야 해!"

이제 새미도 잠에서 깨었지만 자는 척하고 있었다. 페콜라는 여전히 배근육을 조이고 숨을 죽였다. 미시즈 브리드러브가 창고에서 직접 석탄을 가져올 수도 있고 그렇게 해왔다는 건 다들 알았다. 아니면 새미나 페콜라에게 가져오라고 할 수도 있었다. 하지만 싸우지 못한 엊저녁이 음침한 기대로 가득한 허공에 만가의 첫 소절처럼 걸려 있었다. 아무리 매일같이 반복되는 일이라고 해도 만취라는 행위에는 나름의 의례적 끝맺음이 있었다. 구분되지도 않는 자잘한 미시즈 브리드러브의 나날은 이런 싸움으로 그 실체가 확인되고 따로 묶이고 분류되었다. 그게 아니라면 흐리멍덩해서 떠올릴 일도 없는 순간순간이 그런 식으로 내용을 얻었다. 이런 싸움이 가난의 지겨움을 덜어주고 지리멸렬한 방에 위엄을 부여했다. 판에 박힌 일상 속의 이 격렬한 파열, 그것 역시 판에 박힌 일상이지만, 그 속에서 그녀는 자신의 진정한 자아라고 믿는 양식과 상상력을 내보일 수 있었다. 그녀에게서 이런 싸움을 빼앗는 것은 삶의 짜릿함과 타당성 전부를 빼앗는 일이나 다름없었다. 촐리는 툭하면 술을 진탕 마시고 고약한 성미를 부리는 것으로 두 사람이 삶을 견디는 데 필요한 재료를 제공했다. 미시즈 브리드러브는 자신을 강직한 기독교 신자로 여겼다. 그런 자신이 하잘것없는 남자라는 짐을 떠맡게 된 것은 신이 자신을 통해 그를 벌하기를 원하기 때문이었다. (물론 촐리는 이미 구원받을 수 없는 존재였고, 구원 여부는 중요한 것이 아니었다. 미시즈 브리드러브의 관심은 구원자 예수가 아니라 재판관 예수에게 있었다.) 그녀가 촐리를 두고 예수와 나누는 이야기를 종종 들을 수 있었는데, '저 자식을 흠씬 두들겨 골 빈 자존심을 없애버리도록' 자신을 도와달라고 간청했다. 한번은 그가 술에 취해 휘청거리다가 벌겋게 달궈진 난로에 처박힐 뻔했을 때, 그녀는 "저

놈 잡아요, 예수님! 잡아요!"라고 소리를 빽 질렀다. 촐리가 술을 끊기라도 했다면 그녀는 절대 예수를 용서하지 않았을 것이다. 촐리의 죄악이 절박하게 필요했으니까. 그가 더 아래로 떨어질수록, 더 무책임한 난봉꾼이 될수록 자신과 자신이 맡은 임무도 더욱 찬란해졌다. 예수의 이름으로.

촐리도 그에 못지않게 그녀를 필요로 했다. 그녀는 그가 끔찍이 혐오하면서 동시에 손을 대어 상처 입힐 수 있는 얼마 안 되는 것 중 하나였다. 그는 제대로 표현할 길 없는 분노와 충족되지 못한 욕망 전부를 아내에게 퍼부었다. 아내를 증오하면 자신의 온전함을 유지할 수 있었다. 아주 젊은 시절에 그는 덤불 속에서 어린 시골 소녀와 첫 성행위를 하면서 성적 쾌락을 열렬히 즐기다가 두 백인 남자에게 들킨 적이 있었다. 손전등 불빛이 그의 엉덩이를 똑바로 비추었다. 그는 질겁하여 동작을 멈추었다. 킬킬거리는 웃음소리가 들렸지만 불빛은 움직이지 않았다. "계속해." 그들이 말했다. "계속해서 끝내. 그리고 검둥이, 제대로 하라고." 불빛은 움직이지 않았다. 무슨 까닭인지 촐리는 그 백인 남자들을 증오하지 않았다. 상대 소녀를 증오하고 경멸했다. 다른 수많은 굴욕과 실패와 무력감에 덧붙여 이 일을 얼마간 떠올리기라도 하면 그는 자신도 놀랄 정도로 온갖 패악질을 부릴 수 있었다. 하지만 오직 자신에게만 놀라웠다. 어쩐 일인지 아무에게도 충격을 주지 못하고 자신만 충격을 받았다. 그래서 그 일도 그만두었다.

촐리와 미시즈 브리드러브는 지독히 잔혹한 형식주의로 맞서 싸웠다. 그와 비견할 만한 것은 그들의 섹스뿐이었다. 두 사람은 상대를 죽이지는 않기로 암묵적으로 합의했다. 그는 남자와 싸우는 겁쟁이처럼,

발과 손바닥과 이빨을 이용해 싸웠다. 그녀는 순전히 여성적 방식으로 프라이팬과 부지깽이를 동원해 싸웠고 이따금 다리미가 그의 머리를 향해 날아가기도 했다. 서로 치고받는 동안 말소리나 신음소리는 내지 않았고 욕도 하지 않았다. 오로지 물건이 떨어지는 소리, 단단히 준비된 살과 살이 부딪는 소리만 울렸다.

이 싸움에 대한 자식들의 반응은 서로 달랐다. 새미는 한동안 욕을 해대거나 집을 나가버리거나 아니면 자기도 싸움을 벌였다. 열네 살 무렵까지 이미 스물일곱 번이나 집을 나갔다. 한번은 버펄로까지 가서 석 달을 머물렀다. 억지로 끌려왔든 어쩔 수 없이 돌아왔든, 침울한 귀환이었다. 그와 달리 나이도 어리고 여자인 페콜라는 별의별 참는 방법을 실험했다. 여러 방법을 써봐도 고통은 깊었고, 또한 한결같았다. 한쪽이 다른 한쪽을 죽여버렸으면 좋겠다는 강렬한 바람과 자신이 죽어버렸으면 좋겠다는 간절한 소망 사이에서 몸부림쳤다. 그녀는 이렇게 속삭이고 있었다. "하지 말아요, 미시즈 브리드러브. 하지 말아요." 새미와 촐리가 그랬듯이 페콜라도 항상 어머니를 미시즈 브리드러브라고 불렀다.

"하지 말아요, 미시즈 브리드러브, 하지 말아요."

하지만 미시즈 브리드러브는 하고 말았다.

틀림없이 신의 은총 덕이었겠지만, 미시즈 브리드러브가 재채기를 하고 말았던 것이다. 딱 한 번.

그녀는 찬물이 가득 담긴 설거지통을 들고 침실로 뛰어들어가 촐리의 얼굴에 쏟아부었다. 촐리는 벌떡 일어나 앉아 캑캑거리며 침을 뱉었다. 파리해진 알몸으로 침대에서 뛰어나와, 몸을 던져 아내의 허리를 잡아챘고, 두 사람은 바닥으로 나동그라졌다. 촐리가 아내를 붙잡아 일으켜 손등으로 후려쳤다. 그녀는 나가떨어졌지만, 새미의 침대에 등이 부딪히며 기대앉은 자세가 되었다. 그래도 설거지통은 놓치지 않아, 그것으로 촐리의 허벅지와 사타구니를 후려치기 시작했다. 그가 발로 가슴을 누르자 그녀는 통을 떨어뜨렸다. 무릎을 꿇은 채 그는 아내의 얼굴을 몇 차례 때렸다. 그녀가 몸을 숙이는 바람에 그가 침대의 철제 프레임에 주먹을 박지 않았다면 그녀는 일찌감치 항복했을 것이다. 그가 잠시 주먹질을 멈춘 사이 미시즈 브리드러브는 그의 손아귀에서 빠져나왔다. 자기 침대 옆에서 벌어지는 싸움질을 말없이 지켜보던 새미가 난데없이 "벌거벗은 망할 자식!"이라고 거듭 외치며 양 주먹으로 아버지의 머리를 때리기 시작했다. 미시즈 브리드러브는 둥글고 납작한 난로 뚜껑을 잡아채, 주저앉았다가 몸을 일으키는 촐리에게 깨금발로 달려가 두 번 후려쳤다. 정신없이 자다가 그녀 때문에 깬 그는 그렇게 다시 정신을 잃었다. 숨을 헐떡이며 그녀는 누워 있는 그의 몸에 이불을 덮었다.

새미가 고함을 쳤다. "죽여버려! 죽여버리라고!"

미시즈 브리드러브가 놀라서 새미를 쳐다보았다. "시끄럽다, 얘야." 그러고는 난로 뚜껑을 제자리에 갖다놓고 부엌으로 걸어갔다. 그녀가 문가에서 잠깐 멈춰 서더니 아들에게 말했다. "어쨌든 그만 일어나라. 석탄이 필요하니까."

그제야 숨을 편히 내쉬며 페콜라는 이불을 머리까지 뒤집어썼다. 배를 잔뜩 조이면서 눌러놓으려고 애썼던 메스꺼움이 그런 예방책에도 불구하고 순간 솟아올랐다. 내뱉고 싶은 욕구가 용솟음쳤지만 늘 그렇듯 내뱉지 않을 것이었다.

"신이시여, 제발." 그녀가 손바닥에 대고 속삭였다. "제발 제가 사라져버리게 해주세요." 그녀는 눈을 꼭 감았다. 몸의 자그마한 부분들이 사라져갔다. 천천히 사라지다가, 갑자기 빨라지다가, 다시 천천히. 손가락이 하나씩 사라졌다. 그다음엔 팔꿈치까지 사라졌다. 이제는 발. 그래, 좋았어. 다리는 한순간에 사라졌다. 허벅지 위쪽이 가장 어려웠다. 진짜로 꼼짝도 하지 않으면서 잡아당겨야 했다. 배는 도무지 사라지려 하지 않았다. 하지만 그것도 마침내 사라졌다. 그다음엔 가슴, 목. 얼굴도 어려웠다. 거의 다 됐어, 거의. 이제 꼭 감은 눈만, 눈만 남았다. 눈은 항상 남았다.

아무리 애를 써도 눈은 사라지게 할 수가 없었다. 그러니 무슨 소용인가? 가장 중요한 것이 눈인데. 모든 것이 거기에, 그 속에 있는데. 그 모든 장면, 그 모든 얼굴이. 그녀는 새미가 툭하면 그랬던 것처럼 새로운 장면과 새로운 얼굴을 보러 도망가야겠다는 생각을 일찌감치 접었다. 새미는 한 번도 페콜라를 데려간 적이 없었다. 미리 생각을 하는 적이 없으니 데려갈 계획을 세우는 법도 없었다. 어차피 성공하지도 못할 테고. 이 외양을 지니고 사는 한, 추한 모습으로 사는 한 이 사람들과 내내 지내야 할 것이었다. 어떤 식으로든 그 무리에 속했으니까. 그녀는 한참 거울 앞에 앉아서 추함의 비밀을, 학교에서 선생님이나 반 친구들이나 모두 자신을 무시하고 멸시하게 하는 추함의 비밀을 알아내려 했다. 이인용 책상에 혼자 앉아 있는 사람은 반에서 자기

뿐이었다. 성이 B로 시작했으므로 늘 교실 앞자리에 앉을 수밖에 없었다. 하지만 마리 아펄리네어는 어떻고? 마리는 자기 앞에 앉았지만 루크 앤절리노와 함께 앉았다. 선생님들이 그녀를 대하는 방식은 다 그랬다. 절대 시선을 주지 않으려 했고, 전원 다 불러야 할 때가 아니면 이름을 부르지도 않았다. 어떤 남자애를 특정해서 모욕하고 싶거나, 그에게서 즉각적인 반응을 끌어내고 싶은 여자애는, "보비는 페콜라 브리드러브를 좋아한대! 보비는 페콜라 브리드러브를 좋아한대!"라고만 하면 된다는 사실을 그녀는 알았다. 그 말을 들으면 주변에서는 깔깔거리고 당사자는 성을 내는 척한다는 사실도 알았다.

얼마 전부터 페콜라는 이런 생각을 하게 되었다. 자기 눈이, 장면을 담고 광경을 알아볼 자기 눈이 달라진다면, 그러니까 아름다워진다면 자신도 달라지지 않을까. 치아는 가지런했다. 적어도 코는 크지도 납작하지도 않았다. 귀엽다는 소리를 듣는 애들 중에 그런 코를 가진 애들이 있었다. 자기가 아름다워지면, 지금과 달라지면, 어쩌면 촐리도 달라지고 미시즈 브리드러브도 달라질지 몰랐다. "아니, 저 예쁜 눈을 가진 페콜라를 봐. 저 예쁜 눈앞에서 나쁜 짓을 해서는 안 되겠어." 그렇게 말할지도 몰랐다.

예쁜 눈. 예쁜 파란 눈. 커다랗고 예쁜 파란 눈. 달려, 지프, 달려. 지프가 달린다, 앨리스도 달린다. 앨리스 눈은 파랗다. 제리 눈은 파랗다. 제리가 달린다. 앨리스가 달린다. 그들은 파란 눈을 가지고 달린다. 파란 눈 네 개. 예쁜 파란 눈 네 개. 하늘색 눈. 미시즈 포러스트의 파란 블라우스 파란 눈. '나팔꽃 파란 눈.' 『앨리스와 제리』 이야기책 파란 눈.'

매일 밤 하루도 빼놓지 않고 그녀는 파란 눈을 갖게 해달라고 기도했다. 일 년 동안 열정적으로 기도했다. 약간 낙심하기도 했지만 희망을 잃지 않았다. 그렇게 경이로운 일이 일어나려면 오래오래 걸릴 테니까.

그녀는 오직 기적만이 자신을 구원할 수 있다는 확신에 사로잡혀 자신의 아름다움을 절대 인식하지 못할 것이었다. 눈앞에 주어진 것, 곧 남들의 눈만 볼 것이었다.

페콜라는 가든 애비뉴를 걸어내려가 1페니짜리 사탕을 파는 작은 식품점으로 간다. 신발 속에 3페니가 있다. 양말과 깔창 사이에서 앞뒤로 움직인다. 발을 디딜 때마다 동전이 배겨 발이 아프다. 미래의 약속과 은은한 안전으로 가득한, 달콤하고 참을 만한, 심지어 소중하기까지 한 자극이다. 무엇을 살지 생각할 시간은 많다. 하지만 지금 그녀는 친숙하고, 그래서 아끼는 이미지들이 가만히 부딪쳐오는 가운데 큰길을 따라 내려간다. 전신주 밑동에 핀 민들레꽃. 사람들은 왜 민들레를 잡초라고 하는 걸까. 내 눈엔 예쁘기만 한데. 어른들은 이런 말을 한다. "미스 두니언은 마당을 참 잘 가꿔. 민들레라고는 찾아볼 수 없다니까." 머리에 검은 스카프를 쓴 건장한 여자들이 바구니를 들고 들판으로 가서 민들레를 뽑는다. 하지만 노란 꽃은 빼고 뾰족뾰족한 잎만 원한다. 잎으로 민들레 수프를 끓이고 민들레 술을 담근다. 민들레 꽃을 좋아하는 사람은 아무도 없다. 아마 너무 많고 억세고 순식간에 활짝 피기 때문일 것이다.

보도에 Y자 모양으로 금 간 곳이 있었고, 깨져서 콘크리트가 불쑥 올라온 곳도 있었다. 페콜라는 터덜터덜 걷다가 자꾸 거기 발이 걸렸다. 오래되어 매끈해진 길이라 롤러스케이트라면 잘 굴러갈 텐데. 이보도 위에서는 바퀴가 부드럽게 윙윙거리며 고르게 미끄러졌다. 새로 포장한 보도는 울퉁불퉁해서 불편했고, 그곳에선 롤러스케이트를 타도 귀에 거슬리는 소리가 났다.

페콜라는 이런 대상들, 그리고 다른 무생물의 대상들을 보고 경험했다. 그녀에게 실재하는 것들, 그녀가 아는 것들이었다. 해석하고 소유할 수 있는 세상의 암호이자 시금석이었다. 그녀는 발이 걸려 넘어질 뻔한 보도의 깨진 틈을 소유했다. 지난가을 자신이 하얀 머리를 훅 불어 날렸고, 올가을에는 노란 꽃 속을 들여다본 민들레를 소유했다. 그리고 그것들을 소유하면서 세상의 일부가 되었고, 세상은 그녀의 일부가 되었다.

그녀는 나무 계단 네 개를 올라가, 채소와 고기와 잡화를 파는 야코보프스키 가게 앞에 선다. 문을 열자 종이 울린다. 계산대 앞에 서서 진열된 사탕을 바라본다. 전부 메리 제인으로 사겠다고 결심한다. 1페니에 세 개. 웬만해서 사라지지 않는 단맛을 즐기다보면 곧 땅콩버터가 비어져나온다. 달콤한 캐러멜의 매력을 보완하는 기름과 소금. 불쑥 기대감이 솟으며 위장이 요동친다.

그녀는 신발을 벗고 동전 세 개를 꺼낸다. 백발이 섞인 야코보프스키 씨의 머리가 계산대 위로 쑥 올라온다. 생각에 빠져 있던 그가 아이를 맞기 위해 애써 시선을 돌린다. 파란 눈. 흐릿하게 내리깐 눈. 인디언서머에서 슬그머니 가을로 넘어가듯 그의 시선이 서서히 그녀를 향한다. 망막과 대상 사이, 시선과 장면 사이 어느 지점에서 그의 눈이 움찔하면서 주저하듯 허공에 멈춘다. 시간과 공간의 어느 한 지점에 이르러, 굳이 시선을 그쪽으로 돌리려 노력할 필요가 없음을 깨닫는다. 그에게는 봐야 할 것이 없으므로 그녀가 보이지 않는다. 감자와 맥주의 맛이 입안에 감도는 쉰두 살의 백인 이민자 가게 주인에게, 사슴눈을 가진 성모마리아로 정신이 연마되고 한없는 상실감으로 감수성이 무뎌진 그에게 어린 흑인 소녀가 보이겠는가? 그런 과업이 바람직하다거나 필요한지는 고사하고 가능하다고 알려주는 것이 그의 삶에는 전혀 없었다.

"왜?"

그녀는 고개를 들어 그를 올려다본다. 호기심이 들어앉아야 마땅한 자리인데 텅 빈 공간이 보인다. 그것만이 아니다. 인간적 인식의 완전한 부재, 투명한 막이 입혀진 단절. 그의 시선이 왜 중도에 정지했는지 그녀는 모른다. 아마 그는 어른이고 남자인데, 그녀는 어린 여자애라서 그럴 수도. 하지만 그녀는 지금껏 어른 남자의 눈에서 관심과 혐오, 심지어 분노까지 보아왔다. 이 텅 빈 공간이 새롭지는 않다. 거기에는 날카로운 날이 있다. 눈꺼풀 안쪽 어딘가에 불쾌감이 도사리고 있다. 그녀는 모든 백인의 눈에 그런 불쾌감이 도사리고 있는 것을 보아왔다. 그러니까. 그 불쾌감은 그녀를, 그녀의 검은 피부를 향한 것이 틀림없다. 그녀가 내면에 지닌 것은 전부 유동적이고 기대에 부풀어 있다. 하지만 검은 피부는 고정적이고 두려움의 대상이다. 백인의 눈에 불쾌감이라는 날을 지닌 텅 빈 공간을 만들어내는 것, 그것을 설명해주는 것은 바로 흑인이라는 특성이다.

그녀는 손가락으로 메리 제인을 가리킨다. 자그마한 검은 손가락 끝으로 진열창을 꾹 누른다. 백인 어른과의 소통을, 가만히 거슬리지 않게 시도해보는 흑인 아이.

"저거요." 말이라기보다 한숨에 가깝다.

"뭐라고? 이거? 이거 말이냐?" 그 목소리에는 가래와 성마름이 섞여 있다.

그녀는 고개를 젓는다. 자기 시각에서 볼 때 메리 제인이 있는 그 지점에 손가락 끝을 고정한 채. 그는 그녀의 시각으로 보지 못한다. 그가 보는 각도로는 비스듬한 그 손가락이 어딜 가리키는지 도통 알 수가 없다. 몸통에서 잘려나간 뒤 흥분한 닭 머리처럼 그의 투박한 붉은 손이 유리 진열장 안을 들쑤신다.

"맙소사. 너 말 못해?"

그의 손가락이 메리 제인을 스친다.

그녀가 고개를 끄덕인다.

"이거라고 말을 하면 되잖아? 한 개? 몇 개?"

페콜라는 주먹을 펴서 3페니를 보여준다. 그는 메리 제인 세 묶음을 그녀 쪽으로 휙 밀친다. 한 묶음에 노란 직사각형 사탕이 세 개씩 들었다. 그녀가 손을 내민다. 그는 손이 닿는 것이 꺼림칙해 주저한다. 그녀는 진열장 앞의 오른손 손가락을 어떻게 움직여 왼손의 동전을 집어줘야 할지 알지 못한다. 결국 그가 손을 뻗어 그녀 손바닥에 놓인 동전을 집는다. 그의 손가락이 그녀의 축축한 손바닥을 긁는다.

밖으로 나오자 설명할 수 없는 수치감이 페콜라에게 밀려든다.

민들레. 애정의 화살이 그쪽을 향해 날아간다. 하지만 민들레는 그녀를 보지도 않고 그 사랑에 사랑으로 보답하지도 않는다. 그녀는 생각한다. "쟤들은 정말 추해. 잡초가 맞아." 그 사실을 새롭게 깨닫고 거기 정신이 팔려서 보도 틈에 발이 걸려 넘어진다. 내면의 분노가 몸부림치며 깨어난다. 분노가 입을 쩍 벌리고는 입안이 뜨거운 강아지처럼 끌려올라온 수치감을 핥는다.

차라리 분노가 낫다. 분노에는 존재감이 있다. 현실성과 존재감. 가치의 깨달음. 그 솟구침은 근사하다. 야코보프스키의 눈과 가래 끓는 목소리로 생각이 되돌아간다. 분노는 지속되지 못한다. 강아지는 너무 쉽게 물려버린다. 갈증이 금방 사라지고 바로 잠이 든다. 수치감이 다시 차올라, 흙탕물이 눈으로 스며든다. 눈물이 나기 전에 뭘 해야 할까. 메리 제인을 기억해낸다.

연노랑 포장지마다 그림이 그려져 있다. 사탕 이름의 주인공인 메리 제인의 그림. 미소 짓는 하얀 얼굴. 살짝 헝클어진 금발과 청결하고 안락한 세상에서 페콜라를 바라보는 파란 눈. 성마르고 짓궂은 눈. 페콜라에게는 그저 예쁘기만 하다. 사탕을 입에 넣으니 달콤해서 참 좋다. 사탕을 먹는 것은 어떤 면에서 그 눈을 먹는 것이고 메리 제인을 먹는 것이다. 메리 제인을 사랑하고 메리 제인이 되는 것이다.

3페니는 그녀에게 메리 제인과 아홉 번의 근사한 쾌감을 가져다주었다. 사탕 이름의 주인공인 멋진 메리 제인.

브리드러브의 가겟방 위에는 매춘부 세 사람이 살았다. 차이나, 폴란드, 그리고 미스 마리. 페콜라는 그들을 무척 좋아해서 그 방에 놀러가고 심부름을 했다. 그래서 그들도 페콜라를 경멸하지 않았다.

10월 어느 아침, 난로 뚜껑이 승리했던 그 아침에 페콜라는 계단을 올라 그 방으로 갔다.

노크 소리에 문이 열리기도 전에 이미 폴란드의 노랫소리가 들렸다. 햇딸기처럼 달콤하고 단단한 목소리였다.

내 밥통에 블루스가 있었네
선반에도 블루스
내 밥통에 블루스가 있었네
선반에도 블루스
내 침실에도 블루스
왜냐하면 난 혼자 자니까

"안녕, 만두. 양말은 어쨌어?" 마리는 매번 다른 애칭으로 페콜라를 불렀다. 언제나 머릿속에 가장 먼저 떠오르는 음식 이름에서 그때그때 마음에 드는 것을 골랐다.

"안녕하세요, 미스 마리. 안녕하세요, 미스 차이나. 안녕하세요, 미스 폴란드."

"내 말 못 들었어? 양말은 어쨌냐고? 똥개처럼 맨발이잖아."

"못 찾았어요."

"못 찾았다고? 집안에 양말을 좋아하는 귀신이 있나보지."

차이나가 낄낄거렸다. 뭐든 없어지기만 하면 마리는 '그걸 좋아하는 집안 귀신' 탓을 했다. "이 집에 브래지어를 좋아하는 귀신이 있어." 기겁하며 그렇게 말하곤 했다.

차이나와 폴란드는 저녁 일 나갈 준비를 하고 있었다. 폴란드는 한없이 다림질을 하고 한없이 노래를 했다. 차이나는 연두색 부엌의자에 앉아서 한없이 머리를 말았다. 마리는 외출 준비라고는 전혀 하지 않았다.

여자들은 다감했지만 말을 시작하기까지 시간이 좀 걸렸다. 페콜라는 항상 마리에게 먼저 말을 걸었는데, 마리는 일단 발동이 걸리면 멈추기가 힘들었다.

"어떻게 그렇게 보이프렌드가 많아요, 미스 마리?"

"보이프렌드? 보이프렌드? 곱창아, 난 1927년 이래로 보이를 사귄 적이 없어."

"그럼 아예 아무도 사귄 적이 없는 거지." 차이나가 뜨거운 헤어롤러를 누나일 머릿기름 통에 넣었다. 뜨거운 금속에 닿자 머릿기름이 쉭쉭 소리를 냈다.

"어떻게 그래요, 미스 마리?" 페콜라가 다시 물었다.

"어떻게 뭐? 어떻게 해서 1927년 이래로 보이를 사귀지 못했냐고? 그때 이후로는 걔들이 보이가 아니었으니까. 보이였던 건 그때가 끝이야. 이후로는 태어날 때부터 이미 나이를 먹었거든."

"네가 나이를 먹었다는 뜻이겠지." 차이나가 말했다.

"난 절대 나이를 먹지 않아. 살이 찔 뿐이지."

"마찬가지잖아."

"네가 빼빼해서 다들 널 보고 젊다고 할 줄 알아? 널 보면 귀신도 거들을 사겠다."

"그러는 넌 남쪽을 향해 가는 노새 궁둥이 같아."

"여하튼 짧은 네 안짱다리도 내 다리만큼 늙었어."

"내 안짱다리는 걱정 마셔. 다들 그 다리를 벌리지 못해 안달이니까."

세 여자가 다 같이 깔깔거렸다. 마리는 고개를 젖히고 웃었다. 마리의 웃음소리는 마치 수많은 지류가 저 깊은 곳에서 탁하고 깊은 물줄기를 이끌고 나와 자유롭게 망망대해를 향해 나아가는 소리 같았다. 차이나는 경련하듯 끊어가며 키득거렸다. 보이지 않는 손이 보이지 않는 줄을 잡아당기기라도 하는 양 헐떡이는 웃음소리가 툭툭 튀어나왔다. 술에 취했을 때가 아니면 입을 잘 열지 않는 폴란드는 소리 없이 웃었다. 그녀는 술기운 없이 멀쩡할 때는 주로 콧노래를 흥얼거리거나 블루스를 불렀다. 블루스를 많이 알았다.

페콜라는 소파 등받이에 걸린 스카프 가장자리를 만지작거렸다. "당신처럼 보이프렌드가 많은 사람은 본 적이 없어요, 미스 마리. 어떻게 다들 당신을 사랑하는 거예요?"

마리가 루트비어 병을 열었다. "안 그러고 배기나? 난 돈도 많고 잘생겼잖아. 다들 내 곱슬머리에 발가락을 집어넣고 싶어 안달이고 내 돈에 눈독을 들이지."

"돈 많아요, 미스 마리?"

"푸딩아, 나한테 돈의 어미인들 없겠니."

"다 어디서 났어요? 일도 안 하잖아요."

"맞아," 차이나가 말했다. "어디서 난 거야?"

"후버가 준 거지. 예전에 그 사람이 부탁해서 FBI 일을 해줬거든."

"무슨 일을 했는데?"

"부탁을 들어줬다고. 사기꾼 한 놈을 잡고 싶다고 했지. 이름이 조니였어. 세상 누구보다 비열한……"

"그건 우리도 알아." 차이나가 헤어롤러를 매만졌다.

"……FBI는 조니를 잡고 싶어 속을 태웠어. 결핵으로 죽은 사람보다 그 남자가 죽인 사람이 더 많을 정도였으니까. 게다가 어쩌다 그 성질을 건드렸다? 와우, 예수님! 지구 끝까지라도 쫓아갈걸. 그때 난 자그마하고 귀여웠어. 몸무게가 90파운드도 안 되는 개미허리였다니까."

"네가 잘도 그랬겠다." 차이나가 말했다.

"그래, 넌 안 그랬던 적이 없겠지. 닥치기나 해. 내 말 들어봐, 설탕아. 정말인데, 그 사람을 다룰 수 있는 건 나뿐이었다고. 그 사람이 나가서 은행을 털거나 사람을 죽이면 내가 부드럽게 '조니, 그런 짓 하면 안 돼' 그랬어. 그러면 하는 말이 나한테 레이스 달린 속옷이나 그런 예쁜 걸 사주려고 그랬다는 거야. 토요일마다 우리는 맥주 한 짝을 들여놓고 생선을 튀겼지. 옥수숫가루와 달걀로 반죽을 입혀 튀겼어. 갈색으로 바삭바삭하게 튀겨지면, 너무 딱딱할 때까지는 아니고, 그리고 시원한 맥주를 따는 거지……" 과거 어느 때 어디선가 있었던 그런 식사의 기억에 붙잡혀 마리의 눈은 몽롱해졌다. 무슨 이야기를 하든 음식 설명이 나오면 말이 끊어졌다. 페콜라의 눈에 마리의 이가 바삭한 농어의 등에 푹 박히는 모습이 보였다. 입술에서 떨어져나온 흰 살점을 손가락으로 집어 다시 입에 넣는 모습도 보였다. 맥주병을 퐁 하고 따는 소리가 들렸다. 따자마자 흰 증기와 함께 피어오르는 톡 쏘는 향이 느껴졌다. 차가운 맥주 맛이 혀에 감돌았다. 그녀의 몽상이 끝난 다음에도 마리의 몽상은 한참 더 이어졌다.

"그래서 돈은요?" 페콜라가 물었다.

차이나가 콧방귀를 뀌었다. "자기가 딜린저를 일러바친 붉은 옷 여인이라도 되는 줄 알지.* 딜린저는 네 근처엔 얼씬도 안 할걸. 아프리카에 사냥하러 갔다가 너를 하마로 착각하면 모를까."

"그 하마가 한때는 시카고에서 이름을 날렸단다. 와우, 예수님, 구십구!"

"왜 항상 '와우, 예수님' 한 다음에 숫자를 말해요?" 페콜라는 한참 전부터 그것이 궁금했다.

"엄마가 욕은 절대 하지 말라고 했거든."

"속바지를 내리지 말라는 말씀은 안 하셨니?" 차이나가 물었다.

"그런 건 있지도 않았어." 마리가 말했다. "열다섯 살에 잭슨을 떠나 신시내티에서 날품팔이를 시작하기 전에는 본 적도 없었어. 그때 백인 안주인이 자기가 입던 낡은 속바지를 주었거든. 난 그게 길게 늘어지는 모자인 줄 알았어. 그래서 그걸 뒤집어쓰고 먼지를 털었지. 그런 날 보더니 주인이 나가자빠지더라."

"정말 미련퉁이였구나." 차이나가 담배에 불을 붙인 뒤 다리미를 식혔다.

"내가 어떻게 알았겠어?" 마리가 잠시 말을 멈췄다. "게다가 어차피 계속 벗을 걸 입어서 뭐해? 듀이와 살 때는 도대체 입고 있게 놔두질 않아서 익숙해지질 못했고."

"듀이가 누구예요?" 페콜라가 처음 들어보는 이름이었다.

---

* '붉은 옷 여인'이라는 별칭으로 불렸던 매춘부 애나 세이지는 대공황기 무법자인 존 딜린저를 FBI에 넘겼다.

"듀이가 누구냐고, 닭고기! 내가 듀이 얘기 하는 걸 들어본 적이 없다는 거야?" 그 얘기를 안 했다는 사실에 마리는 깜짝 놀랐다.

"못 들었는데요."

"오, 얘야, 네 인생의 반을 놓친 거야. 와우, 예수님, 백구십오. 매력만점 남자 얘기는 하지도 마! 열네 살 때 그 사람을 만났어. 같이 도망쳐서 삼 년 동안 부부처럼 살았지. 이 근처에서 뿌글거리는 머리로 돌아다니는 녀석들 알지? 그런 애들 쉰 명을 데려와봐야 듀이 프린스 발끝도 못 쫓아가. 오, 세상에, 그 사람이 나를 얼마나 사랑했는지!"

차이나는 손가락으로 앞머리를 매만졌다. "그런데 그런 남자가 왜 네가 몸을 팔게 놔뒀어?"

"이봐, 몸을 팔 수 있다는 사실을 내가 알아낸 순간, 그러니까 누군가 내 몸의 대가로 현금을 준다는 걸 안 순간, 누구든 슬쩍 건드리기만 해도 난 드러누웠을 거야."

폴란드가 웃기 시작했다. 소리 없이. "나도 그래. 처음에 돈을 안 받았다고 했더니 이모가 날 몹시 때렸어. '돈요? 왜요? 그 사람이 내게 돈 줄 일이 뭐가 있다고요.' 그랬더니 이모가 '없긴 뭐가 없어!' 그러더라고."

다들 한바탕 웃음을 터뜨렸다.

쾌활한 세 괴물. 쾌활한 세 악녀. 아는 게 없던 옛 시절을 재미있어 하는. 그들은 관대하고 넉넉한 마음을 지녔지만 끔찍한 상황 탓에 불운한 남자의 삶에서 황량함을 덜어주는 일에 전념하며 자신들의 '이해심'에 대한 대가로 어쩌다보니 겸허하게 돈을 받게 되었다는, 소설에서 만들어낸 매춘부 세대에 속하지 않았다. 운명의 장난질로 인생이 망가진 뒤 자신의 봄날을 더한 충격에서 보호하려고 망가지기 쉬운 겉모습을 계발했지만, 자신들에게 더 나은 일을 할 능력이 있고 딱 맞는 남자를 만나기만 하면 그를 행복하게 할 수 있다는 사실을 충분히 아는 예민한 젊은 여자들 부류도 아니었다. 몸 파는 일만으로는 먹고살 수가 없어서 자멸의 계획을 완성하기 위해 약물을 복용하거나 거래하고, 포주에게 의지하는, 본 적도 없는 아버지에 대한 기억을 벌주거나 말없는 어머니의 비참함을 지속하기 위해서 자살하지 않고 살아가는 엉성하고 무능한 매춘부도 아니었다. 듀이 프린스를 향한 마리의 허풍 같은 사랑을 제외하면, 이들은 남자들을 미워했다. 남자라면 다 미워해서, 부끄럽거나 미안한 마음도 없었고 상대를 가리지도 않았다. 자기 손님을 멸시하며 막 대했는데, 하도 많이 그래서 자동적이었다. 흑인 남자든 백인 남자든, 푸에르토리코 남자, 멕시코 남자, 유대인 남자, 폴란드 남자 가릴 것 없이 모두 모자라고 허약한 것들이라 그들의 적대적인 시선 아래 냉담한 분노를 감당해야 했다. 그들은 남자들을 속이는 일을 무척 즐겼다. 한번은 유대인 남자 하나를 꾀어 위층으로 끌어들인 뒤, 세 사람이 함께 그를 덮쳐 발목을 잡고 거꾸로 들어 바지 주머니를 탈탈 턴 다음 창문 밖으로 던져버렸다. 온 동네 사람들이 이 일을 알고 있었다.

여자를 존중하지도 않았다. 여자들이란, 말하자면 같은 일에 종사하는 동료가 아니더라도 자기 남편을 정기적으로나 비정기적으로 속이니 별다를 바 없다고 보았다. '설탕물 입힌 매춘부'라고 부르며, 그런 지위를 동경하지 않았다. 오로지 그들이 '선한 유색인종 기독교도 여성'이라고 부르는 부류에게만 존경을 보냈다. 흠잡을 데 없는 평판을 지난 여자들, 가족을 잘 돌보고 술을 마시거나 담배를 피우지도 않고, 남편을 배신하지도 않는 여자들. 이런 여자들에 대해서만 드러내진 않아도 변치 않는 애정을 가지고 있었다. 이런 여자들의 남편과 잠자리를 하고 그들의 돈을 가져갔지만, 늘 복수하는 마음으로 그랬다.

순결한 젊은 여자를 보호하거나 염려하는 마음도 없었다. 이제 와 돌아보니 젊은 시절에 참 무지했구나, 젊음을 더 활용하지 못했구나 하며 아쉬워했다. 그들은 매춘부의 차림을 한 젊은 여자도 아니었고 순결을 잃은 것을 후회하는 매춘부도 아니었다. 매춘부 차림을 한 매춘부, 젊었던 적도 없고 순결이라는 단어도 몰랐던 매춘부였다. 페콜라가 함께 있어도 그들은 자기들끼리 있을 때처럼 스스럼이 없었다. 마리는 페콜라가 어린애라며 이야기를 지어내서 들려줬는데, 되는대로 지어낸 허무맹랑한 이야기였다. 페콜라가 자기도 그들처럼 살겠다고 선언했다 하더라도, 놀란다든지 말리려고 들지 않았을 것이다.

"듀이 프린스와의 사이에 아이가 있었어요, 미스 마리?"

"그럼, 그럼. 몇 명 있었지." 마리가 안절부절못하며 바스댔다. 그녀는 머리에 꽂혀 있던 머리핀을 빼서 이를 쑤시기 시작했다. 더는 얘기하고 싶지 않다는 뜻이었다.

페콜라는 창가로 가서 텅 빈 거리를 내려다보았다. 보도의 틈 사이로 힘겹게 머리를 내민 풀이 차디찬 10월의 바람을 맞고 있었다. 그녀는 듀이 프린스를 생각하고 그가 미스 마리를 얼마나 사랑했을지 생각해보았다. 사랑은 어떤 느낌일지 궁금했다. 어른들은 서로 사랑하면 어떤 행동을 할까? 함께 생선요리를 먹을까? 그녀의 눈앞에 촐리와 미시즈 브리드러브가 침대에 있는 모습이 떠올랐다. 고통스러운 듯, 뭔가 목을 잡고 놓아주지 않는 듯한 소리를 내던 촐리. 그 소리도 몹시 끔찍했지만 어머니의 정적과는 비교가 되지 않았다. 어머니는 아예 그 자리에 없는 사람 같았다. 아마 그것이 사랑인지도 몰랐다. 숨이 막히는 소리와 정적.

페콜라는 창문에서 눈을 돌려 방안의 여자들을 보았다.

차이나는 앞머리가 마음에 안 들었는지 머리칼을 자그마하지만 단단하게 틀어올리고 있었다. 그녀는 못하는 헤어스타일이 없었지만, 어떻게 해도 심하게 시달린 초췌한 모습이 되었다. 그러면 화장을 진하게 했다. 깜짝 놀란 듯 솟은 눈썹과 큐피드 활모양의 윗입술을 그렸다. 나중에는 동양적인 가느다란 눈썹과 악마처럼 쭉 찢어진 입을 그릴지도 몰랐다.

폴란드는 달콤한 딸기 같은 목소리로 다른 노래를 부르기 시작했다.

하늘처럼 부드러운 갈색 소년을 난 안다네
하늘처럼 부드러운 갈색 소년을 난 안다네
그 발이 땅에 닿으면 기쁨에 겨운 흙이 튀어오르지
걸음걸이는 공작새처럼 우쭐대고
눈은 타오르는 황동
미소는 마지막 한 방울까지 달콤한 맛이 천천히
감도는 사탕수수 시럽
하늘처럼 부드러운 갈색 소년을 난 안다네

마리는 자리에 앉아 땅콩을 까서 입에 던져넣었다. 페콜라는 세 여자를 보고 또 보았다. 저들은 진짜인가? 마리가 나지막이, 가르랑거리듯 사랑스럽게 트림을 했다.

겨울

아빠의 얼굴은 연구 대상이다. 겨울이 그 안으로 스며들어 전체를 관장한다. 눈은 금방이라도 눈사태가 날 듯한 눈 덮인 절벽이 된다. 눈썹은 앙상한 검은 나뭇가지처럼 휘어진다. 피부는 겨울 태양의 생기 없는 연노란색을 띠고 있다. 턱은 그루터기가 듬성듬성 박힌 눈 덮인 벌판 가장자리가 되고, 넓은 이마는 어둠 속에서 소용돌이치는 얼음장 같은 생각의 물결을 아래쪽에 숨기고 있는 이리호湖의 얼어붙은 표면이 된다. 늑대 사냥꾼이 이제 매 사냥꾼이 되어, 그는 문으로는 늑대가 들어오지 못하도록, 창문으로는 매가 들어오지 못하도록 밤낮으로 일했다.* 불을 지키는 불카누스**가 되어 열이 골고루 퍼지도록 어떤 문은

* 미국 흑인 사회에서 늑대는 배고픔을, 매는 추위를 의미한다.
** 로마신화에 나오는 불과 대장장이의 신.

닫고 어떤 문은 열라고 지시한다. 불쏘시개를 가까이 둔 채 석탄의 품질을 논하고, 갈퀴질을 하고 석탄을 넣고 재로 불을 덮는 법을 우리에게 가르쳐준다. 그리고 봄이 올 때까지 입가에 난 수염은 깎지 않을 것이다.

겨울이 되면 냉기의 띠가 우리 머리를 꽉 조이는 듯하고 눈은 흐리멍덩해졌다. 우리는 스타킹 발바닥에 후추를 넣고 얼굴에는 바셀린을 발랐으며, 냉장고처럼 차갑고 어둑한 아침마다 뭉근히 익힌 말린 자두 네 개와 덩어리진 미끈거리는 오트밀과 얇은 막이 덮인 코코아를 빤히 보았다.

하지만 주로 봄을 기다리며 보냈다. 그때는 정원이 생길 테니까.

이 겨울이 무엇으로도 풀 수 없는 지긋지긋한 매듭으로 굳어져갈 즈음 그것을 풀 만한 어떤 일이 생겼다. 아니, 어떤 사람이라고 해야 할까. 그 인물이 그 매듭을 은빛 실로 가닥가닥 풀어버렸고, 우리는 그 가닥에 휘감기고 붙잡혀, 둔하게 까슬거리는 예전의 따분함을 오히려 갈망하게 되었다.

계절을 교란한 이는 모린 필이라는 이름의 전학생이었다. 황갈색 피부를 지닌 완벽한 아이로 두 갈래로 땋은 린치용 채찍 같은 긴 갈색 머리칼이 허리까지 늘어져 있었다. 부잣집 애였다. 적어도 우리 기준으로는 안락함과 보살핌으로 감싸인 부잣집 백인 여자애들만큼 부자였다. 입은 옷이 얼마나 고급인지 프리다와 나는 정신이 나갈 뻔했다. 버클이 달린 에나멜가죽 신발. 그런 신발이라면 우리는 부활절에나 값싼 것으로 얻을 수 있었고, 5월 말이면 벌써 해지곤 했다. 레몬사탕 색깔의 복슬복슬한 스웨터를 주름치마 안에 넣어 입었는데, 주름이 어찌나

가지런한지 깜짝 놀랄 정도였다. 밝은색 바탕에 흰색으로 가장자리를 두른 긴 양말과 흰 토끼털이 달린 갈색 벨벳 코트, 그리고 그와 짝을 이루는 머프. 야생 자두 같은 녹색 눈에는 봄기운이 어려 있었고, 피부색은 여름을 떠올리게 했고, 걸음걸이에는 잘 익은 풍요로운 가을이 깃들어 있었다.

온 학교가 그 아이에게 매료되었다. 선생님들은 그 아이를 부를 때 격려하듯 미소를 지었다. 흑인 남자애들도 그 아이는 복도에서 발을 걸어 넘어뜨리지 않았다. 백인 남자애들도 돌을 던지지 않았고, 백인 여자애들은 그애와 수업 활동의 짝이 되어도 이빨 사이로 기분 나쁜 소리를 내지 않았다. 화장실에서 그 아이가 세면대로 다가오면 흑인 여자애들은 옆으로 비켜서며 굽실거리듯 눈을 내리깔았다. 식당에서는 같이 식사할 친구를 찾을 필요도 없었다. 어디든 앉기만 하면 아이들이 그 탁자로 몰려들었다. 그애가 깐깐하게 준비된 점심 도시락을 열면, 앙증맞게 사등분된 달걀샐러드 샌드위치와 분홍색 당의를 입힌 컵케이크, 먹기 좋게 자른 셀러리와 당근, 탐스럽게 생긴 짙붉은 사과가 나타났고, 우린 잼 바른 빵이 전부인 점심이 창피해졌다. 흰 우유를 좋아하는지 사 마시기도 했다.

프리다와 나는 그애에게 관심이 가면서도 거슬렸고, 그러면서도 매혹되었다. 쏠리는 마음을 바로잡기 위해 결점을 열심히 찾아봤지만, 처음에는 모린 필 대신 머랭파이라는 짓궂은 이름으로 부르는 정도로 만족해야 했다. 나중에 그애 송곳니가 아주 뾰족하다는 것을 알게 되었을 때 소소한 환희를 맛보았다. 확실히 매력적이긴 해도 어쨌든 뾰족한 송곳니였으니까. 그리고 그애가 양손에 손가락을 여섯 개씩 가지고 태어났고 남는 손가락을 제거한 자리가 살짝 튀어나왔다는 사실을 알아냈을 때도 우리는 씩 웃었다. 별것 아닌 승리였지만 우리는 그것이라도 잘 활용해 그애 등뒤에서 "육손이에 뾰족 송곳니 머랭파이"라고 부르며 키득거렸다. 하지만 우리의 적대감에 아무도 합류하려 하지 않아 그애를 놀리는 건 우리 둘뿐이었다. 다들 그애를 흠모했으니까.

그애 사물함이 내 사물함 옆에 배정되자 난 하루에 네 번씩 실컷 질투를 부릴 수 있었다. 우리는 그애가 허락해주기만 하면 당장이라도 친구가 될 마음을 몰래 품고 있지 않나 서로를 의심했지만, 난 그 우정이 위태로우리라는 것을 알았다. 그애의 화사한 녹색 긴 양말의 흰 가장자리를 눈으로 좇다가 줄줄 흘러내리는 내 갈색 스타킹을 의식할 때면 그애를 발로 차버리고 싶었으니까. 그 눈 속의 거저 얻은 도도함이 떠오를 때면 그애가 사물함에 손을 넣고 있을 때 우연을 가장하며 문을 쾅 닫아버릴 계획을 꾸미게 되었으니까.

하지만 아무래도 사물함이 나란히 있다보니 우리는 조금 친해졌고, 그애가 절벽에서 떨어지는 장면을 떠올리거나 영리하게 골탕 먹일 생각에 킬킬거리지 않으면서도 어지간한 대화를 나눌 수 있게 되었다.

어느 날 사물함 앞에서 프리다를 기다리는데 그애가 다가왔다.

"안녕."

"안녕."

"언니 기다려?"

"응."

"집이 어느 쪽이야?"

"트웬티퍼스트 스트리트에서 브로드웨이 방향."

"왜 트웬티세컨드 스트리트로 안 가?"

"집이 트웬티퍼스트 스트리트니까."

"오, 그럼 내가 그쪽으로 가지 뭐. 어느 정도만."

"마음대로 해."

프리다가 우리 쪽으로 걸어왔다. 발에 난 구멍을 가리려고 갈색 스타킹의 발가락 부분을 발바닥 아래로 집어넣었기 때문에 무릎 부분이 팽팽했다.

"모린이 중간까지 우리랑 같이 가겠대."

나는 프리다와 시선을 주고받았다. 프리다는 눈짓으로 자제하라고 부탁했지만 내 눈은 아무런 약속도 하지 않았다.

봄날처럼 따스한 날이었다. 마치 모린처럼, 생기를 죽이는 겨울의 껍데기를 뚫고 나온 날. 진흙과 물웅덩이와 손짓하는 따스함에 우리는 봄이라는 착각에 빠졌다. 거기에 속아 코트를 머리에 걸치고 덧신을 학교에 두고 왔다가 다음날 심한 기침에 시달리게 되는 그런 날이었다. 날씨의 사소한 변화, 하루 동안의 가장 미세한 변화에도 우리는 늘 반응했다. 땅 밑에서 씨앗이 들썩이기 한참 전부터 나와 프리다는 흙을 파거나 쑤셔대고, 공기를 들이마시고 빗물을 마셨다……

모린과 함께 학교에서 나오자마자 우리는 옷을 한 겹씩 벗기 시작했다. 머리에 쓰는 스카프를 코트 주머니에 넣고 코트는 머리에 걸쳤다. 모린의 모피로 된 머프를 어떻게 배수로에 처박을 수 있을까 궁리하는데, 운동장에서 왁자지껄한 소리가 들려왔다. 남자애 무리가 제물을 가운데에 두고 몰아대고 있었다. 페콜라 브리드러브였다.

베이 보이, 우드로 케인, 버디 윌슨, 주니 버그. 그들이 준보석 목걸이처럼 페콜라를 둘러싸고 있었다. 자신들의 사향 냄새에 흥분하고 다수에게 주어지는 손쉬운 힘에 잔뜩 흥분하여 신이 나서 그애를 괴롭혔다.

"엄청 새카매, 엄청 새카매. 네 아버지는 발가벗고 잠을 잔다며. 엄청 새카매, 엄청 새카매. 네 아버지는 발가벗고 잠을 잔다며. 엄청 새카매……"

당사자가 어떻게 해볼 수 없는 두 가지로 즉석에서 모욕적인 노래를 지어 불렀다. 그녀의 피부색과 어른의 수면 습관이라는 거의 아무 연관도 없는 두 가지를 대충 엮어서. 그들도 검은 피부색을 가졌고 각자의 아버지도 마찬가지로 그런 느긋한 습관이 있다고 해봐야 무의미했다. 첫번째 모욕의 공격성은 그들이 자신의 흑인성을 업신여기기 때문에 생겨났다. 알게 모르게 일궈진 무지와 정교하게 습득된 자기혐오, 공들여 고안된 절망을 전부 꿀꺽 삼켜서 활활 타오르는 경멸의 횃불을 피워 올렸고, 그것은 텅 빈 정신 속에서 수 세대 동안 타오르거나 식어가다가 격분한 입 밖으로 흘러나와 그 순간 앞에 놓인 것은 무엇이든 태워 버리는 것이다. 불꽃이 이글거리는 구덩이에 자기들 대신 당장이라도 집어던질 제물을 가운데에 두고 그 아이들은 섬뜩한 춤을 췄다.

엄청 새카매 엄청 새카매 네 아버지는 발가벗고 잠을 잔다며
얼레리꼴레리
얼레리꼴레리

페콜라는 울면서 그 원에서 빠져나오려 빙빙 돌고 있었다. 공책은 이미 땅에 떨어뜨린 채 손으로 눈을 가리고 있었다.

그애들이 우리를 발견하고 우리에게 달려들면 어쩌나 걱정하면서도 우리는 그쪽을 바라보았다. 그때 프리다가 입술을 앙다물고 엄마처럼 눈을 부릅뜨더니 머리에 걸친 코트를 홱 잡아채서 땅바닥에 내던졌다. 그러곤 그쪽으로 달려가 들고 있던 책으로 우드로 케인의 머리를 후려쳤다. 원은 깨지고 우드로 케인은 머리를 부여잡았다.

"뭐야, 계집애가!"

"당장 그만둬, 알았어?" 그렇게 우렁차고 또렷한 프리다의 목소리는 들어본 적이 없었다.

프리다가 키가 더 커서였을 수도 있고, 그애가 프리다의 눈을 봤기 때문이었을 수도 있고, 그 놀이에 흥미를 잃었기 때문일 수도 있고, 그애가 프리다를 몰래 좋아하기 때문이었을 수도 있는데, 어쨌든 우드로가 순간 겁먹은 표정을 짓는 바람에 프리다는 더욱 기세등등해졌다.

"쟤 건드리지 마, 안 그러면 네가 무슨 짓 했는지 다 말할 거야!"

우드로는 눈만 휘둥그레 뜬 채 아무 대답도 하지 않았다.

베이 보이가 목청을 높였다. "꺼져, 계집애야! 네가 무슨 상관이야."

"넌 입 닥쳐, 돌머리야." 나도 마침내 입이 터졌다.

"누구보고 돌머리래?"

"너보고 돌머리라지, 돌머리야."

프리다가 페콜라의 손을 잡았다. "가자."

"입술 터져보고 싶어?" 베이 보이가 주먹을 날릴 자세를 취했다.

"그래, 한번 때려보시지."

"그러다 진짜 맞는다."

모린이 다가와 내 곁에 붙어섰고, 남자애들은 봄날 같은 눈을 동그랗게 뜨고 관심을 보이는 그 아이 앞에서 언쟁을 계속하기가 싫은 듯했다. 유심히 지켜보는 그 시선 아래에서 여자애 셋을 때려눕히고 싶진 않은지 당황하며 머뭇거렸다. 싹트고 있는 남성의 본능이 우리는 관심을 보일 가치도 없는 대상이라고 알려주자, 그 말을 따랐다.

"가자."

"그래, 가자. 쟤네들하고 바보짓 할 시간 없어."

그러면서 무심한 욕설 몇 마디를 내뱉은 뒤 자리를 떴다.

난 페콜라의 공책과 프리다의 코트를 집어들었고, 우리 넷은 함께 운동장을 나섰다.

"그 총알머리는 노상 여자애들을 괴롭혀."

프리다가 내 말에 동의했다. "포러스터 선생님 말씀이 교정 불가능이래."

"정말?" 난 그 말뜻을 몰랐지만, 듣기만 해도 무시무시한 것이 베이보이에게 딱 맞는 말 같았다.

하마터면 싸움이 벌어질 뻔했던 상황을 두고 프리다와 내가 그렇게 떠들고 있는데, 갑자기 생기발랄해진 모린이 벨벳 코트를 입은 팔로 페콜라의 팔짱을 끼더니 아주 친한 친구인 양 행동하기 시작했다.

"난 이곳으로 막 이사왔어. 내 이름은 모린 필이야. 넌 이름이 뭐야?"

"페콜라."

"페콜라? 그건 〈슬픔은 그대 가슴에〉에 나오는 여자 이름 아니야?"

"몰라. 그게 뭔데?"

"영화 있잖아. 물라토 여자가 흑인이고 못생겼다며 어머니를 미워하다가 장례식에서 엄청 울잖아. 정말 슬펐어. 다들 울더라고. 클로넷 콜베르*도 울고."

"아." 페콜라의 목소리는 한숨과 다를 바 없었다.

"어쨌든 그 여자 이름도 페콜라였어. 정말 예뻐. 다시 상영하면 또 가서 볼 거야. 어머니는 네 번이나 보셨대."

뒤를 따라가던 프리다와 나는 모린이 페콜라에게 다정하게 대하는 것을 보고 놀라면서도 한편으로는 기뻤다. 결국 그렇게 나쁜 애는 아니구나 싶었다. 프리다는 다시 코트를 머리에 썼고, 우리는 코트를 망토처럼 걸친 채 따스한 산들바람과 프리다의 용감무쌍한 행동을 즐기며 종종걸음을 옮겼다.

"너 나랑 체육수업 같이 듣지?" 모린이 페콜라에게 물었다.

"응."

"어크마이스터 선생님 다리는 분명 오다리야. 그런데도 자기 다리가 귀엽다고 생각할걸. 자기는 아주 짧은 바지를 입으면서 우리한테는 왜 펑퍼짐한 구식 반바지를 입으라고 하는 거야? 그걸 입을 때마다 죽고 싶은 심정이라니까."

페콜라는 미소를 지었지만 모린을 쳐다보지는 않았다.

"야," 모린이 걸음을 뚝 멈췄다. "저기 아이절리**가 있네. 아이스크

---

* 〈슬픔은 그대 가슴에〉의 주연인 프랑스 출신 미국 배우.
** 1900년대 초 오하이오주에서 문을 연 뒤 미국 전역으로 퍼져나간 유제품 판매점 아이절리(Isaly's)를 Isaley's로 철자를 바꾼 것.

림 먹을래? 나 돈 있어."

그애는 머프 속에 숨겨진 주머니를 열더니 꼬깃꼬깃 접힌 1달러 지폐를 꺼냈다. 난 그애의 긴 양말을 용서했다.

"우리 삼촌이 아이절리를 고소했어." 모린이 우리 셋을 보며 말했다. "애크런에 있는 아이절리를 고소했지. 삼촌이 약간 거칠게 행동해서 점원이 아이스크림을 안 팔겠다고 했는데, 삼촌 친구인 경찰이 마침 가게에 들어와서 그 광경을 목격했대. 그래서 소송을 했지."

"소송이 뭐야?"

"때려주고 싶은 사람 때려줘도 아무도 어떻게 못하는 거야. 우리 가족은 맨날 소송을 해. 소송이면 다 된다고 믿거든."

아이절리 앞에서 모린이 우리 둘을 돌아보며 물었다. "너희도 아이스크림 먹을 거야?"

우리는 서로 마주보았다. "아니." 프리다가 말했다.

모린은 페콜라와 함께 가게 안으로 사라졌다.

프리다는 무덤덤하게 길바닥을 내려다봤다. 난 무슨 말인가 꺼내려고 입을 벌렸다가 바로 닫았다. 모린이 우리에게 아이스크림을 사주리라 전적으로 믿었다는 것, 방금 120초 동안 머릿속으로 어떤 맛을 먹을지 골랐고 모린이 좋아지기 시작했다는 것, 그리고 우리에게 동전 한푼도 없다는 사실을 세상 누구도 모르게 하는 일이 극히 중요하다는 생각을 했다.

우리는 페콜라가 남자애들에게 당해서 모린이 잘해준다고 보았고, 그애가 당연히 우리에게도 아이스크림을 사줄 테고 우리도 페콜라만큼 그런 대접을 받을 만하다는 생각을 하다가 들키는 바람에—아무리 우리 사이라도—멋쩍은 기분이었다.

두 사람이 가게를 나왔다. 페콜라는 오렌지맛과 파인애플맛 두 덩이짜리를 들고 있었고, 모린은 블랙라즈베리맛을 들고 있었다.

"너희도 사 먹지 그랬어. 별별 맛이 다 있던데." 그러고는 페콜라에게 말했다. "콘 맨 아래까지 다 먹지 마."

"왜?"

"그 안에 파리 있어."

"어떻게 알아?"

"아는 것까진 아니고. 어떤 애가 그러는데 예전에 맨 아래에서 파리가 나와서 그다음부터 끝부분은 그냥 버린대."

"아."

우리는 드림랜드 극장 앞을 지나갔다. 베티 그레이블이 웃는 얼굴로 내려다보고 있었다.

"정말 사랑스럽지 않아?" 모린이 물었다.

"으응." 페콜라가 말했다.

난 반대했다. "헤디 라마가 더 나아."

모린이 동의했다. "아아, 그래. 어머니한테 들은 얘기인데, 예전에 살던 데서 어머니가 미용실에 갔는데 오드리라는 여자애가 자기 머리를 헤디 라마처럼 해달라고 했대. 그러니까 미용사가 '그래, 네 머리가 헤디 라마 머리 같다면야 해주지' 그랬대." 모린은 한참을 귀엽게 웃었다.

"멍청하기도 해라." 프리다가 말했다.

"그러니까 말이야. 게다가 아직 월경도 시작하지 않았대. 열여섯 살이나 됐는데. 넌 시작했어?"

"응." 페콜라가 우리를 힐끗 보았다.

"나도." 모린은 자부심을 숨기려 하지 않았다. "두 달 전에 시작했어. 전에 살았던 털리도의 내 친구는 처음 시작했을 때 무서워서 죽을 뻔했다더라. 죽는 줄 알았대."

"뭣 때문에 하는 건지 알아?" 페콜라가 물었는데, 자기가 대답하고 싶은 눈치였다.

"아기를 위해서지." 너무 뻔한 것 아니냐는 투로 모린이 연필로 그린 듯한 두 눈썹을 치켜올렸다. "아기가 몸안에 있을 때 피가 필요하잖아. 그래서 아기를 가지면 월경을 안 하는 거야. 아기를 가지지 않았을 때는 피를 모아둘 필요가 없으니까 밖으로 나오는 거고."

"피가 아기한테 어떻게 가?" 페콜라가 물었다.

"생명줄을 통해서지. 알잖아. 배꼽 자리에 있는 거. 거기서 생명줄이 자라서 아기에게 피를 보내는 거야."

"아기에게 피를 보내려고 배꼽에서 생명줄이 자라는 거라면, 아기는 여자들만 갖는데 남자애들은 배꼽이 왜 있어?"

모린이 머뭇거리다가 인정했다. "몰라. 하지만 남자애들한테는 쓸데없는 온갖 것이 있잖아." 짤랑짤랑 울리는 그애의 웃음소리가 불안한 우리 웃음소리보다 어쩐지 더 강렬했다. 그애는 아이스크림콘 가장자리로 흘러내리는 자주색 아이스크림을 혀로 핥았는데, 그 모습을 보는 내 눈에 눈물이 고였다. 신호등이 바뀌기를 기다리며 서 있었다. 모린은 가장자리로 흘러내리는 것을 계속 핥아먹을 뿐 한입 베어먹는 적이 없었다. 나라면 베어먹을 텐데. 혀가 콘 가장자리를 빙빙 돌았다.

페콜라는 이미 다 먹은 뒤였다. 모린은 분명 자기 것이 오래가는 걸 좋아하는 모양이었다. 내가 그 아이스크림에 대해 생각하는 동안 그애는 자기가 방금 했던 말을 생각하고 있던 게 분명했다. 페콜라에게 이렇게 물었던 것이다. "너 발가벗은 남자 본 적 있어?"

페콜라가 눈을 깜박이더니 시선을 돌렸다. "아니. 내가 어디서 발가벗은 남자를 보겠어?"

"모르지. 그냥 물어본 거야."

"그런 게 눈에 띄어도 난 쳐다보지도 않을 거야. 더러워. 발가벗은 남자를 보고 싶어하는 사람이 어디 있어?" 페콜라가 격앙되어 말했다. "자기 딸 앞에서 발가벗은 모습을 보이는 아버지는 세상천지에 없을 거야. 더러운 사람이 아니라면 말이야."

"'아버지'라고 안 했어. 그냥 '발가벗은 남자'라고 했지."

"그러니까……"

"왜 '아버지'라고 했어?" 모린은 궁금한 모양이었다.

"아버지가 아니면 달리 볼 사람이 누가 있겠니, 뾰족 송곳니야." 난 화를 낼 기회가 생겨 신이 나서 말했다. 단지 아이스크림 때문이 아니었다. 우리도 벌거벗은 아버지를 본 적이 있는데, 수치심을 모르는 누군가로 인해 그런 사실을 어쩔 수 없이 떠올리며 수치심을 느끼는 것이 기분 나빴기 때문이다. 아버지가 욕실에서 나와 복도를 따라 침실에 가다가 열린 우리 방문 앞을 지나갔더랬다. 우리는 휘둥그레진 눈으로 누워 있었다. 아버지는 우리가 정말 자고 있는지 확인하려는 듯 잠깐 멈춰 서서 어두운 방안을 들여다봤다. 아니, 번쩍 뜬 눈이 바라보고 있는 듯한 이 느낌은 그저 상상인가? 아버지는 우리가 잔다고 확신하는 게 분명했다. 눈이 휘둥그레진 딸들이 누운 채 자신을 뚫어져라 쳐다보고 있을 리 없다고 굳게 믿고는 가던 길을 갔다. 아버지가 사라진 후에도 어둠이 그 존재만 앗아갔을 뿐 발가벗은 모습은 사라지지 않았다. 우리 방안에 그대로 남았다. 친근한 존재처럼.

"너한테 묻지 않았어." 모린이 말했다. "게다가 얘가 발가벗은 아버지를 봤건 말건 난 신경 안 써. 원하면 하루종일이라도 보라지. 누가 신경쓴다고?"

"네가 신경쓰잖아." 프리다가 말했다. "네가 그 얘기만 하고 있으면서."

"아니거든."

"맞거든. 남자애, 아기, 누군가의 발가벗은 아버지. 너 남자에게 정신이 팔렸구나."

"입다무는 게 좋을걸."

"누가 내 입을 막을 건데?" 프리다가 엉덩이에 손을 얹고 얼굴을 모린에게 가까이 들이밀었다.

"넌 전부 누가 만들어놓은 거야. 엄마가 만들었겠지."

"우리 엄마 얘기 하지 마."

"그럼 넌 우리 아빠 얘기 하지 마."

"누가 네 아빠 얘기를 했다고 그래."

"네가 했잖아."

"네가 먼저 꺼냈잖아."

"너한테 한 얘기도 아니잖아. 페콜라한테 한 말이라고."

"그래, 발가벗은 아빠를 봤다는 말을 했지."

"봤으면, 그게 뭐 어쨌다고?"

페콜라가 소리를 빽 질렀다. "발가벗은 아빠 본 적 없어. 절대로."

"너도 봤잖아." 모린이 쏘아붙였다. "베이 보이가 그랬잖아."

"아냐."

"맞아."

"아니라고."

"맞아. 그것도 네 아빠를!"

페콜라는 머리를 쑥 집어넣었다. 우스꽝스러우면서 애처롭고 무력한 동작이었다. 귀를 막고 싶은 듯 어깨를 올리고 목을 움츠렸다.

"걔 아빠 얘기 그만해." 내가 말했다.

"내가 늙고 시커먼 걔 아빠를 왜 신경쓰겠어?" 모린이 말했다.

"시커멓다고? 누구더러 시커멓다는 거야?"

"너!"

"네가 되게 귀여운 줄 알지!" 그러면서 내가 팔을 휘둘렀는데, 잘못해서 페콜라의 얼굴을 때렸다. 내 어설픈 동작에 울화가 치밀어 그애를 향해 공책을 집어던졌지만 벨벳 코트에 덮인 자그마한 등을 맞혔을 뿐이었다. 그애가 이미 몸을 돌려 차들이 달리는 도로를 쌩하니 건너가고 있었기 때문이다.

건너편 보도에 닿자 그애는 마음놓고 우리를 향해 고함을 질렀다. "당연히 난 귀엽지! 너는 못생겼고! 엄청 시커멓고 못생겼어. 난 귀여워!"

그애가 길을 달려내려갔다. 긴 녹색 양말을 신은 다리가 어쩐지 목 잘린 야생 민들레 줄기처럼 보였다. 그애가 던진 말이 너무 엄청나서 우린 잠깐 얼이 빠졌다. 프리다와 나는 곧 정신을 차리고 "육손이 뾰족 송곳니 머랭파이!"라고 외쳤다. 녹색 줄기와 토끼털이 시야에서 사라질 때까지 우리가 가진 가장 강력한 무기인 그 모욕적 말을 몇 번이고 외쳤다.

어른들은 보도 끝에 선 여자애 셋을 보고 눈살을 찌푸렸다. 둘은 코트를 망토처럼 머리에 걸쳐 코트 깃이 수녀복처럼 눈썹까지 내려왔고, 무릎을 겨우 덮는 갈색 스타킹 위쪽에 연결된 검은색 가터가 다 내보였다. 성난 얼굴은 검은 콜리플라워처럼 온통 일그러져 있었다.

페콜라는 모린이 도망간 방향에서 시선을 떼지 못한 채 우리와 좀 거리를 두고 서 있었다. 날개를 접듯 스스로를 접어넣은 듯했다. 고통받는 그 모습에 난 적의가 솟구쳤다. 그애를 다시 펼쳐 날을 세우게 만들고 싶었다. 구부정한 척추에 막대기를 쑤셔박아서 억지로 곧게 일으켜세우고 침을 뱉듯 자신의 비참함을 거리에 내뱉게 하고 싶었다. 하지만 그애는 속으로 삼킨 뒤 둘둘 말아 눈 속에 담아둘 뿐이었다.

프리다가 머리에 들쓰고 있던 코트를 홱 벗었다. "가자, 클로디아. 잘 가, 페콜라."

우리는 빠른 걸음으로 걷기 시작했지만 점점 걸음이 느려졌다. 걷다가 멈춰서 가터를 조이고 신발 끈을 매고, 오래된 상처를 긁거나 살펴보았다. 모린의 마지막 말이 타당하고 정확하고 적절한 말이라서 그 무게에 눌려 가라앉고 있었다. 그애가 귀엽다면—세상 무엇보다 믿을 만한 사실이니까—우리는 귀엽지 않은 것이 맞았다. 그건 무슨 뜻인가? 우리가 그보다 못하다는 뜻이다. 더 상냥하고 더 총명할 수도 있지만 그래도 여전히 못하다는 것. 인형은 망가뜨려 없앨 수 있지만, 세상

속 모린 필들을 마주했을 때 부모님과 이모들에게서 나오는 달콤한 목소리나 동급생의 눈빛에 어리는 복종심이나 선생님들 시선에 어리는 약삭빠른 표정은 없애버릴 수가 없었다. 비결이 뭘까? 우리에겐 뭐가 부족한 걸까? 그게 어째서 중요한 걸까? 그래서 뭐가 어쨌다고? 당시 우린 아직 순진하고 허영심도 없어서 여전히 우리 자신을 사랑했다. 우리 피부색이 편안했고, 우리 감각이 우리에게 풀어놓는 소식을 즐겼고, 우리의 더러움에 감탄했고, 우리의 상처를 잘 돌보았고, 그래서 이런 식의 무가치함은 제대로 이해할 수 없었다. 부러운 마음은 이해했고, 자연스럽다고 보았다. 남이 가진 것을 나도 가지고 싶은 갈망이니까. 하지만 시기심은 우리에겐 낯선, 새로운 감정이었다. 모린 필은 적이 아니고 그렇게 강렬한 미움을 받을 이유가 없다는 사실을 내내 알고 있었다. 두려워할 그것은 바로 우리가 아닌 그애를 아름답게 해준 그것이었다.

문을 열었을 때 집안은 조용했다. 지글지글 끓는 순무의 아린 냄새에 입안에 시큼한 침이 가득 고였다.

"엄마!"

대답은 없이 발소리만 들렸다. 헨리 씨가 계단을 반쯤 내려왔다. 목욕가운 밖으로 털 없는 굵은 다리 한쪽이 비죽 나와 있었다.

"안녕, 그레타 가르보. 안녕, 진저 로저스."

우리는 그 말에 키득키득 웃었는데 워낙 자주 있는 일이었다. "안녕하세요, 헨리 아저씨. 엄마 어디 계세요?"

"할머니 댁에 가셨다. 순무 잘라놓고 그레이엄 크래커 먹고 어머니 돌아올 때까지 기다리라고 하시더라. 다 부엌에 있어."

우리는 말없이 식탁에 앉아 크래커를 부숴 개미언덕처럼 쌓았다. 곧 헨리 씨가 다시 계단을 내려왔다. 이제는 목욕가운 속에 바지를 입고 있었다.

"아이스크림 먹지 않을래?"

"오, 좋아요."

"자. 여기 25센트 동전. 아이절리에 가서 사 먹어. 오늘도 착하게 굴었지?"

그의 연둣빛 말에 그날이 제 색을 되찾았다. "네. 감사합니다, 헨리 아저씨. 엄마 돌아오시면 그렇게 말해주시겠어요?"

"그럼. 하지만 돌아오시려면 아직 멀었다."

우리는 코트도 입지 않은 채 집을 나섰다. 길모퉁이에 이르렀을 때 프리다가 말했다. "난 아이절리에 안 갈래."

"뭐라고?"

"아이스크림 먹고 싶지 않아. 감자칩이 먹고 싶어."

"아이절리에도 감자칩 있잖아."

"알아. 하지만 뭐하러 거기까지 가? 미스 버사네에도 감자칩 있는데."

"하지만 난 아이스크림 먹고 싶어."

"아냐, 클로디아."

"맞아."

"그럼 넌 아이절리에 가. 난 미스 버사네 갈 테니."

"동전은 언니가 가지고 있잖아. 그리고 그 멀리까지 혼자 가고 싶지 않아."

"그러니까 같이 미스 버사네 가자. 그 집 사탕 좋아하잖아, 안 그래?"

"다 오래된 사탕이야, 게다가 없는 물건도 많고."

"오늘 금요일이잖아. 금요일마다 물건이 들어와."

"게다가 정신 나간 늙은이 소프헤드 처치도 거기 살잖아."

"그게 뭐 어때서? 우린 둘이잖아. 무슨 짓 하려고 하면 도망가면 되지."

"무섭다고."

"어쨌든 난 아이절리까지 가고 싶지 않아. 머랭파이가 근처에서 얼쩡거릴 것 같아. 걔를 또 마주치고 싶어, 클로디아?"

"가자, 프리다. 사탕 먹을게."

미스 버사의 가게는 사탕과 코담배와 잎담배를 파는 작은 가게였다. 집 앞마당에 벽돌로 지은 한 칸짜리 공간이었다. 문틈으로 들여다보고 아무도 없으면 뒤쪽으로 가서 집 문을 두드려야 했다. 그날 미스 버사는 햇빛이 대롱 모양으로 들어오는 계산대 뒤에 앉아 성경책을 읽고 있었다.

프리다는 감자칩을 샀고, 우리는 10센트를 주고 파워하우스 초코바를 세 개 샀다. 그러고도 10센트가 남았다. 우리는 집 옆에 자라난 라일락 관목 아래 앉으려고 서둘러 돌아갔다. 로즈메리가 보고 부러워하라고 우리는 늘 그곳에서 사탕 춤을 추었다. 사탕 춤이란 사탕이 생기면 갑자기 마음이 동해서 나오는 춤으로, 노래를 흥얼거리고 폴짝폴짝 뛰고 발을 구르고 사탕을 쪽쪽 빠는 동작을 적절히 섞는 것이다. 집과 라일락 관목 사이를 기어가는데, 말소리와 웃음소리가 들렸다. 엄마가 왔나보다 생각하며 응접실 창문을 들여다보았다. 엄마가 아니라 헨리 씨와 두 여자가 보였다. 할머니가 아기들에게 하듯이 그는 한 여자의 손가락을 빨고 있었고, 여자의 깔깔거리는 웃음소리가 그의 머리 위 조그만 공간을 가득 채웠다. 다른 여자는 자기 코트 단추를 채우고 있었다. 그들이 누구인지 단박에 알아챈 우리는 순간 오싹해졌다. 한 사람은 차이나, 다른 한 사람은 마지노선이라는 여자였다. 난 목 뒤쪽이 따끔거렸다. 그들은 엄마와 할머니가 질색하는, 적갈색 매니큐어를 바르는 화려한 여자들이었다. 그런데 우리집에서.

차이나는 아주 끔찍하지는 않았다. 적어도 우리가 상상하기로는 그랬다. 좀 멍하면서 순해 보이고 나이가 지긋한 마른 여자였다. 마지노선은 아니었다. 그녀는 어머니가 '내 접시에서 음식을 먹는 걸 두고 보지 않을' 그런 여자였다. 독실한 여자라면 눈길도 주면 안 되는 여자였다. 사람들을 죽이고 불에 태우고 독살하고 잿물에 넣고 끓인다는 그런 여자였다. 난 통통한 살집 아래 숨겨진 마지노선의 얼굴이 참 예쁘다 싶었지만, 그녀에 대해 워낙 험악한 말을 많이 들었고 그 이름만 나오면 다들 놀라서 입을 벌리는 걸 봐온 터라, 그것을 만회할 만한 특성에 오래 관심을 가질 수 없었다.

차이나는 누르께한 치아를 드러내며 헨리 씨와 진짜로 재미를 보는 것 같았다. 그녀의 손가락을 빠는 그의 모습을 보고 있자니 그의 방에 있던 누드잡지가 떠올랐다. 내 안 어디선가 찬바람이 불어와 두려움과 막연한 갈망의 작은 이파리들이 들썩거렸다. 난 마지노선의 얼굴에 은은한 외로움이 스쳐가는 것을 보았다고 생각했다. 하지만 그 코에서 천천히 뿜어나오는 뜨거운 기운과 영화에서 본 하와이의 폭포를 연상

시키는 그 눈 속에서 본 것은 나 자신의 이미지였는지도 몰랐다.

마지노선이 하품을 하고 말했다. "가자, 차이나. 종일 이러고 있을 수는 없잖아. 이 집 식구들이 곧 올 테니." 그러고는 문 쪽으로 움직였다.

프리다와 나는 바로 땅에 바짝 엎드리고는 당황하여 서로를 바라보았다. 여자들이 어느 정도 멀어진 뒤 우리는 집안으로 들어갔다. 헨리 씨는 부엌에서 탄산수 병을 따고 있었다.

"벌써 왔어?"

"네."

"아이스크림은 다 먹었고?" 자그마한 그의 치아가 무척 상냥하면서도 무력해 보였다. 차이나의 손가락으로 장난치던 것이 진정 우리의 헨리 씨란 말인가?

"아이스크림 말고 사탕을 샀어요."

"뭘 샀다고? 단것 좋아하는 그레타 가르보 같으니."

그는 병에 맺힌 물기를 닦아낸 뒤 입으로 가져갔다. 그 동작에 난 마음이 불편해졌다.

"그 여자들 누구예요, 헨리 아저씨?"

그가 탄산수를 마시다가 캑캑거리며 프리다를 바라보았다. "뭐라고 했니?"

"방금 여기서 나간 여자들이요. 그 사람들 누구예요?"

"오." 그는 '당장 거짓말로 둘러댈 어른'의 웃음을 지었다. 우리가 잘 아는 '헤헤' 이런 웃음.

"성경모임 회원들이야. 모여서 성경을 읽는데, 오늘은 여기서 읽는 날이거든."

"아." 프리다가 말했다. 상냥한 치아 사이로 거짓말이 나오는 모습이 보기 싫어서 난 그의 실내용 슬리퍼를 내려다보았다. 계단 쪽으로 걸어가던 그가 몸을 돌렸다.

"어머니께는 얘기하지 않는 게 좋겠구나. 성경공부를 탐탁지 않게 여기는데다 내가 집에 손님을 들이는 걸 안 좋아하시니까, 착한 기독교인이라도 말이지."

"알겠어요, 헨리 아저씨. 말 안 할게요."

그는 재빨리 계단을 올라갔다.

"엄마에게 말해야 하나?" 내가 물었다.

프리다가 한숨을 쉬었다. 파워하우스 초코바나 감자칩 봉투는 아직 뜯지도 않았고, 프리다는 이제 손가락으로 포장지의 글씨를 문질렀다. 그러다 갑자기 고개를 들고 부엌을 둘러보기 시작했다.

"아니, 말하지 말자. 접시가 나와 있지 않잖아."

"접시라니? 무슨 소리야?"

"접시가 나와 있지 않다고. 마지노선이 엄마 접시를 꺼내 음식을 먹지는 않았다는 거잖아. 게다가 엄마에게 말해봐야 종일 야단이나 떨겠지."

우리는 자리에 앉아 아까 쌓아놓은 그레이엄 크래커 개미언덕을 바라보았다.

"순무나 잘라야겠다. 타버리면 엄마한테 매맞을 거야." 프리다가 말했다.

"그렇겠지."

"하지만 타버리면 순무를 먹지 않아도 되는데."

'와, 그거 멋진 생각인데.' 나는 생각했다.

"어느 쪽이 나아? 매맞고 순무 안 먹는 쪽, 아니면 순무 먹고 매 안 맞는 쪽."

"글쎄, 약간만 태워서 우린 못 먹겠다고 하면 안 될까? 엄마랑 아빠만 드시라고."

"좋아."

난 개미언덕으로 화산을 만들었다.

"프리다."

"왜?"

"아까 하려 했던 말 말이야. 우드로가 뭘 어쨌는데?"

"자다가 오줌을 쌌대. 케인 아주머니가 엄마한테 하는 말이, 고치지 못할 거래."

"더러워."

하늘이 어둑해지고 있었다. 창밖을 내다보니 눈발이 날리고 있었다. 화산 꼭대기에 손가락을 찔러넣었더니 와르르 무너지며 금색 가루가 작은 소용돌이를 이루며 흩날렸다. 순무가 담긴 솥에서 딱딱 소리가 났다.

고양이를보라야옹야옹운다이리와서놀아이리와서제인이랑놀아고양이는놀
아놀아놀아놀아주지않는다

그들의 고향은 모빌이다. 에이킨이다. 뉴포트뉴스다. 매리에타다.
머리디언이다. 그들의 입에서 이런 지명이 나오면 당신은 사랑을 떠올
린다. 고향이 어디냐는 질문에 그들이 고개를 갸우뚱하며 '모빌'이라
고 말하면 당신은 키스를 받은 기분이 든다. '에이킨'이라고 하면 찢어
진 날개로 울타리에서 휙 날아오르는 흰나비가 눈에 보인다. '내거도
치스'라고 하면 '그래, 그럴게'라고 답하고 싶어진다. 그 마을이 어떤
곳인지 모르지만, 그들의 입술이 벌어지며 그 이름이 미끄러지듯 나올
때 허공에서 일어나는 일이 정말 마음에 든다.
    머리디언. 그 소리는 찬송가의 첫 네 음처럼 방 창문을 열어젖힌다.
그렇게 은밀한 애정을 담아 자기 고향의 이름을 말할 수 있는 사람은
거의 없다. 태어난 장소만 있을 뿐 고향이 없어서일 수도 있지만. 이

여자들은 자기 고향의 단물을 잔뜩 빨아들이며, 그것은 절대 사라지지 않는다. 그들은 머리디언, 모빌, 에이킨, 배턴루지의 뒷마당에서 접시꽃을 오래도록 바라보았던 깡마른 갈색 피부의 여자들이다. 접시꽃처럼 가늘고 키가 크고 고요하다. 뿌리는 깊고 줄기는 단단해서, 그저 꼭대기에 달린 꽃만 바람에 고개를 끄덕인다. 그들의 눈은 하늘 색깔만 보고도 몇시인지 아는 사람의 눈이다. 그런 여자들은 누구나 돈 되는 일에 종사하는 조용한 흑인 동네에서 산다. 포치마다 그네가 매달려 있는 동네. 낫으로 풀을 베는 곳, 마당에서 맨드라미와 해바라기가 자라고 계단과 창턱마다 금낭화와 담쟁이와 산세비에리아 화분이 줄지어 놓인 곳. 그런 여자들은 과일장수 수레에서 수박과 깍지콩을 샀다. 삼면에 각각 10파운드, 25파운드, 50파운드, 이렇게 무게를 적고 나머지 한 면에 '얼음 없음'이라고 적은 판지가 창문에 놓여 있었다. 모빌과 에이킨에서 온 이 특정한 갈색 여자들은 여느 여자들과는 다르다. 안달하거나 신경질적이지 않고 목소리를 높이지도 않는다. 보이지 않는 옷깃에 대비되듯 도드라지게 뻗은 멋진 검은 목을 지니지도 않았다. 물어뜯을 듯한 시선도 아니다. 황설탕색 피부의 모빌 여자들이 거리를 다녀도 사람들은 술렁이지 않는다. 버터케이크처럼 달콤하고 담백하다. 가는 발목과 길고 좁은 발. 오렌지색 라이프부이 비누로 씻고, 캐시미어부케 파우더를 바르고, 작은 천에 소금을 묻혀 이를 닦고, 저겐스 로션을 바른다. 그들에게서는 나무와 신문과 바닐라 향이 난다. 딕시피치 머릿기름으로 머리칼을 곧게 펴고 옆 가르마를 탄다. 밤이면 누런 봉지를 잘라 만든 종이로 머리를 만 뒤 날염 스카프로 둘러 묶고, 양손을 포개 배 위에 얹고 잔다. 술을 마시지도, 담배를 피우지도, 욕을 하지도 않고, 섹스를 아직도 '짝짓기'라고 부른다. 성가대에서 메조 소프라노를 담당하는데, 목소리가 맑고 안정적이지만 독창으로 뽑히는 일은 없다. 풀 먹인 하얀 블라우스와, 하도 다림질을 해서 자줏빛이 도는 푸른 치마를 입고 두번째 줄에 선다.

그들은 연방정부의 지원을 받는 대학, 정규학교를 다니며 백인의 일을 세련되게 하는 법을 배운다. 백인의 음식을 준비하기 위한 가정 경제, 흑인 아이들에게 순종을 가르치기 위한 교육학, 피곤에 지친 주인의 몸과 마음을 풀어주고 무뎌진 영혼을 즐겁게 해줄 음악. 여기서 그들은 포치 그네와 금낭화 화분이 놓인 부드러운 가정에서 시작된 교육, 곧 올바르게 행동하는 법을 마저 완수한다. 절약과 인내와 도덕수준과 훌륭한 예절을 공들여 계발한다. 한마디로 펑키*한 특성을 없애는 법. 끔찍한 열정의 펑키함, 본성의 펑키함, 아주 광범위한 인간적 감정의 펑키함.

어디서든 이 펑키함이 튀어나오기만 하면 싹싹 닦아 없앤다. 딱딱하게 껍질이 생기면 녹여 없애버린다. 똑똑 떨어지거나 꽃을 피우거나 어딘가에 달라붙으면, 열심히 찾아내 그것이 죽어 없어질 때까지 싸운다. 이 싸움은 무덤에 들어가는 순간까지 지속된다. 약간 시끄럽다 싶은 웃음소리, 좀 굴렀다 싶은 발음, 약간 지나치다 싶은 손짓 같은 것. 너무 제멋대로 흔들거리지 않도록 엉덩이에 힘을 준다. 립스틱을 바를 때면 입술이 너무 두꺼워 보일 수 있으므로 절대 전체를 다 바르지 않는다. 그리고 머리칼 끝이 말려올라갈까봐 걱정이 태산이다.

---

* 블루스나 복음성가 등에 나타나는 흑인 특유의 감각과 스타일.

남자친구를 사귀는 일이라곤 없는 것 같은데, 다들 결혼은 한다. 아닌 척하면서 그들을 지켜보는 남자들이 있는데, 그런 여자를 자기 집에 들이면 하얗게 삶아 노간주나무 관목 위에 널어 말린 뒤 무거운 다리미로 빳빳하게 다린 침대보를 깔고 잘 수 있음을 아는 것이다. 남자의 어머니 사진을 예쁜 종이꽃으로 장식하고, 전실에는 커다란 성경책을 놓을 것이다. 그래서 안정된 느낌이 든다. 남자의 작업복을 수선하고 빨아서 다림질한 뒤 월요일에 대령하고, 일요일에 입을 셔츠는 하얗게 빨고 빳빳하게 풀을 먹여 문설주 옷걸이에 걸린 채 살랑살랑 흔들릴 것이다. 아내의 손을 보면 비스킷 반죽으로 뭘 만들지 알 수 있고, 커피와 튀긴 햄 냄새가 풍긴다. 작은 버터 덩이를 올린, 김이 오르는 흰 옥수숫가루를 본다. 아내의 엉덩이를 보면 아기도 쑥쑥 잘 낳을 거라는 확신이 든다. 옳은 생각이다.

그들이 모르는 것이 있다면 이 평범한 갈색 피부 여자가 나뭇가지를 하나하나 쌓아 둥지를 짓고 그것을 난공불락의 자기 세상으로 만들어, 그 안의 식물 하나, 잡초 하나, 작은 덮개 하나도 건드리지 못하도록, 심지어 남편도 손대지 못하도록 지키리라는 사실이다. 아무 말 없이 램프를 자기가 원래 놓았던 자리에 되돌려놓을 것이다. 스푼을 내려놓자마자 접시를 치우고 기름이 묻은 손으로 문손잡이를 만지면 당장 닦는다. 곁눈질로 쳐다보기만 해도 담배는 뒷문으로 나가 피우라는 뜻이 전달된다. 그 집 마당에 공이 들어가더라도 맘대로 들어가서는 안 된다는 것을 아이들은 즉각 알아차린다. 하지만 남자들은 그런 눈치가 없다. 아내가 자기 몸을 자주 허락하지 않고 전부 허락하지도 않는다는 사실을 모른다. 그 몸안으로 들어갈 때도 아내의 잠옷 밑단을 배꼽까지만 올리고 슬그머니 들어가야 한다. 성관계를 하는 동안 아내는 그에게 팔꿈치를 세우고 몸을 지탱하라고 말하는데, 말이야 가슴이 눌리면 아파서라고 하지만 사실은 남편을 만지거나 그의 몸을 느끼게 되는 것이 싫어서다.

남편이 자기 몸안에서 움직이는 동안, 아내는 어째서 긴요하고 은밀한 기관을 좀더 편리한 위치에 두지 않았을까 궁금해한다. 예를 들어 겨드랑이나 손바닥 같은 자리 말이다. 옷을 벗을 필요도 없이 쉽고 빠르게 접근할 수 있는 자리. 성행위 도중 머리에 말아놓은 종이가 풀어지기라도 하면 몸이 굳는다. 끝나자마자 재빨리 다시 말 수 있도록 풀어진 곳이 어디인지 확실히 기억해둔다. 남편이 땀을 흘리지 않기를 바란다. 자기 머리칼이 축축해지면 곤란하니까. 또한 자기 다리 사이가 건조하기를 바란다. 거기가 축축하면 쩍쩍 소리가 나는데 그 소리가 아주 질색이다. 남편이 곧 절정에 이를 것 같으면, 엉덩이를 빠르게 움직이며 남편의 등에 손톱을 박고 숨을 들이쉬며 오르가슴에 이르는 척한다. 남편의 성기가 자기 몸안에 있는 동안 그런 느낌이 일어나는 건 과연 어떤 것일지, 육백번째로 다시 궁금해할 수도 있다. 그 느낌에 그나마 가장 가까운 순간은 거리를 걸어가다가 벨트로 고정한 생리대가 풀어졌을 때였다. 걸을 때마다 생리대가 다리 사이에서 살살 움직였다. 살살, 아주 살살. 그러다가 문득 약하지만 확실히 짜릿한 감각이 가랑이 사이에 집중되었다. 기분좋은 자극이 점점 자라나 잠시 멈춰 선 채 다리를 꽉 오므리고 눌러놓아야 했다. 분명 이런 느낌일 거라는 생각이 들었지만 남편이 자기 몸안에 있을 때는 절대 그 느낌이 찾아오지 않는다. 남편이 물러나면 아내는 잠옷을 끌어내린 뒤, 안도하는 마음으로 살짝 침대에서 빠져나와 욕실로 들어간다.

이따금 어떤 생물에게 애정을 쏟기도 한다. 그녀의 질서정연함과 정확성과 항상성을 좋아하는 고양이 같은. 그녀만큼 깔끔하고 조용한. 고양이는 창턱에 조용히 자리를 잡고 애정어린 눈으로 그녀를 바라볼 것이다. 품에 안으면 고양이는 디딜 곳을 찾아 뒷발로 가슴을 누르고 앞발로 어깨를 움켜쥘 것이다. 부드러운 털을 문지르면 그 아래로 유순한 살이 느껴질 것이다. 손으로 어루만지면 고양이는 몸단장을 하고 기지개를 켜고 입을 벌릴 것이다. 고양이가 손 아래에서 몸을 비틀며 관능적 즐거움에 못 이겨 눈을 가느다랗게 뜨면 그녀도 묘하게 기분좋은 감각을 받아들일 것이다. 그녀가 조리대 앞에 서서 요리를 할 때면 정강이 주위를 빙빙 돌 테고, 털이 닿을 때 간질거림이 다리를 타고 허벅지까지 솟구쳐 파이 반죽을 주무르는 손가락이 미세하게 떨릴 것이다.

혹은 〈리버티 매거진〉의 '희망찬 생각' 코너를 읽는데 고양이가 무릎 위로 뛰어올라올 수도 있다. 불룩 솟은 등줄기의 털을 어루만지면 동물의 따스한 온기가 무릎 사이 아주 은밀한 구역으로 점점 스며들 것이다. 이따금 잡지를 툭 떨어뜨리고 무릎을 살짝 벌릴 테고, 그렇게 둘은 가만히 함께 있거나 함께 살짝살짝 움직이거나 함께 네시까지 잠을 잘 것이다. 일터에 갔던 침입자가 오늘 저녁식사는 뭘까 막연히 궁금해하며 돌아오는 그 시간까지.

고양이는 자신이 그녀에게 으뜸가는 애정의 대상이라는 사실을 늘 알 것이다. 심지어 아이를 낳은 다음에도. 사실 아이를 낳았으니까. 쑥 잘 낳았지만 딱 하나였다. 아들. 주니어라는 이름의.

겨드랑이나 가랑이 사이가 축축해지지 않는, 모빌이나 머리디언이

나 에이킨 출신 여자, 나무향과 바닐라향을 풍기고 가정경제학과에서 수플레를 만들었던 그 여자가 남편 루이스와 함께 오하이오주 로레인 으로 이사를 왔다. 이름은 제럴딘이었다. 그곳에 자신의 둥지를 짓고, 셔츠를 다리고, 금낭화를 화분에 심고, 고양이와 놀고, 루이스 주니어 를 낳았다.

제럴딘은 자기 아들 주니어가 아예 울 일이 없도록 했다. 신체적인 욕구라면 다 채워주었다. 안락하게, 배부르게. 항상 머리를 빗기고 목 욕을 시키고 오일을 발라주고 신발을 꼭 신겼다. 제럴딘은 아기에게 말을 걸거나 다정하게 속삭이거나 키스를 퍼붓는 일은 없었지만, 다른 욕구는 모두 만족시켜주었다. 얼마 안 가 아이는 어머니가 자신을 대 하는 태도와 고양이를 대하는 태도가 다르다는 사실을 발견했다. 자라 면서 어머니를 향한 증오를 고양이에게 푸는 방법을 터득했고, 고통 스러워하는 고양이를 지켜볼 때 행복을 느꼈다. 고양이는 버텨냈는데, 제럴딘은 좀처럼 집을 비우는 일이 없었고, 주니어에게 학대받은 고양 이를 효과적으로 달래줄 수 있었기 때문이다.

제럴딘, 루이스, 주니어, 그리고 고양이는 워싱턴어빙학교 운동장 바로 옆에 살았다. 주니어는 그 운동장을 제 것처럼 생각했고, 그 학교 아이들은 늦잠을 자고 점심을 먹으러 집에 가고 방과후에 운동장을 독 차지할 수 있는 그의 특권을 부러워했다. 그애는 그네나 미끄럼틀, 정 글짐이나 시소가 비어 있는 것을 무척 싫어해서 아이들을 가능한 한 늦게까지 붙들어놓으려 했다. 그러니까 백인 아이들을. 그의 어머니는 그가 검둥이와 노는 것을 싫어했다. 어머니는 유색인과 검둥이의 차이 를 설명해주었다. 구분하기도 쉬웠다. 유색인은 깔끔하고 조용했다.

검둥이는 더럽고 시끄러웠다. 그는 전자에 속했다. 흰 셔츠와 파란 바지를 입었고, 뽀글뽀글한 곱슬머리가 드러날지 몰라 머리를 아주 바짝 깎았고, 이발사가 또렷한 가르마를 만들어주었다. 겨울이면 어머니가 얼굴이 칙칙해지지 않도록 저겐스 로션을 발라주었다. 피부색이 밝았지만 그래도 칙칙해질 수는 있었으니까. 유색인과 검둥이를 구분하는 선이 늘 분명하지는 않았다. 미묘하지만 숨길 수 없는 조짐이 언제든 그 선을 뭉개려 했으므로 늘 경계를 늦추지 않았다.

주니어도 예전에는 흑인 남자애들과 놀고 싶었다. '산꼭대기 차지하기' 놀이를 하면서 흙더미에서 아이들에게 밀려떨어지고 서로 엉킨 채 구르는 것을 세상 무엇보다 하고 싶었다. 자기 몸을 누르는 아이들의 단단한 몸을 느끼고, 거친 흑인의 냄새를 맡고, 무심하게 툭 던지는 근사한 투로 '엿 먹어라'라고 말해보고 싶었다. 보도 끝에 모여앉아 잭나이프가 얼마나 날카로운지, 누구의 침이 포물선을 그리며 더 멀리 날아가는지 재보고 싶었다. 화장실에서 오줌발을 아주 멀리, 오랫동안 쏘아대는 명예를 공유하고도 싶었다. 베이 보이와 P. L.이 한때 그의 우상이었다. 하지만 둘 다 그의 수준에 맞지 않는다는 어머니의 생각에 점차 동의하게 되었다. 그가 어울리는 아이는 안경을 쓰고 말 그대로 아무것도 하려 들지 않는, 두 살 어린 랠프 니센스키뿐이었다. 점차 주니어는 여자애들을 괴롭히는 일에 재미를 붙였다. 여자애들이 비명을 지르며 도망가게 만들기는 쉬웠다. 그러다 넘어져서 속바지라도 보이면 얼마나 신나게 웃어댔는지. 울상이 된 벌건 얼굴로 일어나는 모습을 보면 기분이 좋았다. 검둥이 여자애들에게 집적대는 일은 많지 않았다. 그들은 주로 떼 지어 다녔고, 예전에 한번 돌을 던졌다가 쫓아오는 애들에게 붙잡혀 혼이 나가도록 맞은 적이 있었다. 어머니에게는 베이 보이에게 맞았다고 거짓말했다. 어머니는 무척 화를 냈다. 아버지는 읽고 있던 로레인 지역 〈저널〉에서 눈을 떼지 않았다.

때로 기분이 내키면 그네나 시소를 타고 놀자며 지나가는 아이를 불렀다. 그 아이가 싫다고 하거나 같이 놀다가 금방 가버리면, 자갈돌을 던졌다. 점점 돌로 맞히는 데 선수가 되었다.

집에 있으면 따분하거나 겁먹거나 둘 중 하나라, 운동장이 그의 낙이었다. 특히 할일이 없던 어느 날, 그는 운동장을 가로질러 걸어가는 새카만 여자애를 보았다. 고개를 푹 숙이고 걷고 있었다. 쉬는 시간이면 늘 혼자 서 있는 모습을 종종 봤더랬다. 함께 놀아주는 아이가 하나도 없었다. 아마 못생겨서 그럴 거라고 생각했다.

주니어가 그애를 불렀다. "야! 무슨 배짱으로 내 땅을 지나가는 거야?"

여자애가 걸음을 멈췄다.

"내 허락 없이는 누구도 이 땅을 지나갈 수 없어."

"이건 네 땅이 아니잖아. 학교 땅이지."

"그렇지만 내가 관리한다고."

여자애는 다시 걸음을 옮겼다.

"기다려." 주니어가 그쪽으로 걸어갔다. "원하면 여기서 놀아도 돼. 이름이 뭐야?"

"페콜라. 난 놀고 싶지 않아."

"이리 와봐. 괴롭히지 않을게."

"집에 가야 해."

"뭐 보여줄까? 근사한 거 있는데."

"싫어. 뭔데?"

"우리집에 가자. 봐, 바로 저 집이야. 가자. 보여줄게."

"뭘 보여준다는 거야?"

"새끼 고양이. 고양이가 몇 마리 있어. 원하면 한 마리 가져도 돼."

"진짜 고양이야?"

"그럼. 가자."

그는 여자애의 옷을 살짝 잡아당겼다. 페콜라는 그의 집 쪽으로 움직이기 시작했다. 그애가 따라올 마음인 것을 알고 주니어는 신이 나서 먼저 달려가다가 잠깐씩 멈춰 서서 어서 오라고 소리쳤다. 그는 독려하듯 싱긋 웃으며 문을 연 채 붙잡고 있었다. 페콜라는 포치 계단을 올라가다가 더 가기가 두려워 주저했다. 집안은 어둑해 보였다. 주니어가 말했다. "아무도 없어. 어머니는 외출했고 아버지는 일하러 갔어. 새끼 고양이 안 보고 싶어?"

주니어가 불을 켰다. 페콜라는 문안으로 들어섰다.

정말 예쁘다, 페콜라는 생각했다. 정말 예쁜 집이야. 응접실 탁자 위에 빨간색과 금색으로 된 커다란 성경책이 놓여 있었다. 자그마한 레이스 덮개가 사방에 깔려 있었다. 의자 팔걸이와 등받이에, 커다란 식탁 한가운데에, 그리고 작은 탁자마다. 창턱마다 화분이 놓여 있었다. 예수그리스도 채색화가 벽에 걸려 있었는데, 액자에 무척 예쁜 종이꽃이 달려 있었다. 페콜라는 모든 것을 천천히, 천천히 보고 싶었다. 하지만 주니어가 연신 "야, 너, 이리 와, 이리 오라고"라며 다그쳤다. 그는 페콜라를 다른 방으로 잡아끌었는데, 아까 방보다 더 아름다웠다.

덮개도 더 많고 녹색과 금색 받침에 흰 갓을 씌운 커다란 램프도 있었다. 바닥에는 거대한 검붉은 꽃들이 그려진 깔개도 있었다. 그 꽃에 감탄하며 정신이 팔려 있는데 주니어가 말했다. "여기야!" 페콜라가 몸을 돌렸다. "여기 새끼 고양이다!" 그렇게 꽥 소리를 지르더니 커다란 검은 고양이를 얼굴로 던졌다. 깜짝 놀라고 겁이 난 페콜라가 헉 숨을 들이마셨고 입안에서 고양이 털이 느껴졌다. 고양이는 그녀의 얼굴과 가슴을 할퀴며 균형을 잡으려고 안간힘을 쓰더니 가뿐하게 바닥으로 뛰어내렸다.

주니어는 배를 쥐고 깔깔거리며 방안을 뛰어다녔다. 페콜라는 고양이가 할퀸 얼굴을 만졌다. 눈물이 왈칵 쏟아지려 했다. 문가로 걸어가는데 주니어가 뛰어와 앞을 막아섰다.

"못 나가. 넌 내 죄수야." 그가 말했다. 눈빛이 발랄하지만 매정했다.

"보내줘."

"싫어!" 그가 그녀를 밀어 넘어뜨리고는 밖으로 뛰어나가 문을 닫은 뒤 손으로 붙잡고 섰다. 페콜라가 문을 쾅쾅 두드릴수록 캑캑거리는 새된 웃음소리는 더 높아졌다.

페콜라는 눈물이 왈칵 쏟아져 양손에 얼굴을 묻었다. 순간 부드럽고 복슬복슬한 뭔가가 발목을 스치며 움직이는 것이 느껴져 깜짝 놀라 펄쩍 뛰었다. 고양이였다. 그녀의 다리에 몸을 말고 있었다. 잠깐 무서움이 사라진 페콜라는 웅크려앉아 눈물에 젖은 손으로 고양이를 쓰다듬었다. 고양이가 무릎에 몸을 비비댔다. 고양이는 몸 전체가 검은색이었다. 부드러운 짙은 검은색. 그리고 코 쪽으로 뾰족하게 내려간 눈은 파란빛이 도는 녹색이었다. 불빛을 받아 파란 얼음처럼 빛났다. 페콜

라는 고양이의 머리를 쓰다듬었다. 고양이는 기분이 좋은지 혀를 날름
대며 신음소리를 냈다. 검은 얼굴의 파란 눈이 그녀를 사로잡았다.

울음소리가 들리지 않자 궁금해진 주니어가 문을 열었고, 웅크려 앉
아 고양이의 등을 쓰다듬는 페콜라가 눈에 들어왔다. 눈을 가늘게 뜨
고 머리를 앞으로 쑥 내민 고양이가 보였다. 어머니가 이 짐승을 어루
만질 때마다 수없이 보이던 표정이었다.

"내 고양이 내놔!" 목소리가 갈라져나왔다. 주니어가 서투르면서도
확신에 찬 몸짓으로 고양이의 뒷다리 하나를 낚아채 머리 위에서 빙빙
돌리기 시작했다.

"그만해!" 페콜라가 악을 썼다. 고양이는 무엇이든 붙잡으려고 나머
지 세 다리에 뻣뻣하게 힘을 주었다. 입이 벌어지고 겁에 질린 눈에는
파란빛이 번쩍였다.

페콜라는 여전히 악을 쓰면서 주니어의 손을 잡으려 팔을 뻗었다.
원피스 겨드랑이가 찢어지는 소리가 들렸다. 주니어는 페콜라를 밀쳐
내려 했지만 페콜라는 용케 주니어의 팔을 붙잡았다. 두 사람은 함께
쓰러졌고, 주니어는 쓰러지면서 고양이를 놓았다. 빙빙 돌리던 와중이
라 고양이는 그대로 날아가 유리창을 들이박았다. 스르륵 미끄러져 소
파 뒤의 라디에이터 위로 떨어졌다. 몇 번 경련을 일으킨 뒤 아무 움직
임이 없었다. 그을린 털 냄새가 약간 날 뿐이었다.

제럴딘이 문을 열었다.

"이게 무슨 일이지?" 아주 온당한 질문을 하듯 온화한 목소리였다.
"얘는 누구니?"

"쟤가 우리 고양이를 죽였어요," 주니어가 말했다. "보세요." 그가

라디에이터를 가리켰다. 파란 눈은 감긴 채 텅 비고 무력한 검은 얼굴만을 내보이며 고양이가 누워 있었다.

제럴딘은 라디에이터로 다가가 고양이를 들어 안았다. 품안에서도 축 늘어져 있었지만 그래도 그 털에 얼굴을 비볐다. 그러곤 페콜라를 바라보았다. 찢어진 더러운 옷과 사방으로 솟은 땋은 머리와 땋은 데가 풀린 부분마다 떡이 된 머리칼과 싸구려 밑창 사이에서 수지 뭉치가 비어져나온 진흙투성이 신발, 한쪽이 신발 뒤축까지 흘러내린 지저분한 양말을 보았다. 원피스 밑단을 옷핀으로 대충 여민 것을 보았다. 솟아오른 고양이 등 너머로 그 모습을 보았다. 이런 여자애는 평생 보았지. 모빌의 술집 창문에서 몸을 밖으로 내민, 마을 언저리의 싸구려 주택 포치를 기어다니는, 종이봉투를 든 채 하는 말이라고는 "시끄러워!"뿐인 어머니를 향해 징징거리며 버스 정류장에 앉아 있는 애들. 머리는 빗지 않아 엉망이고 옷은 너덜너덜하고 흙이 더께로 앉은 신발을 끈도 매지 않은 채 신고 다니는. 그애들은 전혀 이해하지 못하는 눈길로 그녀를 빤히 바라보곤 했다. 그 무엇에도 의문을 제기하지는 않으면서 질문만 해대는 눈길. 깜박이지도 않고 뻔뻔하게 그녀를 빤히 바라보았다. 그들의 눈빛에는 세상의 종말이 담겨 있었다. 세상의 시초도, 그리고 시초와 종말 사이의 모든 폐허도.

그들은 어디에나 있었다. 여섯 명이 한 침대에서 자면서, 각자 '사탕과 감자칩' 꿈을 꾸면서 자다가 오줌을 싸면 밤사이 오줌이 다 섞였다. 길고 무더운 날이면 빈둥거리면서 담벼락의 회반죽을 뜯어내고 나무막대기로 땅을 팠다. 보도 끝에 줄줄이 앉아 있고, 교회에서는 신도석으로 우르르 몰려가 깔끔하고 상냥한 유색인 아이들의 자리를 빼앗았다. 운동장에서 익살을 부리고 싸구려 가게에서 물건을 망가뜨리고 거리에서 앞질러 뛰어가고 겨울이면 경사진 보도를 얼음판으로 만들었다. 여자애들은 성장한 뒤에도 거들이란 건 들어본 적도 없고 남자애들은 야구모자를 뒤로 돌려쓰고서 어른 행세를 했다. 그들이 사는 곳에서는 풀도 자라지 않았다. 꽃은 시들어 죽고 그늘이 졌다. 그들이 사는 곳에는 통조림 깡통과 폐타이어가 만발했다. 다 식은 쥐눈이콩과 오렌지 소다를 먹고 살았다. 파리처럼 허공을 맴돌다가 파리처럼 내려앉았다. 그런데 이 파리 한 마리가 지금 자기 집에 내려앉은 것이었다. 불쑥 솟은 고양이 등 너머로 그녀는 바라보았다.

"나가," 차분한 목소리로 말했다. "더러운 검둥이년. 내 집에서 꺼져."

고양이가 몸을 부르르 떨며 꼬리를 까닥였다.

페콜라는 고양이의 털에 얼굴을 댄 채 말하는, 금색과 녹색의 예쁜 집에 사는 옅은 갈색 피부의 어여쁜 부인에게 시선을 고정한 채 뒷걸음질로 방을 나왔다. 어여쁜 부인이 말할 때마다 고양이 털이 흔들렸다. 한마디 내뱉을 때마다 고양이 털이 양쪽으로 갈라졌다. 페콜라가 현관문을 찾으려고 몸을 돌리자 놀랍지도 않다는 듯 서글픈 표정으로 내려다보는 예수가 눈에 들어왔다. 가운데 가르마를 탄 갈색 머리칼은 길게 늘어지고 얼굴을 둘러싼 화려한 종이꽃은 뒤틀려 있었다.

밖으로 나오니 찢어진 원피스 솔기 사이로 3월의 바람이 들어왔다. 찬바람을 막으려고 고개를 푹 숙였다. 하지만 아무리 고개를 깊이 박아도 눈송이가 보도에 떨어져 사라지는 모습은 여전히 눈에 들어왔다.

봄

첫 나뭇가지는 녹색이고 가늘고 유연하다. 고리가 되도록 동그랗게 구부려도 부러지지 않는다. 개나리와 라일락 관목에서 돋아난 그 섬세하고 눈부신 희망, 그것은 고작 매질 방식이 달라졌음을 의미했다. 봄의 매질은 달랐다. 겨울날 가죽띠의 둔탁한 아픔 대신 등장한 새로운 녹색 회초리의 쓰라림은 매질이 끝난 뒤에도 한동안 사라지지 않았다. 그 길쭉한 나뭇가지에는 신경질적인 비열함이 서려 있어서, 우리는 가죽띠의 한결같은 강도나 단단하지만 솔직한 솔빗의 찰싹하는 소리를 갈망했다. 지금도 내게 봄이란 여전히 회초리의 통증에 대한 기억으로 가득해서, 개나리를 봐도 전혀 신이 나지 않는다.

어느 봄날 토요일에 나는 공터 풀밭에 주저앉아 박주가리 줄기를 찢으며 개미와 복숭아씨와 죽음에 대해, 눈을 감으면 세상이 어디로 사라지는지에 대해 생각하고 있었다. 아주 오랫동안 그러고 있었던 게 분명했다. 집을 나설 때 나를 앞서가던 그림자가 집으로 돌아갈 때는 아예 사라졌으니까. 집안에 들어서니, 불편한 정적이 들어찬 집이 금방이라도 폭발할 듯했다. 문득 기차와 아칸소를 들먹이는 어머니의 노랫소리가 들렸다. 어머니는 개킨 노란 커튼을 안고 뒷문으로 들어와 부엌 탁자에 잔뜩 쌓았다. 바닥에 주저앉아 노랫말을 들으려 했는데, 문득 어머니의 행동이 어째 이상하다는 것을 눈치챘다. 여전히 모자를 쓴 채였고, 진창길을 걸어온 것처럼 신발도 진흙투성이였다. 어머니는 불 위에 물을 올린 뒤 포치 바닥을 쓸었다. 그러고는 커튼 봉을 내렸는데, 커튼을 걸지는 않고 다시 포치로 나가 비질을 했다. 그러는 내내 기차와 아칸소에 대한 노래를 불렀다.

어머니의 노래가 끝나서 난 프리다를 찾으러 갔다. 한참 통곡하다가 지쳐 훌쩍거리는—이제는 대체로 몸을 들썩이며 부르르 떨기만 했다—상태로 위층 우리 침대에 누워 있었다. 난 그 옆에 누워 프리다의 원피스에 있는 자그마한 들장미무늬를 바라보았다. 하도 빨아서 색도 바래고 윤곽도 희미했다.

"무슨 일이야, 프리다?"

접은 팔에 얼굴을 묻고 있던 프리다가 퉁퉁 부은 얼굴을 들었다. 여전히 몸을 떨며 일어나 앉더니, 가느다란 다리를 침대 밖으로 늘어뜨렸다. 난 침대 위에 무릎을 꿇고 앉아 치마 끝단을 들어 줄줄 흐르는 코를 닦아주었다. 프리다는 옷으로 코를 닦으면 질색했지만 지금은 가만히 있었다. 주로 엄마가 앞치마로 그렇게 했다.

"매맞았어?"

그녀가 아니라며 고개를 저었다.

"그럼 왜 울어?"

"왜냐하면."

"왜냐하면 뭐?"

"헨리 아저씨."

"아저씨가 뭘 어쨌는데?"

"아빠가 아저씨를 두들겨팼어."

"왜? 마지노선 때문에? 마지노선 일을 알았어?"

"아냐."

"그럼 뭔데? 말해봐, 프리다. 내가 알아야 할 것 아냐?"

"내게…… 집적댔어."

"집적대? 소프헤드 처치가 하듯이 말이야?"

"비슷해."

"성기를 내보였어?"

"아니야. 날 만졌어."

"어딜?"

"여기랑 여기." 프리다가 자그마한 두 가슴을 가리켰는데, 도토리 두 개가 떨어졌을 때처럼 그 주위로 색 바랜 장미 잎사귀무늬가 흩어져 있었다.

"정말? 느낌이 어땠어?"

"오, 클로디아." 불쾌한 모양이었다. 상황에 맞는 질문이 아니었다.

"아무 느낌도 없었어."

"하지만 그러면 안 되는 거 아냐? 기분이 좋아야 하잖아?" 프리다는 입술을 말며 쑵 소리를 냈다. "어떻게 했는데? 그냥 다가와서 꼬집었어?"

프리다가 한숨을 쉬었다. "처음엔 나보고 참 예쁘다고 했어. 그러더니 내 팔을 붙잡고 날 만졌지."

"엄마랑 아빠는 어디 있었는데?"

"잡초 뽑느라 텃밭에."

"그래서 뭐라고 말했어?"

"아무 말도 안 했어. 그냥 부엌에서 뛰어나가 텃밭으로 갔지."

"엄마는 절대 우리끼리 길을 건너면 안 된다고 했는데."

"너라면 어떻게 했겠어? 맘껏 꼬집으라고 그냥 앉아 있어?"

난 내 가슴을 내려다보았다. "난 꼬집을 것도 없는데 뭐. 앞으로도 안 생길 거야."

"오, 클로디아, 넌 별걸 다 시샘하는구나. 그런 일을 당하고 싶은 거야?"

"아냐, 뭐든지 나중이라 그게 지겨워서 그래."

"그렇지 않아. 성홍열은 어떻고? 그건 네가 먼저 걸렸잖아."

"그래, 하지만 그건 계속되는 게 아니잖아. 어쨌든 그래서 텃밭에서 어떻게 됐어?"

"엄마한테 말했더니 엄마가 아빠한테 얘기해서 셋이서 집으로 돌아왔어. 아저씨가 집에 없어서 기다렸지. 포치를 올라오는 아저씨가 눈에 띄자 아빠가 우리 옛날 세발자전거를 집어던져서 아저씨가 포치에서 굴러떨어졌어."

"그래서 죽었어?"

"아니. 일어나서 〈내 주를 가까이〉를 부르기 시작하는 거야. 그래서 엄마가 어디서 주 이름을 입에 담느냐며 빗자루로 때렸는데도 아저씨는 멈추지 않았어. 그래서 아빠가 욕을 하고 다들 악을 쓰고."

"오, 제길, 하여튼 그런 일은 꼭 나 없을 때 벌어진다니까."

"그러다 뷰퍼드 씨가 총을 들고 뛰어나왔어. 엄마가 신경 끄라고 말했는데 아빠는 아니라고, 총을 달라고 했어. 뷰퍼드 씨가 총을 건넸고 엄마는 비명을 지르고 그제야 헨리 아저씨는 입을 다물고 도망가기 시작했어. 아빠가 거기 대고 총을 쐈고, 헨리 아저씨는 놀라서 펄쩍 뛰다가 신발이 벗겨져 양말만 신은 채 달아났지. 로즈메리가 나오더니 아빠가 감옥에 갈 거라는 거야. 그래서 내가 때려줬어."

"진짜 세게?"

"진짜 세게."

"그래서 엄마한테 매맞은 거야?"

"안 맞았다고 얘기했잖아."

"근데 왜 울고 있었던 거야?"

"잠잠해지고 나서 미스 두니언이 찾아왔는데, 헨리 아저씨를 들인 게 누구냐며 엄마와 아빠가 옥신각신하는 중에 미스 두니언이 엄마한테 내가 몸을 버렸을지도 모르니까 병원에 데려가야 한다잖아. 그래서 엄마는 다시 악을 쓰기 시작했고."

"언니한테?"

"아니. 미스 두니언한테."

"근데 언니는 왜 울었어?"

"몸을 버리는 건 싫으니까!"

"버리는 게 뭔데?"

"알잖아. 마지노선처럼 되는 거. 그 여자는 몸을 버렸잖아. 엄마가 그랬어." 프리다의 눈에 다시 눈물이 차올랐다.

살찌고 거대한 모습의 프리다가 머릿속에 떠올랐다. 가느다란 다리가 부풀어오르고 볼연지가 발린 살이 겹겹이 접힌 얼굴. 나도 눈물이 솟을 것만 같았다.

"하지만 프리다, 언니는 밥을 안 먹고 운동하면 되지."

프리다가 어깨를 으쓱했다.

"게다가 차이나와 폴란드는 어떻고? 두 사람도 몸을 버렸잖아, 그렇지? 그래도 전혀 뚱뚱하지 않아."

"위스키를 마시니까 그렇지. 위스키가 두 사람을 먹어치운다고 엄마가 그랬어."

"그럼 언니도 위스키를 마시면 되지."

"위스키를 어디서 구해?"

우리는 곰곰이 생각했다. 아무도 우리에게 위스키를 안 팔겠지. 어쨌든 가진 돈도 없고. 집안에 돈이라고는 없었다. 돈이 있을 만한 사람이 누가 있을까?

"페콜라." 내가 말했다. "걔 아버지는 맨날 취해 있잖아. 걔라면 좀 갖다줄 수 있을 거야."

"그럴까?"

"그럼. 촐리는 맨날 취해 있어. 가서 물어보자. 왜 필요한지는 말해주지 않아도 될 거야."

"지금?"

"그럼, 지금."

"엄마한테는 뭐라고 하고?"

"뭘 뭐라고 해. 그냥 뒷문으로 나가자. 한 사람씩. 그러면 엄마가 눈치채지 못할 거야."

"좋아. 네가 먼저 나가, 클로디아."

우리는 뒷마당 맨 아래쪽 울타리 출입문을 열고 골목길을 달려내려갔다.

페콜라는 브로드웨이 건너편에 살았다. 집에 들어가본 적은 없지만 위치는 알았다. 예전에 아래층은 가게이고 위층은 주거공간이었던 이층짜리 회색 건물이었다.

앞문을 두드렸지만 아무 대답이 없어서 우리는 옆문으로 돌아갔다. 그쪽으로 다가가는데 라디오 음악이 들려 어디서 나는 소리인가 하고 주위를 둘러보았다. 위쪽에 썩어가는 난간이 비스듬하게 달린 이층 포치가 있었고, 거기 마지노선이 앉아 있었다. 올려다본 우리는 자동으로 서로의 손을 찾아 쥐었다. 뒤룩뒤룩 살이 쪄서, 흔들의자에 앉아 있다기보다 누워 있었다. 신발도 신지 않은 맨발이 난간 사이로 비죽 튀어나와 있었다. 투실투실한 발끝에 붙은 발가락은 아기처럼 작고, 발목은 어찌나 퉁퉁한지 팽팽하게 당겨진 살이 매끈했다. 나무 그루터기처럼 거대한 두 다리를 쩍 벌리고 있었는데, 무릎 위쪽으로 축 처진 부드러운 허벅지가 두 갈래 길로 이어지다가 치마 속 그늘 깊숙이에서 입을 맞추듯 맞닿아 있었다. 불탄 나뭇가지 같은 암갈색 루트비어 병이 손보조개가 들어간 손과 한몸으로 붙어 있었다. 그녀는 포치 난간 사이로 우리를 내려다보면서 낮고 긴 트림을 토해냈다. 눈이 빗물처럼 맑아서 난 다시 폭포를 떠올렸다. 우리 둘 다 말을 잊었다. 저것이 프리다의 미래 모습이라고 상상하고 있었다. 마지노선이 우리에게 미소를 지었다.

"누구 찾니?"

난 입천장에 달라붙어 있던 혀를 겨우 끌어내려 대답했다. "페콜라요. 여기 살죠?"

"사는데, 지금은 없어. 세탁물 가지러 엄마 일터에 갔어."

"네. 곧 올까요?"

"으응. 해지기 전에 빨래를 널어야 하거든."

"아."

"기다리든지. 여기 올라와서 기다릴래?"

우리는 시선을 주고받았다. 내 눈길이 다시 그늘진 치마 속에서 맞닿은 넙데데한 계피색 길로 옮겨갔다.

프리다가 말했다. "괜찮아요."

"그럼 뭐," 마지노선은 우리 일에 관심이 있는 모양이었다. "걔 엄마 일터로 찾아가도 되는데, 호수 옆이니 한참 가야 해."

"호수 옆 어디쯤이에요?"

"외바퀴 손수레에 꽃을 잔뜩 심은 커다란 하얀 집이야."

우리가 아는 집이었다. 바퀴살이 끼워진 바퀴 위로 기울어져 놓인 커다란 하얀 손수레에 계절마다 다른 꽃이 피어 감탄하며 보곤 했다.

"너희가 걸어가긴 너무 멀지 않겠니?"

프리다가 무릎을 긁적였다.

"여기서 기다리지 그래? 여기 올라와도 돼. 소다 마실래?" 빗물에 젖은 듯한 눈에서 반짝 빛이 나며 얼굴 가득 미소가 퍼졌다. 여느 어른들의 초췌하고 절제하는 미소와는 다른.

내가 계단 쪽으로 움직이는데 프리다가 말했다. "아니에요. 그러면 안 돼요."

난 프리다의 용기에 깜짝 놀라면서도 너무 되바라진 것이 아닌가 싶어 겁이 났다. 마지노선의 미소가 사라졌다. "그러면 안 된다고?"

"네."

"뭘 그러면 안 돼?"

"이 집에 들어가면요."

"그렇단 말이지?" 폭포가 정지했다. "어째서?"

"엄마가 그러셨어요. 당신은 몸을 버렸다고."

폭포가 다시 쏟아져내리기 시작했다. 마지노선은 루트비어 병을 입으로 가져가 단숨에 비웠다. 손목을 우아하게 휙 움직이더니, 얼마나 재빠르게 살며시 움직였는지 사실 봤다기보다 나중에 떠올릴 수만 있었던 그런 동작으로 병을 난간 너머 우리 쪽으로 던졌다. 병이 우리 발앞에서 박살이 나면서, 펄쩍 뛰어 물러설 새도 없이 갈색 유릿조각들이 우리 다리에 들러붙었다. 마지노선은 접힌 뱃살 위에 통통한 손을 얹고 웃기 시작했다. 처음에는 입을 다물고 웃어서 낮은 흥얼거림처럼 들렸지만 곧 크고 격렬한 웃음이 되었다. 아름다우면서도 무시무시한 웃음. 고개를 한쪽으로 약간 기울이고 눈을 감은 채 거대한 몸통을 흔들어서, 빨갛게 물든 나뭇잎이 쏟아져내리듯 웃음소리가 우리 주위로 쏟아졌다. 달아나는 우리 뒤를 조각나며 굽이치는 웃음이 쫓아왔다. 곧 숨이 턱에 차면서 동시에 다리도 풀렸다. 팔짱 긴 팔에 머리를 얹고 나무에 기대어 좀 쉰 뒤 내가 말했다. "집에 가자."

프리다는 여전히 화가 나 있었다. 자기 목숨을 위해 싸우는 거라고 믿었다. "안 돼, 지금 구해야 해."

"호수까지 갈 수는 없잖아."

"갈 수 있어. 가자."

"엄마가 가만 안 둘 텐데."

"아닐 거야. 그리고 그래봐야 때리기밖에 더해?"

맞는 말이었다. 죽이진 않을 테고, 우리를 보며 끔찍하게 웃거나 병을 던지지는 않을 테니까.

은은한 회색 주택들이 피로한 귀부인처럼 몸을 숙인, 가로수가 늘어선 길을 걸어내려갔다…… 거리 풍경이 달라졌다. 주택들은 더 튼튼하고, 페인트칠은 더 새것 같고, 포치 기둥은 더 우뚝 서고, 마당도 더 깊어 보였다. 그다음엔 거리에서 꽤 물러나앉은 벽돌주택들이 나타났다. 매끄러운 원뿔 모양과 녹색 벨벳 공 모양으로 다듬어진 관목이 앞마당의 경계를 이루며 늘어서 있었다.

호숫가 집들이 가장 근사했다. 정원 가구와 장식물, 안경처럼 반짝이는 유리창, 그런데 인기척이라고는 없었다. 뒷마당은 초록 비탈을 이루며 길게 뻗어 좁은 모래사장까지 이어졌고, 그 뒤로 이리호가 펼쳐졌다. 찰랑이며 캐나다까지 이르는 호수였다. 군데군데 오렌지빛으로 물든 제철소 구역의 하늘이 이 동네까지 뻗어오는 일은 전혀 없었다. 이곳의 하늘은 늘 푸르렀다.

우리는 장미 꽃봉오리와 분수와 잔디 볼링장과 피크닉 탁자가 놓인 시립공원인 레이크쇼어파크에 닿았다. 지금은 텅 비어 있지만, 예의바른 하얀 피부의 아이와 부모들이 호수 위쪽인 그 자리에서 재밌게 놀다가 호수의 손짓에 경사진 땅을 구르다시피 달려가 물속으로 풍덩 뛰어들 여름날을 고대하고 있었다. 흑인은 그 공원에 들어갈 수 없었으므로 우리는 그곳에 대한 꿈만 잔뜩 꿨다.

공원 출입구 바로 앞에 꽃이 만발한 외바퀴 손수레가 놓인 크고 하얀 집이 있었다. 작달막한 크로커스의 뾰족한 이파리가, 맨 처음으로 나오고 싶어서 초봄의 냉기와 비를 견딘 자주색과 흰색의 꽃봉오리를 감싸고 있었다. 산책로에는 교묘한 대칭을 숨긴 채 무질서하게 보이도록 계산된 판석이 깔려 있었다. 우리가 있을 곳이 아니라는 걸 알았고 들킬까봐 겁이 나서 그랬지 그것만 아니었으면 어슬렁어슬렁 돌아다녔을 것이다. 우리는 위풍당당한 그 집을 한 바퀴 돌아 뒤쪽으로 갔다.

난간이 달린 작은 현관 계단에 연붉은색 스웨터와 파란색 면 원피스를 입은 페콜라가 앉아 있었다. 옆에 작은 짐마차가 서 있었다. 페콜라는 우리를 보고 반가운 모양이었다.

"안녕."

"안녕."

"여기서 뭐해?" 이렇게 물으면서 빙그레 웃었는데, 페콜라의 얼굴에서 웃음을 보기는 드문 일이라, 그걸 보고 얼마나 기뻤는지 나 스스로도 놀랐다.

"너를 찾으러 왔어."

"내가 여기 있다고 누가 말해줬어?"

"마지노선."

"그게 누군데?"

"몸집 크고 뚱뚱한 여자. 너희 집 위층에 살잖아."

"아, 미스 마리 말이구나. 이름이 미스 마리야."

"다들 마지노선이라고 부르잖아. 넌 무섭지 않아?"

"뭐가 무서워?"

"마지노선."

페콜라의 얼굴에 진심으로 어리둥절한 표정이 나타났다. "왜 무서워?"

"네 엄마는 네가 그 집에 가도 뭐라 안 하셔? 그 집 접시로 음식을 먹어도?"

"내가 찾아가는 거 엄마는 모르지. 미스 마리는 친절해. 다들 친절해."

"아, 그래? 우릴 죽이려고 했는데도?" 내가 말했다.

"누가? 미스 마리가? 누굴 괴롭히는 일 없는데."

"그렇게 친절한 사람이라면 네 엄마가 왜 그 집에 가지 말라고 하겠어?"

"모르지. 나쁜 사람이라고 하는데, 나쁜 사람들 아니야. 갈 때마다 뭘 주는걸."

"뭘 주는데?"

"아, 이것저것. 예쁜 원피스도 주고 신발도 주고. 신발은 하도 많이 받아서 다 신을 수도 없어. 그리고 장신구랑 사탕이랑 돈도 줘. 영화 구경도 시켜주고 한번은 카니발에도 데리고 갔어. 차이나는 날 데리고 클리블랜드에 광장을 구경하러 갈 거고, 폴란드는 시카고 루프*에 데리

---

* 시카고의 중심가.

고 갈 거야. 우린 어디든 함께 가."

"거짓말하지 마. 네가 예쁜 원피스가 어디 있어."

"있어."

"아, 관둬, 페콜라, 우리한테 왜 그런 허튼소리를 해?" 프리다가 말했다.

"허튼소리 아냐." 페콜라가 자기가 한 말을 싸워 지킬 태세로 벌떡 일어났는데, 그 순간 문이 열렸다.

미시즈 브리드러브가 문틈으로 머리를 내밀고 물었다. "여기서 뭣들 하는 거야? 페콜라, 얘들 누구니?"

"프리다와 클로디아예요, 미시즈 브리드러브."

"어느 집 애들이야?" 그러면서 계단으로 나와 섰다. 흰 유니폼을 입고 머리를 작고 둥글게 말아올린 모습이라 지금껏 보아온 어떤 때보다 멋져 보였다.

"저희는 맥티어네 딸이에요."

"아, 그래. 트웬티퍼스트 스트리트에 살지?"

"네."

"여기까지 와서 뭐하는 거니?"

"그냥 산책하는 거예요. 페콜라를 보러 왔어요."

"이제 돌아가는 게 좋겠다. 페콜라와 함께 걸어가렴. 세탁물을 가져올 테니 잠깐 들어와."

우리는 널찍한 부엌으로 들어갔다. 하얀 도자기, 하얀 목공품, 광이 나는 수납장, 번쩍거리는 구리그릇 따위에서 반사된 빛으로 미시즈 브리드러브의 피부가 태피터* 천처럼 반짝거렸다. 고기와 채소와 갓 구운 어떤 것의 내음이 펠스나프타 세제 냄새와 섞여 있었다.

"세탁물 가져올게. 너희는 괜한 말썽 일으키지 말고 여기 꼼짝 말고 서 있어." 그녀가 하얀 문을 밀고 나가 사라졌고, 지하실로 내려가는 고르지 않은 발소리가 들려왔다.

다른 쪽 문이 열리더니, 우리보다 어리고 몸집도 작은 여자애가 걸어들어왔다. 등이 깊게 파인 분홍색 원피스를 입고, 앞코에 토끼 귀 한 쌍이 솟아 있는 복슬복슬한 분홍색 침실용 슬리퍼를 신었다. 옥수숫빛 노란 머리칼을 두꺼운 리본으로 묶었다. 우리를 보자 잠깐 얼굴에서 두려움이 너울대다 사라졌다. 그애는 불안하게 부엌을 둘러보았다.

"폴리 어디 있어?" 여자애가 물었다.

익숙한 사나움이 내 안에서 불끈 솟았다. 페콜라조차 미시즈 브리드러브라고 부르는 페콜라의 엄마를 폴리라고 부른다는 사실만으로도 충분히 할퀴어줄 만하다고 보았다.

"아래층에." 내가 말했다.

"폴리!" 여자애가 소리쳤다.

"저기," 프리다가 소곤거렸다. "저기 봐." 스토브 옆 조리대 위에 놓인 은색 프라이팬에 블루베리파이가 담겨 있었다. 파이 껍질에 여기저기 틈이 생기며 자주색 즙이 보글보글 솟았다. 우리는 가까이 다가갔다.

"아직 뜨거워." 프리다가 말했다.

페콜라는 정말 뜨거운지 만져볼 셈으로 프라이팬으로 손을 뻗었다.

"폴리, 이리 와봐." 여자애가 다시 소리쳐 불렀다.

---

* 광택이 있는 빳빳한 견직물.

긴장해서였든, 서툴러서였든, 페콜라의 손가락이 닿은 팬이 기우뚱하더니 바닥으로 떨어졌고 검붉은 블루베리가 사방으로 튀었다. 대부분 페콜라의 다리로 튀었고, 뜨거운 액체에 몹시 데었는지 페콜라가 비명을 지르며 폴짝폴짝 뛰기 시작했는데, 그 순간 꽉 찬 세탁물 자루를 든 미시즈 브리드러브가 부엌으로 들어섰다. 그녀는 한달음에 달려가 페콜라를 손등으로 후려쳤고, 페콜라가 바닥으로 쓰러졌다. 페콜라는 파이 내용물이 흥건한 바닥에서 한쪽 다리를 접은 채 죽 미끄러졌다. 미시즈 브리드러브는 다시 페콜라의 팔을 잡아 일으켜 뺨을 때리면서, 너무 화가 나서 잘 나오지도 않는 목소리로 페콜라에게는 직접적으로, 프리다와 나에게는 간접적으로 욕을 해대기 시작했다.

"정신 나간 멍청이…… 내 부엌 바닥을 엉망진창으로…… 봐, 너희가 뭘…… 일에 치여…… 어떻게든 살아보려고…… 그런데 이제…… 정신 나간…… 내 부엌 바닥, 부엌 바닥…… 내 부엌 바닥."
튀어나오는 말마다 김이 오르는 블루베리보다 더 뜨겁고 더 험악해서 우리는 겁에 질려 뒤로 물러섰다.

분홍색 옷을 입은 여자애가 울기 시작했다. 미시즈 브리드러브가 몸을 돌렸다. "쉬, 아가, 쉬. 이리 와. 오, 이런, 옷 좀 봐. 울지 마요. 폴리가 갈아입혀줄게." 이러면서 개수대에서 깨끗한 수건을 수돗물로 적셨다. 어깨 너머로는 우리에게 썩은 사과조각을 내뱉듯 이렇게 내뱉었다. "세탁물 집어들고 여기서 당장 나가. 그래야 이 엉망진창을 치우지."

페콜라는 젖은 옷이 가득한 무거운 세탁물 자루를 집어들었고, 우리는 급히 문밖으로 나갔다. 페콜라가 마차에 자루를 실을 때, 울고 있는 분홍색과 노란색 여자애를 달래며 조용히 시키는 미시즈 브리드러브의 말소리가 들려왔다.

"저애들 누구야, 폴리?"

"아무 걱정 마, 아가."

"파이 다시 만들어줄 거야?"

"그럼, 만들어주지."

"저애들 누구야, 폴리?"

"쉿. 걱정 마." 그렇게 속삭이는 말투에서 꿀이 뚝뚝 떨어져 호수 위로 번져가는 저녁놀에 그 맛을 더해주었다.

어머니를보라무척상냥하다어머니제인과놀아줄래요어머니가웃는다웃어요
어머니웃어요웃

그녀의 발에서 증거를 찾아내고자 한다면 그보다 쉬운 일은 없을
것이다. 사실 그게 그녀가 한 일이었다. 하지만 꿈이 어떻게 죽어버리
는지, 그 진실을 알아내고자 한다면 꿈꾼 사람의 말을 그대로 믿어서
는 안 된다. 근사했던 시작이 그렇게 끝나버린 것은 아마도 앞니 하나
가 썩어서였을 것이다. 하지만 그녀로서는 언제나 발이라고 생각하
는 편이 나았다. 열한 명 형제 중 아홉번째였고, 가장 가까운 도로에서
도 7마일이나 떨어진 앨라배마의 붉은 점토질 산등성이에 살았지만,
폴린 윌리엄스가 그나마 완전한 익명성에 묻히지 않을 수 있었던 것은
두 살 되던 해 녹슨 못이 발을 뚫었는데도 그걸 아무렇지도 않게 여긴
덕이었다. 이 상처로 비뚤어진 평발이 된 그녀는 철퍼덕거리는 걸음걸
이를 얻었다. 종내 척추가 틀어지고 말 정도로 절뚝이는 건 아니었고,

상한 발을 들어올릴 때면 마치 금방이라도 다시 빨려들어갈 소용돌이 속에서 힘겹게 끄집어내는 식이었다. 사소한 문제였지만, 기형인 발은 달리 이해되지 않을 많은 것을 설명해주었다. 다른 형제자매와 달리 왜 자기만 애칭이 없는지, 왜 그녀가 한 재미있는 일에 관해서는 우스운 농담이나 일화가 생기지 않는지, 왜 그녀의 식성—그녀에게 닭 날개나 목을 남겨주지도 않고, 쌀을 좋아하지 않는다고 완두콩만 따로 끓이지도 않고—을 언급하는 사람이 아무도 없는지, 왜 아무도 자신을 놀리지 않는지, 왜 자신은 어디서도 마음이 편하지 않고 어디를 가도 내가 있을 곳이라는 느낌이 들지 않는지 따위의. 그녀는 자신이 전반적으로 무가치한 외딴 존재라는 감정이 드는 것을 모두 발 탓으로 돌렸다. 가족이 자아낸 이 고치 안에 갇혀 어릴 적 그녀는 조용하고 은밀한 기쁨을 계발했다. 그녀는 무엇보다 물건을 정돈하는 일을 좋아했다. 선반의 병조림이나 계단의 복숭아씨, 나뭇가지, 돌, 나뭇잎 따위를 한 줄로 늘어놓기를 좋아했고, 가족들은 그렇게 하도록 놔두었다. 어쩌다 누군가 늘어선 물건을 흐트러뜨리면 가족들은 항상 그녀에게 가져다주었고, 다시 정돈할 일이 생겼으므로 그녀는 절대 화를 내지 않았다. 무엇이든 움직일 수 있는 것이 여러 개 있으면, 크기나 모양이나 색의 농담에 따라 깔끔하게 일렬로 정돈했다. 소나무 잎과 미루나무 잎을 나란히 놓는 법이 없듯이, 토마토 병과 깍지콩 병을 나란히 놓는 일도 절대 없었다. 학교에 다녔던 사 년 동안 단어를 보면 침울했지만 숫자에는 마음이 끌렸다. 물감과 크레용은 다룬 적조차 없는데, 본인은 그런 사실도 깨닫지 못했다.

제1차세계대전이 발발할 무렵 윌리엄스 가족은 외지에서 돌아온 이

웃과 친척을 통해 다른 곳에서 더 나은 삶을 살 수도 있다는 사실을 알았다. 다른 가족들과 섞여, 이리저리 조금씩조금씩 여섯 달 동안 네 번의 여정을 거쳤고 그들은 광산과 공장 일자리가 있는 켄터키로 이주했다.

"다같이 고향을 떠나려고 트럭을 기다리며 정류장에 앉아 있던 그때는 한밤중이었어. 떡갈잎풍뎅이가 사방에서 휙휙 날아다녔지. 나뭇잎에 잠깐 내려앉으면 이따금 녹색 줄무늬가 눈에 띄었어. 떡갈잎풍뎅이를 직접 본 건 그때가 마지막이었어. 여기 있는 건 떡갈잎풍뎅이가 아니라 딴 것이거든. 여기 사람들은 반딧불이라고 부르던데, 고향에서는 그렇게 안 불렀어. 하지만 녹색 줄무늬는 기억이 나. 기억이 생생해."

켄터키에 도착한 그들은 길 하나에 열 집에서 열다섯 집이 늘어서고 수도관이 부엌까지 연결된, 마을다운 마을에서 살았다. 에이다와 파울러 윌리엄스는 가족이 다 함께 머물 만한 방 다섯 개짜리 목조 가옥을 구했다. 마당이 예전엔 흰색이었을 울타리로 둘러싸인 집이었는데, 폴린의 어머니는 울타리 앞에 꽃을 심고 닭도 몇 마리 키웠다. 남자 형제 몇 명은 군인이 되었고, 여자 형제 가운데 한 명은 세상을 뜨고 두 명이 결혼을 해서 생활공간이 점점 넓어지자, 켄터키로의 이주라는 모험이 전체적으로 호사스러운 분위기를 풍겼다. 이주한 뒤 특히 폴린이 편해졌다. 그때 그녀는 학교를 졸업할 나이였다. 미시즈 윌리엄스가 마을 반대편에 사는 백인 목사의 집에서 청소하고 요리하는 가사도우미를 하게 되면서, 이제 집에 남은 딸 중 가장 손위인 폴린이 집안살림을 맡았다. 폴린은 울타리가 망가지면 끝이 뾰족한 말뚝을 똑바로 세운 뒤 철사로 묶어 고치고, 달걀을 거둬 오고 비질을 하고 요리와 빨래를 하고 쌍둥이 동생을 돌봤다. 치킨과 파이라고 불리는 쌍둥이는 아직 학교에 다니고 있었다. 폴린은 살림에 능했을 뿐 아니라 그 일을 즐겼다. 부모님이 일하러 가고 형제들이 학교에 가거나 광산으로 가고 나면 집안은 조용해졌다. 조용한 집에 혼자 있으면 마음이 차분해지는 동시에 기운이 솟았다. 치킨과 파이가 돌아오는 오후 두시까지 쉼없이 집안 정리와 청소를 할 수도 있었다.

전쟁이 끝났고, 쌍둥이도 열 살이 되어 학교를 그만두고 일을 시작했다. 열다섯 살이 된 폴린은 여전히 집안 살림을 했지만 예전만큼 열정이 생기지 않았다. 남자와 사랑과 애무에 관한 환상들에 마음을 뺏겨서 일이 손에 잘 잡히지 않았다. 특정한 광경이나 소리와 마찬가지로 날씨의 변화에도 영향을 받기 시작했다. 폴린은 그런 감정을 극도의 우울감으로 표출했다. 갓 태어난 생명의 죽음이나 외로운 길이나 어디선가 불쑥 나타나 손을 잡아주는 이방인이나 늘 해가 기우는 숲을 생각했다. 이런 꿈들은 특히 교회에서 더 자라났다. 찬송이 애무하듯 어루만지면, 죄의 삯에 대한 생각에 집중하려 애쓰는 중에도, 아무 노력을 들이지 않아도 저절로 생겨날 구원과 신비로운 부활이 떠올라 몸이 떨렸다. 그런 환상 속에서 그녀는 절대 공격적으로 나서지 않았다. 주로 강둑 옆에서 한가로이 시간을 보내거나 들판을 거닐며 산딸기를 따다보면 상대를 꿰뚫는 상냥한 눈을 지닌 사람, 말을 주고받지 않아도 이해할 수 있는 어떤 이가 나타났다. 그리고 그의 시선을 받자 굽은 발이 펴졌고 그녀는 시선을 떨궜다. 그 어떤 이는 얼굴도 형체도 목소리도 향기도 없었다. 그냥 '존재'였고, 휴식의 약속과 힘을 지닌, 모든 것을 아우르는 다정함이었다. 그 존재에게 무슨 말을 해야 할지, 뭘 어떻게 할지 몰랐지만 상관없었다. 말없이 인식하고 소리 없이 만지고 나면 그녀의 꿈은 해체되었다. 하지만 존재는 어떻게 해야 할지 알리라. 그녀는 그의 가슴에 얼굴을 묻은 채, 바다든 도시든 숲이든 그가 이끄는 대로 따르면 되리라…… 영원히.

폴린의 영혼의 소리 전부를 입안에 담은 듯한 여자가 있었다. 이름이 아이비였다. 아이비는 성가대와 약간 거리를 두고 서서, 폴린은 이름 붙일 수 없는 어둑한 달콤함을 노래했다. 폴린이 갈망하는, 죽음에 맞서는 죽음을 노래했고, 모든 것을 아는 이방인을 노래했다……

주님이여 내 손을 잡아주소서
날 인도하고 날 일어서게 하소서
난 피로하고 연약하고 지쳤습니다.
폭풍우를 뚫고 밤길을 뚫고
나를 빛으로 인도하여주소서
주님이여 내 손을 잡고 인도하여주소서.

내 길이 황량해질 때
주님이여 가까운 곳에 머무르시고
내 삶이 거의 끝나갈 때
내 외침과 내 부름을 들어주소서
내가 넘어지지 않게 내 손을 잡아주소서
주님이여 내 손을 잡고 인도하여주소서.

그래서 이방인이, 그 어떤 이가 난데없이 불쑥 나타났을 때 폴린은 감사했을 뿐 놀라지는 않았다.

그는 가장 뜨겁던 날 켄터키의 이글거리는 태양빛 속에서 곧장 걸어 나왔다. 커다랗게 왔고, 힘차게 왔고, 노란 눈과 넓은 콧구멍을 지니고 왔고, 자기 음악을 가지고 왔다.

폴린은 말뚝 사이 가로대에 팔을 얹은 채 한가로이 울타리에 기대서 있었다. 방금 비스킷 반죽을 만든 참이라 손톱 밑에 낀 밀가루를 떼어내고 있었다. 저멀리 등뒤에서 휘파람소리가 들렸다. 젊은 흑인 남자들이 비질이나 삽질을 할 때, 아니면 걸어다니면서도 자주 흥얼거리는, 고음의 빠른 리프*였다. 웃음으로 불안을 숨기는, 기쁨이 주머니칼의 날처럼 짧고 곧은, 일종의 도시 길거리 음악. 귀기울여 듣던 폴린의 입가에 문득 미소가 떠올랐다. 휘파람소리는 점점 커졌지만 그녀는 그 음악이 계속되기를 바랐기에 몸을 돌리지 않았다. 혼자 미소를 지은 채, 침울한 생각이 뚝 끊어진 그 순간에 매달려 있는데 뭔가 발을 간질이는 것이 느껴졌다. 그녀는 깔깔 웃으며 돌아보았다. 휘파람을 불던 사람이 몸을 숙여 그녀의 굽은 발을 간질이며 다리에 입맞추고 있었다. 그녀는 웃음을 멈출 수 없었다. 그가 고개를 들어 자신을 올려다볼 때까지. 그때 켄터키의 태양이 촐리 브리드러브의 두툼한 눈꺼풀 속 노란 눈을 흠뻑 적신 것을 그녀는 보았다.

---

* 재즈에서 짧은 소절을 반복하는 악절.

"내가 촐리를 처음 봤을 때 느낌은 말이야, 옛날 고향의 색깔이란 색깔은 전부 모아놓은 것 같았어. 어릴 때 장례식이 끝나고 애들끼리 우르르 산딸기를 따러 갔는데, 외출복 원피스 주머니에 넣어놓은 산딸기가 다 뭉개져서 엉덩이까지 온통 물들었던 그때. 원피스가 온통 보라색으로 물들어서 아무리 빨아도 지워지지 않았어. 원피스도 나도. 그 보라색이 내 안 깊은 곳까지 물들인 느낌이었거든. 그리고 아빠가 들에 나갔다 돌아올 때 엄마가 만들어주던 레모네이드. 밑바닥에 씨가 떠다니는 그 레모네이드는 노르스름하고 시원했어. 그리고 우리가 고향을 떠나던 밤, 나뭇가지에 앉아 있던 떡갈잎풍뎅이의 녹색 줄무늬. 촐리가 다가와 내 발을 간질였을 때, 그건 그 딸기와 레모네이드와 떡갈잎풍뎅이의 녹색 줄무늬를 한꺼번에 모아놓은 것 같았어. 그때 촐리는 마른 몸에 눈동자는 정말 밝은색이었지. 휘파람을 잘 불었는데, 그 소리를 들으면 온몸에 전율이 일었어."

폴린과 촐리는 서로 사랑했다. 촐리는 폴린과 함께 있는 시간을 즐기는 듯했고, 도시생활을 잘 모르는 그녀의 촌스러움조차 재미있어했다. 그녀의 발에 대해 이야기했고, 읍내나 들판을 걷다가 피곤하지 않느냐고 물었다. 그녀의 뒤틀린 발을 모른 체하는 대신 뭔가 특별하고 정겨운 것처럼 대했다. 살면서 처음으로 폴린은 자기 발을 자산으로 느꼈다.

그리고 그는 그녀가 꿈꿨던 그대로 다부지면서도 상냥하게 그녀의 몸을 만졌다. 하지만 석양과 외로운 강둑의 우울함은 없었다. 그녀는 안심했고 고마운 마음이었다. 그는 상냥하고 생기발랄했다. 그때까지 그녀는 세상에 웃음이 그렇게 많은 줄 몰랐다.

두 사람은 결혼해서 북쪽으로 올라가기로 했다. 북쪽의 제철소에 일꾼이 부족하다고 촐리가 말했다. 젊고 기운차고 사랑으로 충만한 두 사람은 오하이오주 로레인으로 갔다. 촐리는 곧장 제철소에서 일자리를 구했고 폴린은 집안 살림을 시작했다.

그때 폴린은 앞니를 잃었다. 조그맣게 썩은 부분이 있었을 것이다. 음식이 끼었나보다 넘겨버리기 십상이지만 사라지지는 않는 갈색 얼룩. 그것이 몇 달 동안 치아 표면에 머물며 점점 자라나, 표면을 뚫고 그 아래 상아질까지 파고들어가 결국 뿌리에 이르렀는데, 신경을 건드리지는 않아서 불편하지 않았고 알아채지도 못했다. 그러다 어느 날 독에 익숙해져 약해진 뿌리가 심한 압력을 받자 치아가 툭 부러지며 들쑥날쑥한 뿌리만 남았다. 하지만 그 조그만 갈색 얼룩이 나타나기 전에도 분명 여건은 마련되어 있었을 것이다. 애초에 그것이 존재할 수 있었던 배경이.

잔잔한 푸른 호숫가에 자리잡고 쑥쑥 커가는 오하이오의 젊은 마을, 골목까지 콘크리트 포장이 되어 있고, 지하철도* 역이 있는 오벌린과 겨우 13마일 떨어진 친분을 자랑하는 그곳, 차갑지만 선뜻 받아들이는 캐나다를 마주보는 미국의 경계에 자리한 이 용광로에서 무엇이 잘못될 수 있단 말인가?

"그때는 촐리와 사이가 좋았어. 일자리도 많고 이래저래 더 낫다는 북부로 왔지. 가구점 위층의 방 두 개짜리 셋집에서 살림을 시작했어. 촐리는 제철소

---

* underground railroad. 남북전쟁 전 흑인 노예의 탈출을 돕고 피신처를 제공했던 비밀 조직.

에서 일을 했고, 만사가 괜찮아 보였지. 뭐가 어떻게 된 건지는 나도 몰라. 전부 달라졌어. 북부로 오니 친구를 사귀기도 힘들고 가족이 그리웠어. 백인이 많은 환경에 익숙하지도 않았고. 전에 본 백인들은 적대적이었지만 마주칠 일이 별로 없었어. 그러니까 부딪칠 일이 별로 없었던 거지. 이따금 들판이나 식당에서 마주칠 뿐이었어. 그러면서도 우리 위에 완전히 군림하려 하지. 북부에 오니 어딜 가나 백인이야. 옆집, 아래층, 거리거리에. 그 사이에서 유색인은 수도 적고 서로서로 떨어져 있었지. 북부에 사는 유색인은 달랐어. 잘난 척 뻐겼지. 못된 심보가 백인과 다를 바 없었어. 상대를 까뭉개는데, 그들에게서 그런 대접을 받으리라고는 전혀 예상하지 못했지. 그때가 내 평생 가장 외로운 시기였어. 촐리가 돌아오는 세시가 되기를 기다리며 창가에서 하염없이 밖을 내다보던 기억이 나. 말을 건넬 고양이 한 마리 없었지."

　외로움을 느끼며 그녀는 남편이 자신을 안심시키고 즐겁게 해주기를, 빈자리를 메울 무언가를 주기를 바랐다. 집안일은 충분치 않았다. 겨우 방 두 개뿐, 관리하거나 돌아다닐 마당도 없었다. 마을 여자들이 하이힐을 신고 다니기에 폴린도 신어보려 했지만, 발을 끄는 걸음걸이가 더 도드라지며 아예 절뚝거리는 것으로 보였다. 촐리는 여전히 상냥했지만 자신에게 전적으로 의존하려는 그녀를 밀어내기 시작했다. 서로에게 할말이 점점 줄어들었다. 그는 다른 사람이나 다른 할일을 찾는 데 아무런 문제가 없었다. 계단을 올라와 그를 찾는 남자들은 늘 있었고, 그러면 그는 그녀를 혼자 두고 흔쾌히 그들과 나가버렸다.
　흑인 여자는 몇 명 만나지도 못했지만 폴린은 그들이 불편했다. 그들은 머리를 펴지 않은 그녀를 신기하게 여겼다. 그들처럼 화장을 해보려 했지만 결과는 형편없었다. 그녀의 말투('아그들' 같은)와 옷차림을 두고 신경에 거슬리는 시선을 던지고 뒤에서 킬킬거렸기 때문에 그녀에게 새 옷에 대한 욕망이 생겨났다. 돈이 필요하다고 했다가 촐리와 다툰 뒤, 그녀는 일자리를 구하기로 마음먹었다. 일용직으로 일을 하니 옷이나 집에 들여놓을 소소한 물건을 사는 데는 도움이 되었지만 촐리와의 관계에는 도움이 되지 않았다. 그녀가 물건을 사들이는 것을 탐탁지 않게 여기던 촐리는 대놓고 그렇게 말하기도 했다. 두 사람의 결혼생활은 잦은 다툼으로 너덜너덜해졌다. 그녀는 아직 어렸고, 행복의 정점을, 앞길이 음산해질 때도 늘 가까이에 머물 소중한 신의 손길을 여전히 기다렸다. 음산함이 어떤 것인지 그녀는 이제야 분명히 깨달았다. 그들의 대화는 늘 돈에 관한 것이었다. 그녀에겐 옷 살 돈, 그에겐 술 마실 돈. 안타까운 점이라면 폴린은 사실 옷이나 화장품에 관심이 없었다. 단지 다른 여자들의 호의적인 시선을 원했을 뿐.

그녀는 몇 달 동안 일용직으로 일하다가, 별로 넉넉지 못한 살림에 신경질적이고 허세를 부리는 어떤 가족의 집에서 고정적으로 일하게 되었다.

"촐리는 갈수록 못되게 굴면서 틈만 나면 나와 싸우려 들었어. 나도 받은 만큼 돌려줬지. 하는 일이라고는 그 집 일과 촐리와 싸우는 일이 다였을 정도로. 피곤했어. 그 여자 밑에서 일하는 건 생각과는 딴판이었지만 그래도 거기 매달렸어. 그 여자는 심술궂다기보다 머리가 둔했어. 온 가족이 그랬지. 별것도 아닌 일로 사이가 틀어졌어. 그렇게 예쁜 집에서 그 정도 돈을 벌면 함께 즐기며 살 것 같은데 말이야. 그 여자는 아무것도 아닌 일에 툭하면 울고불고 했어. 친구와 통화를 하다가 그쪽에서 먼저 끊으면 울고불고했어. 전화가 있는 것만으로도 감사할 판국에 말이야. 난 그때까지 전화도 없었거든. 한번은 그 여자 덕에 치과대학에 들어간 남동생이 큰 파티를 열면서 누나 가족을 초대하지 않은 거야. 아주 난리가 났었지. 다들 며칠 동안 전화통을 붙들고 있었어. 얼마나 불평을 늘어놓으면서 호들갑을 떨던지. 나한테도 묻더라고. '폴린, 네 동생이 파티를 여는데 널 초대하지 않으면 어떻게 하겠어?' 난 정말 가고 싶으면 그냥 파티에 가겠다고 대답했지. 동생이 원하거나 말거나 신경쓰지 않겠다고. 그러자 입으로 쯥 소리를 내고는 멍청한 말이라고 하더라. 나야말로 그 여자가 참 멍청하다는 생각이 떠나지 않던 중이었는데 말이야. 남동생이 친구라고 누가 그래? 같은 배에서 태어났다고 서로 좋아하란 법은 없잖아. 난 그 여자를 좋아해보려고 애썼어. 내게 이런저런 걸 잘 주기는 했지만 도대체 좋아할 수가 없었지. 내가 애써 마음을 좋게 먹는 순간, 무식한 짓을 하면서 청소는 이러이러하게 하라는 둥 그따위 말을 늘어놓는 거야. 직접 살림을 하라고 하면 아마 먼지 구덩이 속에서 살게 될 거면서. 치킨과 파이를 돌볼 때조차 그렇게 뒤꽁무니를 쫓아다니며 치운 적이 없어. 그 집 사람들은 볼일 보고 밑 닦는 것도 제대로 못 한다니까. 빨래를 내가 했으니까 알지. 도대체 소변도 똑바로 못 봐. 그 남편은 변기 안에 똑바로 싸는 적이 없었어. 고약한 백인은 정말 세상에서 제일 고약한 존재일 거야. 그래도 촐리가 내가 일하는 곳에 와서 난리를 치지만 않았어도 난 그 일을 계속했을 거야. 술 취해 찾아와서는 돈을 달라고 하더라고. 그 사람을 보는 순간 그 백인 여자 얼굴이 붉어지더라. 그 여자는 강한 척하려 애썼지만 사실 겁을 엄청 집어먹었지. 어쨌든 촐리에게 당장 나가라고, 안 나가면 경찰을 부르겠다고 했어. 촐리는 욕을 해대면서 나를 끌어내기 시작했지. 그와 한바탕할 수도 있었지만 경찰을 상대하고 싶지는 않아서 내 물건을 챙겨 그 집을 나왔지. 나중에 돌아가 일을 하려고 했지만, 그 여자는 내가 촐리와 사는 한 자기 집에 못 들어온다고 했어. 촐리와 헤어지면 계속 있게 해주겠다고. 그래서 고민을 좀 했는데, 나중에 생각하니 백인 여자 때문에 흑인 여자가 흑인 남자를 떠나는 건 똑똑한 일이 아니겠더라고. 그 여자는 내게 줘야 할 돈 11달러를 결국 주지 않았어. 정말 속이 쓰렸지. 가스회사에서 가스를 끊어버려서 끼니를 끓일 수도 없었어. 돈을 달라고 정말 빌다시피 했어. 그 집에 찾아갔더니 그 여자가 길길이 뛰더라고. 내게 준 유니폼과 다 망가진 낡은 침대만큼 빚진 거라나. 정말로 빚을 진 건지는 모르겠지만 어쨌든 난 돈이 필요했어. 촐리가 절대 집에 찾아오지 못하게 하겠다고 약속해도 도무지 막무가내였어. 그래서 절박한 심정으로 그럼 돈을 좀 빌려줄 수 없겠느냐고 했지. 그랬더니 잠시 말이 없다가 남자한테 그렇게 당하고 살면 안 된다고 하더라. 자존감을 가져야 한다고, 생활비를 대는 건 남자의 의무니까 그 의무를 다하지 못하는 남자라면 이혼을 하고 이혼수당을 받아야 한대. 간단하기도 하지. 촐리가 무슨 돈으로 내게 이혼수당을 주겠어? 난 그저 끼니를 끓일 수 있게 가스요금 낼 돈 11달러가 필요할 뿐이라는 사실을 그 여자 머리로는 도대체 이해하지 못한다는 것을 알았지. 얼마나 돌머리인지 그 한 가지 사실도 머릿속으로 뚫고 들어가지 못하는 거야. '그자와 헤어질 거야, 폴린?' 그 말만 되풀이했지. 그러겠다고 하면 내 돈을 주려나보다 싶어 그러겠다고 했지. 그랬더니 '좋아, 그자와 헤어진 뒤에 일하러 오면 지난 일은 덮어두기로 하지' 그러는 거야. 그래서 오늘 내 돈을 받을 수 있겠냐고 물었더니, 아니라고, 남편과 헤어진 다음에야 준다고 하더라. 그러면서 '너와 네 미래를 생각해서 그러는 거야, 폴린, 그자가 네게 무슨 쓸모가 있겠어?' 그러더라. 남자가 무슨 쓸모가 있는지도 모르고, 앞에서는 내 미래를 생각한다면서

먹을 걸 살 수 있게 내 돈을 달라는데 그것조차 안 주는 여자한테 무슨 말을 할 수 있겠어? 그래서 이렇게 말했어. '쓸모없죠, 제게 아무 쓸모 없어요. 그래도 어쨌든 헤어지지 않는 게 낫다고 봐요.' 그 여자가 자리에서 일어섰고 나도 그 집을 나왔지. 밖에 나오니 가랑이가 아팠어. 어떻게든 그 여자를 이해시키려고 애쓰느라 다리를 너무 꽉 조이고 서 있었던 거야. 이해를 못하는 여자라는 걸 이제야 알겠어. 얼굴에 입이 달린 게 아니라 살이 쭉 째졌을 뿐인 남자와 결혼했으니 무슨 수로 이해하겠어?"

어느 겨울 폴린은 자신이 임신한 것을 알았다. 촐리에게 알리자 그는 뜻밖에 기뻐했다. 술도 덜 마시고 집에도 더 자주 들어왔다. 그렇게 두 사람은 그가 그녀에게 피곤하지 않느냐고, 혹은 가게에서 뭘 사다줄까 하고 묻던 신혼 때의 관계로 서서히 돌아가는 듯했다. 남편과의 관계가 편해져서 폴린은 일을 그만두고 살림만 하기 시작했다. 하지만 방 두 개짜리 셋집의 외로움은 사라지지 않았다. 부엌의 녹색 칠이 벗어진 의자에 겨울 햇볕이 내리쬐고 족발이 냄비에서 끓고 있을 때, 들리는 소리라고는 아래층 가게에서 가구를 트럭에 실어나르는 소리뿐일 때, 그녀는 고향에서 지내던 시절을 떠올렸다. 그때도 대체로 혼자였지만 지금의 외로움은 그때와는 다른 것 같았다. 그러다가 녹색 의자나 배달 트럭을 빤히 바라보는 일을 그만두고 대신 영화를 보러 다니기 시작했다. 어두운 극장 안에서 예전 기억이 되살아났고, 그녀는 다시 예전의 꿈에 빠져들었다. 낭만적 사랑이라는 관념과 더불어 신체적 아름다움이라는 또다른 관념을 처음으로 접하게 되었다. 아마 인간 사상사에서 가장 파괴적이라 할 두 가지 관념. 둘 다 질투에서 기원하여 불안정 속에서 번창하고 환멸로 종결되는. 그녀는 신체적 아름다움을 미덕과 동일시하면서 정신을 빈약하게 하고 구속하고 자기비하를 산더미처럼 쌓아올렸다. 성욕과 소박하게 아끼는 마음을 잊었다. 사랑은 소유하려는 짝짓기로, 로맨스는 정신의 목표로 여겼다. 그녀에게 그것은 연인을 속이고 사랑하는 이를 가두어 모든 면에서 자유를 구속하는, 가장 파괴적 감정을 끌어낼 수 있는 원천이었다.

영화를 통해 교육을 받고 나니, 눈에 들어오는 얼굴마다 절대적 아름다움이라는 저울 위 특정한 범주에 넣는 일을 안 하고는 배길 수가 없었다. 그 저울은 은막에서 그녀가 오롯이 흡수한 것이었다. 마침내 어둑한 숲과 외로운 길과 강둑, 그리고 나를 이해하는 상냥한 눈빛이 거기 있었다. 거기서는 결점 있는 존재도 온전해졌고 맹인도 시력을 되찾았고 절뚝이거나 걷지 못하는 사람도 목발을 내던졌다. 거기서는 죽음이 죽어버려, 모두들 음악의 구름 속에서 온갖 몸짓을 보여주었다. 거기서는 흑백의 이미지가 모여서 장엄한 전체를 만들어냈는데, 전부 위쪽과 뒤쪽에서 비추는 빛살로 투사되는 것이었다.

정말 단순한 쾌감이었지만, 그녀는 사랑할 것도 미워할 것도 다 거기서 배웠다.

"살면서 행복했던 시간은 극장에 있을 때뿐이었던 것 같아. 기회만 되면 극장에 갔지. 영화가 시작하기 전에 미리 가 있었어. 불이 꺼지고 사방이 캄캄해져. 그런 다음 화면이 밝아지면 난 곧장 그 화면 속으로 들어가는 거야. 백인 남자들이 자기 여자들을 잘 보살피고, 다들 옷을 잘 차려입고는 욕조와 변기가 한 공간에 있는 넓고 깨끗한 집에 살았지. 영화를 보면서 난 무척 즐거웠지만, 그래서 집으로 돌아오는 것이, 촐리를 바라보는 것이 힘들었어. 나도 모르겠어. 클라크 게이블과 진 할로가 나오는 영화를 보러 갔던 때가 기억나네. 잡지에서 본 진 할로의 스타일대로 머리를 했어. 옆 가르마를 타고 이마에 곱슬머리 한 가닥을 내렸지. 똑 닮아 보였어. 뭐, 거의 그랬다는 거야. 어쨌든 그렇게 머리를 하고 극장에 앉아 좋은 시간을 보내고 있었어. 끝까지 한번 더 보기로 마음먹고, 일어나서 사탕을 사 들고 왔어. 다시 자리에 앉아 사탕을 아작 깨물었는데 이빨 하나가 쑥 빠져버렸어. 비명이 튀어나올 뻔했지. 난 치아가 튼튼해서 썩은 이라고는 없었는데 말이야. 그때 받은 충격은 평생 잊지 못할 거야. 임신 오 개월인 내가 진 할로처럼 꾸미고 앉아 있다가 앞니가 쑥 빠진 거지. 그때 모든 것이 다 빠져버렸어. 그뒤로는 무엇이든 상관없게 된 것 같아. 머리도 원래대로 대충 땋았고 그냥 추한 모습으로 살기로 했지. 극장은 여전히 갔지만 비굴함은 악화되었어. 난 내 치아를 되찾고 싶었어. 촐리가 자꾸 놀려서 우리는 다시 싸우기 시작했지. 내가 그 사람을 죽이려 한 적도 있었어. 그는 나를 심하게 때리지는 않았지만, 아마 임신한 상태라 그랬을 거야, 일단 싸움이 시작되자 멈출 수가 없었어. 세상 그 무엇보다 남편만 보면 울화가 치밀어서 그에게 손대는 일을 그만둘 수가 없었어. 그러다 아기가—아들이었어—태어났는데, 그러고 또 임신을 했지. 내가 예상했던 것과는 달랐어. 가족들을 다 사랑했지만, 돈이 없어서였을 수도 있고 촐리 탓이었을 수도 있고, 어쨌든 아이들 때문에 불안해서 살 수가 없었어. 때로 정신을 차려보면 내가 아이들에게 고함을 지르며 매질을 하고 있는데, 그러면 불쌍하다는 마음이 들면서도 그만둘 수가 없었어. 둘째로 딸을 낳았을 때 생김새가 어떻든 그 아이를 사랑하겠다고 말했던 것이 기억나. 그 아이는 검은 털뭉치 같았어. 첫째 때 내가 아이를 가질 계획이었는지는 기억이 나지 않아. 하지만 둘째는 계획을 한 거야. 아마도 이미 하나가 있으니까 겁이 나지 않아서였겠지. 어쨌든 난 기분이 좋았고, 출산보다는 아기 생각만 했어. 뱃속에 있는 아이에게 종종 말을 걸기도 했지. 좋은 친구처럼. 이런 거야. 빨래를 널어야 하는데 물건을 들어올리는 동작이 아기에게 좋지 않으니까 이렇게 말하는 거지. 빨래 몇 가지 널어야 하니까 꼭 붙잡아. 금방 끝낼 테니 너무 놀라지 마. 그러면 뱃속 아기는 발로 차거나 그러지 않았어. 아니면 큰애 주려고 그릇에서 뭘 섞으면서도 말을 거는 거야. 마치 친구에게 하듯이. 만삭 때까지도 아이 생각을 하면 기분이 좋았어. 출산이 임박해서 병원에 갔지. 그러는 게 편하겠다 싶어서. 첫째 때처럼 집에서 낳고 싶지 않았어. 여자들이 가득한 커다란 방에 날 집어넣더라. 진통이 시작되었는데 아주 심하지는 않았지. 나이 지긋한 의사가 와서 나를 검사했어. 온갖 도구가 있었지. 장갑을 끼고 젤리 같은 걸 바르더니 손을 내 가랑이 사이로 쑥 집어넣었어. 그 의사가 가고 나자 또다른 의사들이 왔지. 나이든 의사도 있고 젊은 의사도 있고. 나이든 의사는 젊은 의사에게 출산에 대해 가르쳤어. 이런저런 방법을 보여주면서. 내게 다가와서 하는 말이, 여기 이런 여자들은 별문제가 없을 거라고 하더라. 진통도 별로 안 하고 금방 쑥쑥 낳을 거라나. 말이 새끼 낳듯이. 젊은 의사들이 살짝 웃더라. 그들이 내 배와 가랑이 사이를 살펴봤어. 내게는 말도 걸지 않았어. 나를 쳐다본 의사는 딱 한 사람뿐이었어. 그러니까 내 얼굴을 쳐다본 의사 말이야. 내가 마주 바라봤더니 얼굴이 빨개지며 시선을 떨구더라. 내 추측으로 그 의사는 내가 새끼 낳는 말이 아니라는 걸 알았던 것 같아. 나머지 의사들, 그들은 몰랐지. 다들 자리를 옮기더니 백인 여성에게 말을 거는 것이 보였어. '좀 어떠세요? 쌍둥이죠?' 시답잖은 얘기였지만 그래도 근사한 말이었어. 상냥하고 근사한. 나는 초조해졌고, 진통이 점점 심해지자 차라리 기뻤어. 다른 생각할 거리가 생겼으니까. 난 신음하듯 끔찍한 소리를 내뱉었어. 그 정도로 진통이 심하지는 않았지만 출산이 배변활동과 다르다는 걸 알려야 했거든. 나도 저 백인 여자와 똑같이 아프다고. 아까 내가 비명을 지르며 법석을 떨지 않았다고 해서 고통을 느끼지 않는 건 아니라고. 그들이 어떻게 생각하겠어? 수선을 떨지 않고 쑥쑥 애를 잘 낳으니까 나는 저들처럼 밑이 쑤시고 땅기는 고통을 느끼지 않는다고 하지 않겠어? 게다가 그 의사는 알지도 못하면서 떠든 거야. 암컷 당나귀를 본 적도 없으면서. 암컷 당나귀가 고통에 몸부림치지 않는다고 누가 그래? 비명을 지르지 않아서? 말을 못한다고 아프지도 않은 줄 알지? 그 눈을 들여다보면, 눈알이 뒤집히며 애달픈 표정을 짓는 걸 보면 알 수 있는데 말이지. 어쨌든 아기가 태어났어. 크고 건강한 아기였지. 근데 생김새가 내 생각과는 달랐어. 자주 말을 걸다보니 마음의 눈으로 아기의 모습을 그려보았나봐. 근데 아기를 딱 보자마자 어릴 적 엄마 사진을 보는 것 같았어. 누군지는 알겠는데 지금 모습과는 다른 거지. 젖을 먹이라고 그들이 내게 아기를 건넸는데 아기가 곧장 내 젖꼭지를 빨기 시작했어. 새미와 달리 금세 빠는 법을 알았지. 새미는 젖 먹이기가 참 힘들었거든. 하지만 페콜라는 해야 할 일을 곧바로 알아채는 것 같았어. 똑똑한 아기였지. 그런 애를 바라보고 있으니 참 좋았어. 얼마나 게걸스러운 소리를 내는지 알지. 촉촉하고 부드러운 눈으로. 강아지와 죽어가는 사람을 합쳐놓은 것처럼. 하지만 그애가 못생겼다는 건 알았어. 예쁜 머리칼이 수북했지만, 세상에, 얼마나 못생겼는지."

새미와 페콜라가 아직 어릴 때, 폴린은 다시 일하러 나가야 했다. 이제 나이가 나이인지라 백일몽과 영화에 빠질 시간은 없었다. 조각이란 조각은 다 그러모아 아무것도 없던 곳에 뭐라도 조리에 맞는 걸 만들어야 했다. 아이들을 봐서라도 그래야 했다. 자신은 이제 어린애가 아니었다. 그래서 그렇게 변해갔는데, 그 과정은 우리 대부분과 비슷했다. 자신을 미혹하거나 앞을 가로막는 것들을 향한 증오를 키웠고, 지키기 쉬운 미덕을 습득했고 주어진 상황에서 자신에게 역할을 배당하면서, 단순했던 시절을 회상하며 만족을 구했다.

폴린은 가장이라는 인식과 책임을 오롯이 떠맡았고 다시 교회에 나갔다. 우선은 방 두 개짜리 셋집에서 나와 상가 건물의 넓은 일층으로 들어갔다. 자신을 경멸하던 여자들보다 더 도덕적으로 살며 그들의 인정을 받았고, 촐리는 자신이 경멸하는 약점에 빠져 허우적거리게 놔두는 식으로 복수했다. 큰 소리로 찬양하면 다들 눈살을 찌푸리는 교회에 나갔고, 여성 3 집사회에서 봉사하면서 여성 1 신도회 회원이 되었다. 기도회에서는 촐리의 삶을 두고 한숨 쉬며 넋두리를 했고 아비의 죄에서 아이들을 지켜달라고 기도했다. '아그들'이라고 말하는 대신 '애기들'이라고 했다. 치아 하나가 또 빠졌고, 옷과 남자 생각밖에 없는 화장 진한 여자들을 보면 격분했다. 촐리를 죄와 실패의 전범으로 삼아 가시면류관을 쓰듯 그 존재를 견뎠고, 십자가를 지듯 아이들을 견뎠다.

가족이 모두 관대하고 다정다감하고 감사하는 마음을 지닌 유복한 집안에서 정규직으로 일하게 된 것은 정말 행운이었다. 그녀는 그 집을 바라보고 그들의 리넨 냄새를 맡고 그들의 실크 커튼을 만지면서 그 전부를 사랑했다. 아이의 분홍색 잠옷, 가장자리에 수를 놓은 하얀 베갯잇 더미, 위쪽 끝부분이 푸른 수레국화로 장식된 이불. 그녀는 이상적인 하인이라고 알려진 존재가 되어갔다. 사실상 그 역할이 자신의 욕구를 다 채워주었기 때문이다. 깨끗하고 뜨거운 물이 무한정 흘러나오는 은색 수도꼭지가 달린 도자기 욕조 속에서 피셔네 어린 딸을 씻겨주었다. 도톰한 하얀 수건으로 젖은 몸을 닦고 앙증맞은 잠옷을 입혔다. 그다음엔 노란 머리를 빗기며 손가락 사이에서 머리칼이 미끄러지고 돌돌 감기는 감촉을 즐겼다. 함석 통도 아니고, 난로에서 데워 양동이로 옮긴 물도 아니고, 싱크대에서 빨고 먼지 날리는 뒷마당에서 말린, 올이 떨어져나가는 뻣뻣하고 칙칙한 수건도 아니고, 빗질하는 머리칼도 거친 양털처럼 엉망으로 엉킨 검은 곱슬머리가 아니었다. 곧 그녀는 자기 집 살림에서 손을 뗐다. 자신이 살 수 있는 물건은 오래가지도, 아름답거나 멋지지도 않았고, 지저분한 가겟방의 분위기가 물씬했다. 그녀는 갈수록 자기 집과 자기 아이들과 자기 남편을 소홀히 대했다. 그들은 잠자기 직전, 혹은 이른아침이나 늦저녁 같은 일상의 언저리에서 뒤늦게 잠깐 떠올리는 존재나 마찬가지였다. 피셔네와 함께하는 일상을 더 환하고 더 섬세하고 더 사랑스럽게 만들어주는 시커먼 언저리. 피셔네 집에서는 물건을 정리하고 깨끗이 닦고 깔끔하게 줄을 맞춰 세워놓을 수 있었다. 푹신한 카펫이 깔린 그 집에서는 성치 않은 자기 발이 움직이면서 고르지 못한 소리를 내는 일도 없었다. 거기에서 그녀는 아름다움과 질서와 청결함과 칭찬을 얻었다. "부동산이 아니라 차라리 저 사람의 블루베리파이를 팔고 싶다니까." 피셔 씨가 그렇게 말했다. 그녀는 몇 주, 아니 몇 달 동안 먹고도 남을 음식이 가득한 찬장을 자기 영토인 양 통치했다. 박스째 산 채소 통조림, 자그마한 은접시 안에 옹송그린 특별한 폰던트* 과자와 리본 캔디의 여왕이었다. 그녀가 자기 일로 찾아가면 그녀를 깔아뭉갰던 채권자와 수리공들도 피셔네를 대신해 말하는 그녀에겐 공손한 태도를 보였고, 약간 주눅들어 보이기도 했다. 약간이라도 거뭇해졌거나 비계를 제대로 떼어내지 않은 소고기는 퇴짜를 놓았다. 자기 가족이 먹을 생선이라면 조금 비린내가 나도 그냥 받았겠지만, 피셔네 집에서 그런 걸 내밀면 생선장수 얼굴에 냅다 집어던질 기세였다. 이 집안에서는 권력과 칭찬과 사치가 그녀의 것이었다. 평생 가져보지 못한 것, 곧 폴리라는 애칭도 가지게 되었다. 하루 일과를 끝낸 뒤 부엌에 서서 자신이 해놓은 일을 둘러보는 것이 그녀의 기쁨이었다. 비누가 여남은 개나 있고 베이컨도 짝으로 있다는 사실을 인식하며, 반짝반짝 닦아놓은 냄비와 프라이팬, 광이 나는 마룻바닥을 한껏 즐겼다. "폴리가 그만두면 절대 안 돼. 저런 사람은 다시는 구하지 못할 테니까. 구석구석 완전히 깔끔해지기 전에는 부엌을 나가는 일이 없다니까. 정말이지 이상적인 하인이야." 이런 말을 들으며.

폴린은 이 질서정연함과 이 아름다움을 자신만의 세계에 혼자 간직했지, 예전에 가게였던 자기 집이나 자기 아이들에게 도입하는 일은 전혀 없었다. 아이들을 억지로 점잖음이라는 가치로 몰고 갔고, 그러면서 두려움을 가르쳤다. 어설플지 모른다는 두려움, 아버지처럼 될 수 있다는 두려움, 신의 사랑을 받지 못할 수도 있다는 두려움, 촐리의 어머니처럼 미쳐버릴 수 있다는 두려움. 아들은 두들겨패서 이 집에서 나가버리고 싶다는 요란한 욕망을 심어주고, 딸은 두들겨패서 어른이 되는 것의 두려움, 타인과 삶에 대한 두려움을 심어줬다.

---

* 설탕과 물을 섞어 걸쭉하게 만든 아이싱.

삶의 의미는 오롯이 자신의 일에 존재했다. 그녀의 미덕은 그대로였다. 교회도 열심히 나갔고, 술을 마시거나 담배를 피우거나 흥청거리며 놀지도 않았고, 촐리에 열심히 맞서 자신을 지켰고, 어느 면에서나 촐리보다 우월했다. 아버지를 닮지 말라며 아이들에게 아버지의 잘못을 지적하거나 아무리 사소해도 단정치 못한 행실이 눈에 띄면 벌을 주면서, 가족을 먹여 살리기 위해 하루에 열두 시간에서 열여섯 시간까지 일하면서, 스스로 어머니의 역할을 성실하게 수행한다고 생각했다.

옛날을 떠올리거나 삶이 어떻게 달라졌는지 생각해보는 일은 이따금, 이따금 있을 뿐이었고 그런 일도 차츰 드물어졌다. 그것도 예전의 백일몽으로 가득한 실없는 사색이었지, 오래도록 곱씹고 싶은 종류는 아니었다.

"한번은 그를 떠나려고 했는데, 무슨 일이 생겼어. 그가 집에 불을 질렀을 때, 정말 떠나겠다고 마음먹었지. 뭐 때문에 주저앉았는지 지금은 기억도 안 나. 그가 내게 그다지 삶다운 삶을 살게 해주지 않은 건 확실하지. 하지만 다 나쁘지만은 않았어. 그렇게 나쁘지 않을 때도 있었으니까. 어쩌다 만취하지 않은 상태로 돌아와 가만히 침대로 들어오는 날이 있었어. 난 잠든 척하지. 시간도 늦었고, 그날 아침 내 지갑에서 3달러를 몰래 꺼내 갔거나 했을 테니까. 숨소리가 들리지만 돌아보지는 않아. 시커먼 팔을 올려 머리를 받치고 누운 모습이 눈앞에 선연하니까. 근육이 커다란 복숭아씨처럼 불끈불끈 솟아나고 불어난 강물 같은 혈관이 팔을 타고 흐르겠지. 직접 손을 대보지 않아도 그 굴곡이 손끝에 느껴졌어. 화강암처럼 단단한 군살이 박인 손바닥과 가만히 말아쥔 긴 손가락도 보이고. 서로 엉킨 뻣뻣한 가슴털과 불룩하고 커다란 양쪽 가

습근육을 생각했지. 불룩한 가슴에 얼굴을 비비며 내 살갗에 쓸리는 털을 느끼고 싶었어. 난 정확히 어디쯤부터 가슴털이 듬성듬성해지는지—배꼽 바로 위쪽이지—그리고 거기를 지나면 어떻게 다시 무성해지며 뻗어나가는지도 알지. 어쩌면 그가 몸을 약간 뒤척이다가 다리가 내 몸에 닿을 수도 있고, 옆구리가 내 엉덩이를 스칠 수도 있어. 그래도 난 여전히 꼼짝도 하지 않아. 그때 그가 고개를 들고 돌아누우며 손을 내 허리에 얹어. 그래도 내가 꼼짝하지 않으면 손으로 내 배를 문지르고 주무르겠지. 부드럽게, 천천히. 난 여전히 움직이지 않아. 멈추지 않았으면 해서. 자는 척하면서 그가 내 배를 계속 문지르기를 바라지. 이제 그가 고개를 숙여 내 젖꼭지를 깨물어. 그러면 이제 내 배에서 손을 떼어 그 손을 내 가랑이 사이로 가져갔으면 하지. 난 그제야 잠이 깬 척하며 그쪽으로 몸을 돌리지만, 아직 다리를 벌리지는 않아. 그가 해주길 바라니까. 그가 내 다리를 벌리고, 손가락을 단단하게, 힘차게 움직일 때마다 그 자리가 말랑말랑해지고 축축해지겠지. 그 어느 때보다 말랑말랑해지지. 내 힘은 전부 그의 수중에 있어. 뇌가 시든 이파리처럼 쪼그라들고, 손안에서는 희한한 공허감이 느껴져. 뭐라도 붙잡고 싶어서 그의 머리를 붙들어. 그러면 그의 입이 내 턱 아래에 닿지. 이제 내가 충분히 말랑말랑해졌으니 더이상 그의 손이 내 다리 사이에 있기를 바라지 않아. 두 다리를 쫙 벌리면 그가 내 몸 위로 올라오지. 떠받치기엔 너무 무겁지만, 붙잡아야 할 것처럼 가볍기도 해. 그가 내 안으로 들어와. 내 안으로. 내 안으로. 그가 가버리지 못하도록 난 두 발로 그의 등을 휘감아. 그의 얼굴이 바로 내 얼굴 앞에 있어. 침대 스프링에서 옛날에 고향에서 들리던 귀뚜라미 울음소리가 나. 그가 내 손에 깍지를 끼고, 우리는 십자가에 못박힌 예수처럼 양팔을 옆으로 뻗어. 난 꽉 붙잡아. 내 손가락으로, 내 발로 꽉 붙잡는 거지. 다른 건 전부 사라져, 사라져가니까. 그는 내가 먼저 절정에 이르기를 바란다는 걸 난 알아. 하지만 그럴 수가 없어. 그가 절정에 이르기 전에는 안 돼. 그가 나를 사랑한다는 것을 느끼기 전까지는 안 돼. 오로지 나만을. 내 안 깊숙이 가라앉으며. 그의 머릿속에 오로지 나의 살밖에 없다는 것을 알 때까지는. 중도에 그만둬야 하더라도 그는 그만둘 수 없다는 것을. 내 안에서 그것을 빼내느니 차라리 죽어버리는 게 낫겠다는 것을. 내 안에서. 가진 것을 모두 놓아 그걸 내게 줄 때까지는 안 된다는 것을. 내게. 내게. 그러면 난 힘을 느껴. 내가 강하구나, 내가 예쁘구나, 내가 젊구나. 그러면 이제 기다리지. 그가 몸을 부르르 떨며 머리를 뒤로 확 젖혀. 이제 난 충분히 강하고, 충분히 예쁘고, 충분히 젊으니 내가 절정에 이를 차례야. 난 깍지 낀 손을 풀어 그의 엉덩이로 가져가. 두 다리는 다시 침대 위로 내리고. 아이들이 들을 수 있으니 소리는 전혀 내지 않아. 그 색의 조각들이 내 안에서, 저 깊은 곳에서 둥둥 떠오르는 느낌이 들기 시작해. 떡갈잎풍뎅이의 빛이 만들어내는 초록 줄무늬와 허벅지를 따라 또르르 흘러내리는 산딸기의 보라색과 내 안에서 달콤하게 흐르는 어머니의 노란 레모네이드가. 그러면 내 가랑이 사이에서 웃음이 터져나오는 것만 같아. 그 웃음이 색깔들과 온통 뒤섞이면, 난 이렇게 절정에 이르는 걸까 두렵다가, 이르지 못하는 걸까 두렵다가 그래. 하지만 절정에 이르리라는 것을 알고 그렇게 되지. 나의 내면은 온통 무지개가 돼. 무지개가 한참 지속되고 지속되고 지속되지. 그에게 고마움을 전하고 싶지만 어떻게 해야 할지 몰라서 아기를 토닥이듯 토닥여줘. 그가 내게 괜찮으냐고 물어. 괜찮다고 해. 그는 내게서 떨어져 자리에 눕지. 난 무슨 말이라도 하고 싶지만 그만두지. 내 마음을 무지개에서 떼어내기 싫으니까. 일어나서 화장실에 가야 하지만, 그냥 누워 있어. 촐리가 다리를 내 몸에 얹은 채 잠들기도 했고. 움직일 수 없고, 움직이고 싶지도 않아.

하지만 이젠 그렇지 않아. 내가 잠에서 깨기도 전에 그가 내 안으로 밀고 들어와 요동을 치고 내가 잠에서 깨면 다 끝난 경우가 다반사지. 다른 때는 만취해서 악취를 풍기는 그의 옆에 있을 수도 없어. 하지만 이젠 신경쓰지 않아. 신께서 나를 돌봐주실 테니. 꼭 그러실 거야. 꼭 그래주실 거야. 게다가 이제 현세야 뭐가 어떻게 되든 상관없어. 분명 영광이 찾아올 테니. 이따금 단 하나 그리운 것이 있다면 그 무지개야. 하지만 말했듯이 이젠 잘 떠오르지도 않아."

아버지를보라아버지는몸집이크고힘이세다아버지제인과놀아줄래요아버지
가싱긋웃는다싱긋웃어요아버지싱긋웃어요

촐리가 태어난 지 나흘째 되던 날, 모친은 그를 담요 두 장에 둘둘
만 뒤 신문으로 다시 말아 철길 옆 고물집하장에 놓았다. 조카딸이 무
슨 뭉치를 들고 뒷문으로 나가는 것을 본 지미 이모가 따라나가 다시
들고 왔다. 그러고는 가죽띠로 조카딸을 때린 뒤 아기 근처에도 오지
못하게 했다. 지미 이모가 몸소 촐리를 키웠는데, 그를 그렇게 구했던
일을 이따금 들려주는 일을 즐겼다. 이모할머니의 이야기를 들은 촐리
는 자기 어머니가 정신이 온전치 못했구나 짐작했다. 사실이 그랬는지
는 알아낼 수 없었는데, 그녀는 가죽띠로 맞은 뒤 곧장 집을 나갔고 이
후 소식을 들은 사람이 없었기 때문이다.
촐리는 그렇게 목숨을 구할 수 있어 감사한 마음이었다. 간혹 안 그
럴 때도 있었지만. 지미 할머니가 손가락으로 콜러드*를 집어먹거나

네 개의 금니로 쓱 소리를 내는 모습을 볼 때, 목에 아위** 주머니를 두르고 있는 할머니 냄새를 맡을 때, 혹은 겨울에 추우니 같이 자자고 해서 옆에 누웠는데 잠옷 속으로 늙어 쭈글쭈글한 가슴이 늘어진 것이 보일 때 이따금. 그럴 때면 차라리 그 자리에서 죽어버리는 게 나을 것 같았다. 조지아의 거무스레한 하늘 아래 타이어 속에 들어가서.

학교를 사 년 다닌 뒤에야 그는 용기를 내어 친부가 누구냐고 물어볼 수 있었다.

"풀러네 아들이 분명해." 이모할머니가 말했다. "그때 뻔질나게 이 집에 드나들다가 네가 태어나기 전에 황급히 어디론가 떠나버렸으니까. 메이컨으로 간 것 같아. 그 녀석 아니면 그 동생이겠지. 둘 다일 수도 있고. 늙은 풀러가 그 일에 대해 하는 소리를 한 번 들었거든."

"이름이 뭔데요?" 촐리가 물었다.

"풀러라고, 바보야."

"성 말고 이름이 뭐냐고요?"

"아." 이모할머니가 기억을 떠올리려는 듯 눈을 감았다가 한숨을 쉬었다. "이젠 도대체 기억나는 게 없어. 샘이든가? 그래, 새뮤얼. 아냐, 아냐. 샘슨이었다. 샘슨 풀러."

"근데 왜 내 이름을 샘슨이라고 짓지 않았어요?" 촐리가 나지막이 물었다.

"뭣 하러? 네가 태어나는 걸 보지도 않은 녀석인데. 네 어미는 네 이름도 지어주지 않았어. 아흐레도 되기 전에 널 고물집하장에 버렸으니

---

* 미국 남부의 대표적인 식자재로, 양배추나 케일 같은 십자화과 식물.
** 미나리과 식물로, 뿌리에서 채취한 진이 진통제나 구충제 등으로 쓰이나 악취가 난다.

까. 내가 데려오고 나서, 너 태어난 지 아흐레째 되던 날 내가 이름을 지었지. 죽은 내 오빠 이름을 따서 지었어. 찰스 브리드러브. 좋은 사람이었는데. 샘슨이라는 이름으로는 뭐든 잘될 리가 없어."

촐리는 더이상 묻지 않았다.

이 년 뒤 그는 학교를 그만두고 타이슨 식료품점에서 일을 시작했다. 청소를 하고 잔심부름을 하고 자루에 든 물건의 무게를 달고 자루를 짐마차에 실었다. 간혹 그는 짐마차꾼의 마차를 탔다. 블루 잭이라는 이름의 친절한 노인이었다. 블루는 오래전 노예해방선언이 선포되었을 당시의 이야기를 들려주곤 했다. 흑인들이 다들 목청껏 환호하고 울부짖고 노래했다고. 귀신 이야기도 해줬다. 한 백인 남자가 아내의 머리를 자른 뒤 시체를 습지에 묻었는데 밤마다 머리 없는 시체가 나타났다고, 앞이 보이지 않아 이리저리 부딪히면서 빗을 달라고 한없이 울부짖으며 마당에서 비틀비틀 돌아다닌다고 했다. 블루와 살림을 차렸던 여자들 이야기, 젊었을 때 싸움을 벌였던 이야기도 해주고, 한번은 말을 잘해서 자기 혼자 린치를 모면했던 이야기도 해주었다.

촐리는 블루를 무척 좋아했다. 성인이 된 이후에도 오래도록, 함께 어울렸던 좋은 시절을 기억했다. 예를 들어 7월 4일 교회 소풍날 한 가족이 수박을 깨뜨려 먹던 일 같은. 아이 여럿이 빙 둘러서서 지켜보고 있었다. 기대에 찬 엷은 미소가 어려 표정이 부드러워진 블루는 그 원의 주위에서 서성거렸다. 그 가족의 아버지가 수박을 머리 위로 높이 들어올렸다. 촐리의 눈에 그의 우람한 두 팔은 나무보다 더 컸고, 수박은 태양을 가렸다. 머리를 쑥 내밀고 태양보다 큰 수박을 양손으로 잡고 시선은 앞쪽 바위에 고정한 채 소나무보다 더 높이 팔을 뻗은 그 흑칠한 남자는 자세를 제대로 잡고 목표지점을 확인하느라 문득 동작을 멈췄다. 선명한 파란 하늘에 새긴 듯 도드라진 그 형체를 바라보다가 촐리는 팔에서 목까지 소름이 돋았다. 신이 저런 모습일까 싶었다. 아니지. 신은 긴 백발과 긴 수염을 휘날리는, 인간이 죽으면 슬퍼지고 인간이 못된 짓을 하면 매서워지는 작고 파란 눈을 가진 상냥하고 나이지긋한 백인 남자이지. 저렇게 생긴 건 분명 악마일 거야. 세상을 양손에 쥐고 당장이라도 땅에 내동댕이칠 기세인 저 모습. 박살이 나면서 붉은 내장이 터져나오면 그 달콤하고 따뜻한 속을 흑인들이 먹어치울 수 있게 말이지. 악마가 만약 저렇게 생겼다면 촐리는 악마가 더 마음에 들었다. 신을 떠올려봐야 아무 느낌이 들지 않았고 악마를 떠올릴 때만 마음이 들떴다. 그리고 이제 막강한 검은 악마가 태양빛을 가린 채 막 세상을 두 쪽 내려는 참이었다.

저멀리서 누군가 하모니카를 불었다. 음악소리가 사탕수수밭 위를 스르르 미끄러져 소나무숲 속으로 들어갔다. 그 소리는 나무등치를 감아오르며 소나무향과 하나가 되었고, 촐리는 사람들 머리 위에 떠 있는 소리와 향기가 분간이 되지 않았다.

남자가 수박을 바위 끄트머리를 향해 내리쳤다. 수박 껍질이 박살나는 소리와 함께 실망에 찬 나지막한 외침이 터져나왔다. 제대로 쪼개지지 않았던 것이다. 수박이 엉망으로 깨져 껍질과 붉은 속이 풀밭 여기저기 흩어졌다.

블루가 펄쩍 뛰었다. "오우, 오우." 신음하듯 내뱉었다. "속이 여기 있네." 서글프면서도 흐뭇한 목소리였다. 블루의 발 가까이로 굴러온 수박 한가운데의 빨간 속, 껍질도 없고 씨도 별로 없는 커다란 덩어리에 모두의 시선이 쏠렸다. 블루가 그것을 집으려고 몸을 숙였다. 아주 달게 익어 표면이 우툴두툴하고 칙칙한, 가장자리는 즙으로 뻣뻣해진 선홍색 덩어리. 그것이 약속하는 환희는 너무 뻔해서 거의 음란했다.

"먹어, 블루." 그 집 아버지가 웃었다. "먹어도 돼."

블루는 빙그레 웃으며 그 자리를 떴다. 어린아이들은 땅에 떨어진 조각을 주우려고 쟁탈전을 벌였다. 여자들은 아가들을 위해 씨를 발라주며 조금씩 베어먹었다. 블루의 눈이 촐리와 마주쳤다. 그가 촐리에게 손짓을 했다. "애야, 이리 와. 이 속은 너랑 나랑 먹자."

노인과 소년은 풀밭에 앉아 수박 속을 나눠먹었다. 고약하면서도 달콤한 지구의 내장을.

지미 할머니가 복숭아파이를 먹고 죽은 것은 봄날, 매우 쌀쌀한 봄날이었다. 비바람이 그친 뒤 열린 전도 집회에 갔는데, 축축한 나무의자에 앉았던 것이 좋지 않았다. 이후 나흘인가 닷새 동안 앓았다. 친구들이 병문안을 왔다. 누구는 캐모마일차를 가져오고 누구는 바르는 약을 가져와 몸에 문질렀다. 가장 친한 친구인 미스 앨리스는 성경을 읽어주었다. 그래도 지미 할머니는 쇠약해져갔다. 서로 상반되는 조언까지, 온갖 조언이 쏟아졌다.

"달걀흰자를 먹지 마."

"신선한 우유를 마셔."

"이 풀뿌리를 씹어먹어."

지미 할머니는 미스 앨리스가 읽어주는 성경 외에는 다 무시했다. 고린도전서의 구절들이 머리 위에서 웅웅거릴 때면 졸린 표정으로 고맙다며 고개를 끄덕였다. 자신의 죄를 꾸짖으면 입에서 아멘 소리가 가만히 흘러나왔다. 하지만 몸은 전혀 반응이 없었다.

결국 머디어를 부르기로 했다. 머디어는 숲 언저리 판잣집에 사는 과묵한 여자였다. 유능한 산파였고 병을 진단하는 데 틀림이 없었다. 머디어가 그 동네에 살지 않았던 시절을 기억하는 사람은 거의 없었다. 일반적인 수단—알려진 치료법이나 직감이나 참고 견디기—으로 치료되지 않는 병이 생기면 늘 나오는 말이 "머디어를 불러와"였다.

지미 할머니 집을 찾아온 그녀의 모습을 보고 츌리는 무척 놀랐다. 아주아주 나이가 많다고 알고 있던 터라, 등이 굽고 쪼글쪼글한 모습을 늘 상상했기 때문이다. 그런데 머디어는 함께 온 목사보다 더 거대해 보였다. 6피트*는 족히 넘을 것 같았다. 네 갈래로 땋은 흰머리 덕인지 부드러운 검은 얼굴에 힘과 권위가 어렸다. 선 자세가 부지깽이처럼 꼿꼿해서, 들고 있는 히커리 지팡이는 몸을 의지하기 위해서가 아니라 의사소통을 위해 필요한 듯했다. 그녀는 지미 할머니의 주름진 얼굴을 내려다보며 지팡이로 마룻바닥을 가볍게 두드렸다. 왼손으로 지미 할머니의 몸을 쓸면서 오른손 엄지로는 지팡이의 옹이를 어루만졌다. 기다란 손가락 뒷면을 환자의 뺨에 대었다가 손바닥으로 이마를 짚었다. 환자의 두피를 가볍게 긁으며 머리칼을 손가락으로 빗어내린 뒤, 손톱에 뭐가 걸렸는지 살펴보았다. 환자의 손을 들어 손끝과 손등과 손바닥의 피부 따위를 꼼꼼히 들여다보았다. 그다음엔 지미 할머니의 가슴과 배에 귀를 대고 소리를 들었다. 머디어의 요구에 따라 함께 있던 여자들이 침대 아래 변기통을 꺼내 변을 보여주었다. 그녀는 지

---

* 약 182센티미터.

팡이로 바닥을 톡톡 두드리며 들여다보았다.

"변기까지 통째로 땅에 묻어." 그녀가 여자들에게 말했다. 지미 할머니에게는 이렇게 말했다. "자궁에 한기가 들었어. 다른 건 먹지 말고 끓인 국물만 먹어."

"나아질까요?" 지미 할머니가 물었다. "내가 괜찮아질까요?"

"아마도."

머디어가 몸을 돌려 방을 나갔다. 목사가 다시 마차에 태워 데리고 갔다.

그날 저녁 동네 여자들이 쥐눈이콩, 겨자, 양배추, 케일, 콜러드, 순무, 비트, 깍지콩 따위를 넣고 끓인 국물을 그릇에 담아 들고 왔다. 돼지머리 삶은 물을 가져온 사람도 있었다.

이틀이 지나자 지미 할머니는 꽤 기운을 차렸다. 상태를 살피러 들른 미스 앨리스와 미시즈 게인스의 눈에도 확실히 나아진 것으로 보였다. 세 여자는 앉아서 예전에 이런저런 고생을 했던 일, 어떻게 치료했고 나아졌는지, 무엇이 도움이 되었는지 등에 대해 이야기를 나눴다. 그러다가도 이야기는 거듭 지미 할머니의 상태로 돌아갔다. 원인이 무엇일지, 어떻게 했어야 악화되는 일을 막을 수 있었을지, 그리고 머디어는 틀리는 법이 없다는 그런 이야기들. 그 목소리들이 섞여 고통에 대한 향수어린 애가哀歌를 지어냈다. 오르락내리락, 복잡한 화음으로, 음높이는 불안정했지만 한결같이 고통을 낭송하는. 그들은 아팠던 기억을 가슴에 꼭 끌어안았다. 출산과 류머티즘, 후두염, 염좌, 요통, 치질 따위 예전에 견뎠던 고통을 사랑스럽게 떠올리며 입맛을 다시고 혀를 찼다. 땅바닥에서 움직이며 뭘 하다가—추수나 청소, 물건을 들어올리고 집어던지고, 허리를 숙이고 무릎을 꿇고 바닥에서 줍고—그것도 늘 어린것들을 곁에 두고 하다가 생긴 온갖 상처에 대해.

하지만 그들도 한때는 젊었다. 겨드랑이와 궁둥이 냄새에 멋진 사향 향기가 섞여들기도 했다. 은근한 눈빛에 살짝 벌어진 입술, 가느다란 검은 목 위로 우아하게 고개를 돌리는 모습은 사슴과 다를 바 없었다. 깔깔거리는 웃음은 소리라기보다 어루만짐이었다.

그러다가 나이를 먹었다. 뒷문을 통해 조금씩 삶 속으로 들어갔다. 어떤 상태로 되어감. 세상 사람 모두 그들에게 명령을 내리는 위치에 있었다. 백인 여자는 '이거 해'라고 말했고, 백인 아이들은 '저거 줘'라고 말했다. 백인 남자는 '이리 와'라고 했다. 흑인 남자는 '누워'라고 했다. 명령하지 않는 존재는 흑인 아이들과 서로서로뿐이었다. 하지만 그들은 그것을 전부 받아들여 자기 이미지로 재창조했다. 백인 가정의 살림을 도맡았고, 그래서 다 알았다. 백인 남자가 자기 남편을 때리면 바닥에 떨어진 피를 닦고, 집에 돌아가면 그 피해자의 학대를 견뎌야 했다. 한쪽 손으로는 아이들을 때리면서 다른 쪽 손으로는 그 아이들을 위해 물건을 훔쳤다. 나무를 베어 넘어뜨린 손으로 탯줄도 잘랐고, 닭 목을 비틀고 돼지를 잡은 손으로 아프리카 제비꽃을 잘도 피워냈다. 다발과 뭉치와 자루를 나르던 팔로 아기를 가만가만 흔들어 재웠다. 비스킷 반죽을 잘 매만져 순결한 타원형 페이스트리를 만들었다. 그리고 고인에게 수의를 입혔다. 하루종일 밭을 매고도 집에 돌아오면 남편의 사지 아래 자두처럼 들어가 누웠다. 노새에 올라앉았던 그 다리로 남편 엉덩이에 올라탔다. 다른 점이라고는 그 정도뿐이었다.

그러고 나서 늙었다. 뼈가 불거지고 몸에서 퀴퀴한 냄새가 났다. 사탕수수밭에서 쭈그린 채, 면화밭에서 허리를 숙인 채, 강둑에서 무릎을 꿇은 채, 그들은 머리 위에 세상을 이고 살아왔다. 자식들의 삶은 자식들에게 넘기고 손주를 돌봤다. 이제는 안도하며 낡은 천으로 머리를 감싸고 가슴에 면직물을 둘렀다. 두꺼운 양말을 신었다. 욕정과 수유는 다 끝났고, 눈물과 두려움도 넘어섰다. 미시시피의 길이나 조지아의 골목이나 앨라배마의 들판을 걸어도 괴롭힘당하지 않는 사람은 그들뿐이었다. 언제고 어디서고 짜증이 나면 짜증을 내도 될 나이였다. 죽음을 고대할 만큼 지쳤고, 고통의 존재는 모른 체하면서도 고통이라는 관념은 받아들일 수 있을 만큼 무심해졌다. 마침내, 실제로 자유로워진 것이다. 그리고 이 늙은 흑인 여성들의 삶은 그 눈 속에 집약되었다. 비극과 유머, 짓궂음과 평온함, 사실과 환상이 뒤범벅된 그 표정에.

세 사람은 밤이 깊도록 수다를 떨었다. 촐리는 그 소리를 듣다가 졸음이 밀려왔다. 슬픔의 자장가가 그를 감싸며 가만가만 흔들어서 결국 모든 감각이 사라졌다. 잠 속에서는 노파의 대변이 풍기는 지독한 악취가 말똥의 건강한 냄새로 변하고, 세 여자의 목소리는 하모니카의 유쾌한 소리로 잦아들었다. 잠결에도 그는 자신이 의자에서 몸을 말고 양손을 허벅지 사이에 찔러넣고 있는 것을 의식했다. 꿈속에서 그의 성기는 기다란 히커리 지팡이로 변했고, 머디어의 손이 그것을 어루만졌다.

지미 할머니가 기운을 좀 차리긴 했지만 아직 침대에서 일어날 정도는 아니었던 추적추적한 토요일 밤에 에시 포스터가 복숭아파이를 들고 왔다. 노파는 한 조각을 먹었고, 다음날 아침 촐리가 변기통을 비우러 방에 들어갔더니 죽어 있었다. 입술은 동그랗게 벌어지고, 남자처럼 단단한 손톱이 달린 길쭉한 손가락은 이제 마지막 일을 끝내고 이불 위에 단아하게 놓여 있었다. 한쪽 눈은 뜨고 있어서, 그를 바라보며 '그 변기통 잘 들고 나가라, 얘야'라고 말하는 듯했다. 촐리가 꼼짝하지 못하고 그 눈을 빤히 바라보며 서 있는데, 파리 한 마리가 그의 입꼬리에 앉았다. 그는 사납게 손을 휘둘러 파리를 날려보낸 뒤 다시 그 눈을 바라보았고, 그 눈이 시키는 대로 했다.

지미 할머니의 장례식은 촐리가 처음 가본 장례식이었다. 가족이자 유족의 한 사람으로서 그는 대단한 관심의 대상이었다. 여자들이 집을 치우고 물건을 꺼내어 넣고 사람들에게 알리고, 미혼인 지미 할머니가 예수를 만날 때 입을 하얀 웨딩드레스처럼 보이는 옷을 바느질했다. 촐리가 입을 흰 셔츠와 검은 정장과 넥타이까지 내놓았다. 여자들의 남편 중 한 명이 그의 머리를 잘라주었다. 촐리는 세심한 애정으로 둘러싸였다. 말을 거는 사람은 없었다. 그러니까 어린아이 취급을 하며 진지한 대화에는 절대 끼워주지 않았다. 하지만 바라지도 않는 것들을 미리 알아서 그에게 내놓았다. 음식을 갖다주고 나무 목욕통에 뜨거운 물을 받아주고 옷을 내주었다. 초상집 밤샘에서도 그가 잠들면 깨우지 않고 누군가 안아서 침대에 눕혀주었다. 할머니가 죽은 뒤 사흘째인 장례식 날이 되어서야, 그에게 집중되었던 이목이 분산되었다. 근방의 마을과 농장에서 할머니 친척들이 찾아왔다. 오빠인 O. V.와 그의 가족, 그리고 수많은 사촌. 그래도 촐리는 여전히 주인공이었다. 그는 '지미가 마지막으로 사랑한 그녀의 아이' '지미가 찾아낸 아이'였으니까. 여자들의 세심한 배려와 머리를 토닥이는 남자들의 손길에 촐리는 기분이 좋았고 부드러운 대화가 그의 마음을 사로잡았다.

"어쩌다 돌아가신 거야?"

"에시의 파이를 먹고."

"그럴 리가?"

"진짜야. 바로 전날 내가 봤을 때는 별문제 없었어. 아이 옷을 기워야겠다고, 내게 검은 실을 갖다달라고 했어. 검은 실을 달라고 하다니, 그게 조짐이었나봐."

"정말 그러네."

"에마도 딱 그랬잖아. 기억나? 실을 달라고 성화를 하더니 그날 저녁에 급사했잖아."

"맞아. 어쨌든 무슨 일이 있어도 실이 있어야겠다고 하더라고. 내게 거듭 당부를 했어. 집에 좀 있다고 했더니, 아니라고, 새 실이어야 한다고 하더라고. 그래서 그날 아침 준에게 실을 사 오라고 했는데 그때는 이미 죽어 있었던 거지. 송아지 췌장이랑 그걸 내가 직접 들고 갈 참이었는데. 내가 만든 송아지 췌장 요리를 얼마나 좋아했는지 알잖아."

"그럼 알지. 늘 자랑했으니까. 네겐 좋은 친구였는데."

"그랬지. 옷을 막 입었는데 샐리가 문을 박차고 들어와 하는 말이, 촐리가 미스 앨리스에게 와서 할머니가 죽었다고 했다는 거야. 정말 놀라서 자빠질 뻔했다니까."

"에시가 마음이 너무 안 좋겠어."

"세상에, 당연하지. 하지만 이 세상에 나고 이 세상을 뜨는 건 다 신의 뜻이라고 내가 말해줬어. 전혀 그이 잘못이 아니야. 복숭아파이를 얼마나 맛있게 만드는데. 그래도 그이로서는 파이 탓이라고 믿을 수밖에 없겠지. 내 생각도 그렇긴 해."

"글쎄, 그런 걱정은 하지 말아야지. 우리라도 다 그랬을 거잖아."

"맞아. 내가 송아지 췌장을 싸 들고 갔어도 똑같은 일이 벌어졌을 수 있으니까."

"그건 아닐걸. 송아지 췌장은 해로울 게 없잖아. 하지만 파이는 아픈 사람에게 갖다줄 음식은 아니지. 지미가 그 정도도 몰랐다니 의외야."

"알았어도 입 밖에 내지 않았을 거야. 상대의 기분을 맞춰주려 했겠지. 어떤 사람인지 알잖아. 얼마나 상냥한지."

"그러니까. 뭐라도 남긴 게 있나?"

"손수건 한 장도 없대. 집은 클라크스빌의 어떤 백인 소유고."

"아, 그래? 난 그이 집인 줄 알았네."

"한때는 그랬나봐. 근데 지금은 아니래. 보험사 직원이 그이 오빠한테 하는 말을 들었어."

"보험금이 얼마나 돼?"

"듣기로는 85달러라는데."

"그게 전부야?"

"그걸로 장례나 치를 수 있을까?"

"어림없을걸. 작년 4월에 우리 아버지 돌아가셨을 때 150달러나 들었어. 물론 우리는 격식을 다 차리긴 했지. 지미네 친척이 조금씩 보태야겠네. 흑인 장례 치러주는 장의사가 값을 비싸게 부르잖아."

"안됐지 뭐야. 평생 보험금을 부었는데."

"그러니까 말이야."

"참, 아이는? 걔는 어떻게 되나?"

"뭐, 그 어미를 찾을 도리가 없으니 지미네 오빠가 자기 집으로 데리고 간대. 좋은 집에 산다던데. 집안에 화장실도 있고 없는 게 없대."

"잘됐네. 독실하고 선한 사람 같아 보이던걸. 남자애니까 남자의 손길이 필요하지."

"장례식이 몇 시지?"

"두 시. 네 시엔 묘지에 묻히겠지."

"만찬은 어디서 해? 듣자하니 에시가 자기 집에서 준비하고 싶다고 했다던데."

"아니, 지미네 집에서. 그 오빠가 그렇게 하자고 했대."

"문상객이 많아 북적거리겠네. 다들 지미를 좋아했잖아. 교회에서 볼 수 없다니 정말 아쉬워."

장례식의 우레 같은 아름다움이 끝난 뒤의 만찬은 요란한 기쁨의 소리였다. 극히 형식적인 구조물 한 귀퉁이에 슬쩍 찔러넣은 거리의 즉흥적인 비극공연과도 같았다. 망자는 비극의 주인공이고 살아남은 이들은 무고한 희생자였다. 신이 어디에나 존재했고, 목사가 이끄는 문상객의 합창이 대구對句를 이루며 이어졌다. 삶의 허망함에 대한 슬픔과 신이 하는 일에 대한 아득한 경외심과 묘지에서 회복된 자연의 질서가 있었다.

그래서 만찬은 환희이자 조화였고 육신의 연약함을 수용하는 자리였다. 웃음과 안도와 음식을 바라는 급급한 허기.

촐리는 할머니의 죽음을 아직 제대로 인식하지 못했다. 만사가 흥미로울 뿐이었다. 묘지에서도 호기심만 생겼고, 교회에서 관 속의 할머니를 만나볼 차례가 되었을 때도 다들 말하듯 몸이 정말 얼음장처럼 차가운지 만져보려고 손을 뻗기도 했다. 하지만 그러다가 급히 도로 끌어당겼다. 지미 할머니는 오롯이 자기만의 공간에 있는 듯했고 그런 분위기를 어떤 식으로든 흩뜨려서는 안 될 것 같았다. 눈물을 짜내야 하나 생각하면서 그는 눈물 한 방울 흘리지 않은 얼굴로, 눈물을 펑펑 쏟으며 울부짖는 사람들 가운데 자기 자리로 터덜터덜 돌아갔다.

집에 돌아오자 자유로이 흥겨움에 빠져들며, 실제로 느낀 기분, 그러니까 일종의 축제 같은 기분을 즐길 수 있었다. 게걸스레 음식을 먹고, 사촌들에게 말을 걸어볼까 생각이 들 만큼 기분이 좋아졌다. 어른들 주장에 따르면 O. V.가 지미의 배다른 오빠라 그들이 촐리의 진짜 사촌인지는 의문의 여지가 있었다. 촐리의 어머니는 지미 여동생의 딸인데, 그 여동생은 지미의 아버지가 재혼을 해서 낳은 자식인 반면 O. V.는 전 부인의 아들이었기 때문이다.

특히 한 사촌이 촐리의 관심을 끌었다. 열다섯이나 열여섯 살쯤 되어 보였다. 촐리가 밖에 나가니 지미 할머니가 옷을 삶을 때 쓰던 큰 통 근처에 그 사촌이 다른 아이들과 모여 있었다.

촐리가 머뭇거리며 "안녕"이라고 말을 걸었다. 그들도 "안녕"이라고 답했다. 제이크라는 이름의 열다섯 살짜리 남자애가 촐리에게 궐련을 건넸다. 촐리는 받긴 받았는데, 담배를 입에 물고 불을 붙이는 대신 팔을 쭉 펴고 멀찍이 든 채 성냥불을 갖다대는 바람에 다들 비웃었다. 그는 창피해서 담배를 집어던졌다. 제이크와의 관계에서 체면을 회복하기 위해 뭔가 꼭 해야겠다 싶었다. 그래서 제이크가 그에게 아는 여자가 있느냐고 물었을 때 "당연하지"라고 답했다.

촐리가 아는 여자는 다들 만찬에 참석해 있었으므로 그는 뒤편 포치에 서 있거나 기대 있거나 늘어져 있는 한 무리의 여자들을 가리켰다. 달린도 있었다. 촐리는 제이크가 달린을 고르지 않기를 바랐다.

"몇 명 골라잡아서 산책 가자." 제이크가 말했다.

두 소년은 천천히 포치 쪽으로 걸어갔다. 촐리는 어떻게 말을 꺼내야 할지 몰랐다. 제이크는 금방이라도 무너질 듯한 포치 난간에 다리를 감고 앉은 채 그쪽에는 전혀 관심 없다는 듯 저멀리 허공만 바라보고 있었다. 여자들이 자신을 살펴보도록 하면서 자기 쪽에서도 그들을 신중히 평가했다.

여자애들은 남자애들을 못 본 척하며 여전히 수다만 떨었다. 곧 말에 날이 서기 시작했다. 서로를 가볍게 약올리던 것이 이제 흉을 보거나 대놓고 비웃는 투가 되었다. 그것이 제이크의 계산이었다. 여자애들은 그에게 반응한 것이고. 그에게서 남자 냄새가 훅 끼쳐오자 그들은 그의 관심을 끌려고 안달했다.

제이크는 포치 난간에서 벗어나 수키라는 여자애에게 곧장 다가갔다. 가장 사납게 상대를 조롱하던 애였다.

"동네 구경 좀 시켜줄래?" 미소도 없이 물었다.

촐리는 숨죽인 채 수키가 제이크를 입다물게 만들길 기다렸다. 워낙 그런 일에 능하고 사납게 쏘아붙이기로 유명했다. 그런데 너무나 놀랍게도 수키는 흔쾌히 동의하며 눈을 내리깔기까지 했다. 촐리는 그에 용기를 얻어 달린을 마주보며 말했다. "너도 가자. 배수로까지만 내려갈 거야." 그는 상대가 얼굴을 일그러뜨리며 '싫어' '뭣 하러' 그런 따위의 말을 내뱉으리라 예상했다. 달린을 향한 그의 감정은 대체로 두려움이었다. 그녀가 자신을 좋아하지 않을까봐 두렵고, 또 좋아할까봐 두렵고.

두번째 두려움이 실현되었다. 달린이 빙그레 웃더니 기울어진 계단 세 칸을 뛰어내려왔던 것이다. 연민이 가득한 눈빛이라, 촐리는 자신이 유족이라는 사실을 기억해냈다.

"네가 원한다면." 그녀가 말했다. "하지만 너무 멀리는 못 가. 엄마가 집에 일찍 갈 거라고 했고, 벌써 어두워지고 있으니까."

네 사람은 그 자리를 떴다. 다른 남자애들도 포치로 다가와, 얼마간 적대적이고 얼마간 무심하고 또 얼마간은 절박한 구애의 춤을 시작할 참이었다. 수키, 제이크, 달린, 촐리는 몇몇 집의 뒷마당을 지나 탁 트인 들판에 이르렀다. 들판을 가로질러 달려서 초록 풀이 가장자리를 따라 자라는 마른 강바닥에 이르렀다. 목적지는 머스커딘*이 자라는 군락지였다. 아직 어리고 너무 빽빽해서 당도가 떨어졌지만 그래도 포도를 따먹었다. 따기만 하면 줄줄 쉽게 흘러나오는 새카만 포도즙을 원하는 사람은 아무도 없었다. 그때는 그랬다. 그런 농익음보다는 억제되고 유보되는, 앞으로 무르익을 달콤함의 약속이 더 관능적이었다. 마침내 이가 얼얼할 지경이라 남자애들은 포도를 따서 여자애들에게 던지기 시작했다. 포도를 던지는 가느다란 흑인 남자애들의 손목이 허공에서 높은음자리표를 그렸다. 쫓고 쫓기다보니 촐리와 달린은 배수로를 벗어나게 되었고, 숨을 고르느라 멈춰 섰을 때는 제이크와 수키가 보이지 않았다. 달린의 하얀 면 원피스가 포도즙으로 물들어 있었다. 커다란 파란색 머리리본이 다 풀어져, 그 끝자락이 해질녘 산들바

---

* 미국 남부가 원산지인 머스캣 포도.

람을 타고 머리 위에서 나부꼈다. 두 사람은 숨이 턱에 차서 소나무숲 가장자리의 울긋불긋한 풀밭에 주저앉았다.

촐리는 헐떡이며 등을 대고 누웠다. 입안에서는 진한 포도맛이 느껴지고 비가 쏟아질 것처럼 솔잎이 요란하게 부스럭대는 소리가 귀에 들렸다. 곧 쏟아질 비와 소나무와 포도의 향에 그의 머리가 빙글빙글 돌았다. 해는 이미 떨어져 남아 있던 빛의 조각마저 다 거둬들였다. 달이 어디 있나 보려고 고개를 돌렸을 때, 뒤편으로 달빛을 받으며 앉아 있는 달린이 그의 눈에 들어왔다. 무릎을 끌어당겨 팔로 감싸고 그 위에 머리를 얹어 D자 모양으로 웅크리고 있었다. 속바지와 젊은 허벅지 근육이 보였다.

"이제 가야겠다." 그가 말했다.

"그래." 그녀가 땅 위로 다리를 쭉 펴고 리본을 다시 묶기 시작했다. "엄마한테 매맞겠다."

"아니야."

"맞아. 옷 더럽히면 매맞는다고 했어."

"더럽지 않아."

"더러워. 여기 봐." 그녀가 리본에서 손을 떼고 원피스 자락을 펼쳐서 아주 진한 포도 얼룩을 보여주었다.

촐리는 미안한 마음이 들었다. 자기 잘못이라고 할 수 있었다. 문득 지미 할머니가 돌아가셨다는 사실을 깨달으며, 매맞을까봐 겁내던 일이 그리워졌다. 때릴 만한 사람이라면 O. V. 할아버지뿐인데, 그 역시 유족이었으니까.

"내가 해줄게." 그가 말했다. 무릎을 꿇고 마주앉아 리본을 묶어주었다. 달린이 풀어진 그의 셔츠 속으로 손을 넣어 축축하고 탄탄한 가슴을 더듬었다. 그가 깜짝 놀라 그녀를 쳐다보자 그녀는 동작을 멈추고 웃었다. 그는 씩 웃어준 뒤 다시 리본을 묶었다. 그녀가 다시 셔츠 속으로 손을 집어넣었다.

"가만히 있어," 그가 말했다. "자꾸 그러면 이걸 어떻게 묶어?"

그녀가 손가락 끝으로 그의 갈빗대를 간지럽혔다. 그가 낄낄 웃으며 가슴을 부여잡았다. 순간 두 사람은 한몸이 되어 쓰러졌다. 그녀가 그의 옷 속으로 손을 밀어넣었다. 그도 똑같이 해주려고 원피스 목선 안으로 손을 넣었다가 다시 치마 속을 파고들었다. 그의 손이 속바지에 닿자, 그녀가 웃음을 뚝 그치며 심각한 표정이 되었다. 촐리는 덜컥 겁이 나서 손을 잡아 빼려 했는데, 그녀가 손목을 붙잡아 그럴 수가 없었다. 그래서 조심스럽게 손가락으로 그녀를 더듬었고, 그녀는 그의 얼굴과 입에 키스했다. 포도즙에 물든 그 입술에 정신이 산란해졌다. 달린이 그의 머리를 잡고 있던 손을 떼더니 몸을 들썩이며 자기 속옷을 끌어내렸다. 단추를 푸느라 약간 곤란을 겪었지만 촐리도 자기 바지를 무릎까지 내렸다. 남녀의 몸을 이제 알 것 같았고, 생각만큼 어렵지 않았다. 그녀가 낮게 신음을 내뱉었지만, 그는 몸속에 집중되는 자극 때문에 눈을 감을 수밖에 없어서 그녀의 신음은 머리 위에서 두런거리는 소나무 소리와 다를 바 없었다. 그가 금방이라도 터져버릴 듯한 순간에 달린이 얼어붙으며 비명을 내질렀다. 자기가 아프게 해서 그런 줄 알았는데, 그녀를 바라보자 기겁한 시선이 그의 어깨 너머를 똑바로 향하고 있었다. 그가 홱 몸을 돌렸다.

백인 남자 두 명이 서 있었다. 한 사람은 알코올램프를, 다른 한 사람은 손전등을 들고 있었다. 그들이 백인이라는 사실은 의심의 여지가 없었다. 냄새만으로도 알았으니까. 졸리는 펄쩍 뛰어 일어났다. 단숨에 무릎을 꿇었다가 바로 일어서서 바지를 올리려 했다. 그들은 장총을 들고 있었다.

"히히히히." 그 웃음은 길게 이어지는 천식 환자의 기침 같았다.

옆 남자가 손전등으로 졸리와 달린의 몸을 구석구석 훑었다.

"계속해, 검둥이." 손전등을 든 자가 말했다.

"네?" 단춧구멍을 찾으려 애쓰며 졸리가 되물었다.

"계속하라고. 제대로 해, 검둥이, 제대로 하라고."

졸리는 시선을 어디에 둬야 할지 몰랐다. 몸은 마비된 듯 굳어버린 채 눈동자만 은밀히 움직여 숨을 만한 곳을 찾았다. 손전등을 든 자가 어깨에 멘 총을 내렸고, 딸깍하는 금속성 소리가 들렸다. 그는 다시 무릎을 꿇었다. 달린은 불빛을 피해 고개를 돌린 채 사위를 덮은 어둠 속을 뚫어지게 보고 있었다. 여기서 벌어지는 일과 아무 관련도 없다는 듯, 거의 무심한 시선이었다. 완전한 무력감에서 비롯한 거친 동작으로 그는 그녀의 치마를 올리고 자기 바지와 속옷을 내렸다.

"히히히히히."

졸리가 방금 하던 행위를 흉내내기 시작하자 달린은 손으로 얼굴을 가렸다. 흉내밖에 할 수가 없었다. 손전등이 그의 뒤에서 달처럼 둥근 빛을 이루었다.

"히히히히히히."

"자자, 깜둥이, 더 빨리 움직여. 그래가지고 쟤가 좋아하겠냐."

"히히히히히히."

촐리는 동작을 더 빨리하며 달린을 보았다. 달린이 미웠다. 진짜로 할 수 있었으면 좋겠다는 심정이었다. 세게, 오래도록, 고통스럽게. 그렇게나 그녀가 미웠다. 불빛이 꿈틀거리며 그의 내장으로 파고들어왔고, 포도의 달콤한 맛은 썩은 악취를 풍기는 담즙이 되었다. 그는 달빛과 손전등 불빛 속에서 얼굴을 가린 달린의 두 손을 쏘아보았다. 어린 짐승의 발톱 같았다.

"히히히히히."

어디선가 개가 짖었다. "저기다. 저기야. 올드 허니가 맞아."

"그래." 알코올램프를 든 자가 말했다.

"가자." 손전등 불빛이 방향을 돌렸고, 한 사람이 허니에게 휘파람을 불었다.

"잠깐," 알코올램프를 든 자가 말했다. "깜둥이가 아직 안 쌌잖아."

"뭐, 때가 되면 하겠지. 잘해봐, 깜둥이."

그들의 발밑에서 솔잎이 바스러졌다. 한동안 휘파람소리가 들려왔고, 울부짖음 대신 개들이 주인을 알아보고 신나서 짖어대는 소리가 촐리의 귀에 들어왔다.

촐리는 몸을 일으키고 말없이 바지를 여몄다. 달린은 움직이지 않았다. 촐리는 달린의 목을 조르고 싶은 심정이었지만, 그 대신 다리를 툭 차면서 말했다. "가야지. 일어나!"

달린은 눈을 감은 채 속옷을 찾아 손을 뻗었는데, 찾을 수가 없었다. 두 사람은 달빛 속에서 팬티를 찾아 주변을 더듬거렸다. 마침내 찾아낸 팬티를 그녀는 노인 같은 동작으로 입었다. 두 사람은 솔숲을 벗어나 길을 향해 걸었다. 그가 앞장서고 그녀는 뒤에서 터덜터덜 걸었다.

비가 내리기 시작했다. '잘됐네.' 촐리가 생각했다. '옷이 엉망이 된 핑계가 되어줄 테니.'

두 사람이 집으로 돌아왔을 때 아직 문상객이 여남은 명 남아 있었다. 제이크도, 수키도 가고 없었다. 감자파이와 갈비 같은 음식을 더 가지러 간 사람도 있었다. 다들 꿈과 숫자와 예감에 관한 초저녁의 회상에 정신이 팔려 있었다. 배불리 먹고 편안해지면 최면에 걸리는 기분이라, 온갖 회상과 꾸며낸 환영들이 양산되었다.

촐리와 달린이 들어갔을 때도 반응은 미미했다.

"너희, 흠뻑 젖었구나?"

달린의 어머니도 야단을 떠는 둥 마는 둥 했다. 너무 많이 먹고 마신 탓이었다. 신발은 벗어서 의자 아래에 놓고 원피스 옆구리 똑딱단추도 풀고 있었다. "애야, 이리 와봐. 내가 분명 말했잖아……"

몇몇 문상객은 비가 잦아들 때까지 기다릴 생각이었다. 마차를 타고 온 이들은 지금 출발하는 편이 낫겠다고 보았다. 촐리는 작은 저장실을 개조해 만든 침실로 들어갔다. 그의 간이침대에서 갓난아기 셋이 자고 있었다. 그는 비와 소나무의 향에 흠뻑 젖은 옷을 벗고 상하의가 붙은 작업복을 입었다. 어디로 가야 할지 몰랐다. 지미 할머니 방은 생각도 할 수 없었을 뿐 아니라 어차피 나중에 O. V. 할아버지 부부가 쓸 터였다. 그는 트렁크에서 조각보 이불을 꺼내 바닥에 깔고 그 위에 누웠다. 누군가 커피를 끓이고 있었고, 막 잠이 들기 직전에 커피를 마시고 싶은 강한 욕구가 찾아들었다.

다음날은 정리정돈의 날이었다. 계산을 하고 지미 할머니의 물건을 분배했다. 다들 입을 심각하게 꽉 다물고 눈빛은 흐릿했으며 발걸음은 머뭇거렸다.

촐리는 시키는 대로 잔심부름을 하며 별생각 없이 돌아다녔다. 전날 어른들이 베풀던 따뜻함과 호사의 자리에 이제 매서움이 들어앉았는데, 차라리 그게 그의 기분과 어울렸다. 그의 머릿속에는 손전등과 포도와 달린의 손밖에 없었다. 그 생각을 하지 않을 때 머릿속에 생기는 빈 공간은 막 이를 뽑고 난 뒤 방금까지 그 자리에 있었던 썩은 이를 여전히 의식하게 되는 구멍 같았다. 달린과 마주칠까봐 두려워 멀리까지 나가지 않았지만, 할머니가 돌아가신 집안 공기도 견디기 힘들었다. 할머니의 물건을 헤집으며 그것들의 '상태'에 대해 다들 한마디씩 했다. 짜증스럽고 시무룩한 기분으로 그는 달린을 향한 증오를 키웠다. 단 한 번도 그 증오를 사냥꾼들에게 돌릴 생각은 하지 않았다. 그런 감정은 그를 부숴 없앨 테니까. 그들은 총을 지닌 건장한 백인 남자였다. 그는 어리고 무력한 흑인이었다. 그의 의식이 짐작조차 하지 못한 것을 잠재의식은 알았다. 그들을 향한 증오는 그를 집어삼키고 역청탄 조각처럼 남김없이 태워서 결국 한줌의 재와 물음표 모양의 연기만 남으리라는 사실을. 때가 되면 백인 남자를 향한 그런 증오를 찾아내겠지만 지금은 아니었다. 지금처럼 무력한 상태가 아니라, 증오가 달콤한 표현을 찾아내게 될 나중에. 지금으로서는 애초에 그런 상황을 초래한 장본인, 자신의 낭패와 무력감을 목격한 사람을 미워했다. 자신이 지켜주지 못한, 그런 상황에서 꺼내주지 못한, 둥그런 달빛 같은 손전등 불빛을 막아주지 못한 사람. '히히히'에서 막아주지 못한. 둘이서 말없이 빗속을 걸어갈 때, 비에 젖어 앞으로 늘어진 리본이 달린의 얼굴을 툭툭 치던 것이 떠올랐다. 질주하는 혐오감에 몸이 부르르 떨렸다. 함께 이야기할 사람이 아무도 없었다. 올드 블루는 요즘 늘 술에 절어 있어서 제대로 이야기를 나눌 수 없었다. 게다가 자신의 수치를 블루에게 내보일 수 있을 것 같지도 않았다. 블루는 여자 꾀는 데 선수이니 말을 한다 해도 거짓말을 보태야 할 것이었다. 그로서는 홀로 있는 것보다는 고독감이 훨씬 나을 것 같았다.

촐리의 외삼촌 할아버지가 떠날 채비를 끝낸 날, 짐정리도 끝나고, 누가 뭘 가질지를 두고 부글부글 끓던 언쟁도 좋아들어 모두의 입에 감도는 끈적거리는 그레이비소스가 되었을 때, 촐리는 뒤편 포치에 앉아 기다리고 있었다. 불현듯 달린이 임신할 수도 있다는 생각이 떠올랐다. 제대로 알지 못해서 생겨난 황당한 생각이었지만, 거기서 비롯된 두려움은 압도적이었다.

도망가야 했다. 어차피 그날 그곳을 떠날 예정이었지만 그래도 상관없었다. 옆 동네나 옆옆 동네로는 충분하지 않았다. 외삼촌 할아버지를 좋아하지도, 신뢰하지도 않아서 특히 더 그랬다. 달린의 어머니가 분명 자신을 찾아낼 테고, 그러면 할아버지는 자기를 당장 넘겨줄 테니. 촐리는 임신한 여자를 버리고 도망가는 것은 잘못임을 알았고, 자기 아버지가 한 일이 바로 그것이었다는 사실도 떠올랐는데, 공감할 수 있을 듯했다. 이제야 이해할 수 있었다. 그는 이제 무엇을 해야 할지 깨달았다. 아버지를 찾는 것이다. 아버지는 이해하겠지. 지미 할머니는 아버지가 메이컨으로 갔다고 했다.

껍질을 깨고 나오는 병아리만큼이나 아무 생각 없이 그는 포치에서 내려섰다. 얼마간 걷다가 문득 보물이 떠올랐다. 할머니가 남긴 것이 있는데 완전히 잊었다. 할머니는 더는 사용하지 않는 난로 연통 속에 작은 자루를 감춰두고는 그것을 자기 보물이라고 불렀다. 그는 몰래 집으로 들어갔다. 방에는 아무도 없었다. 연통을 파고들어가자 나오는 건 거미줄과 그을음뿐이다가 마침내 부드러운 자루가 나왔다. 돈을 세어봤다. 1달러 지폐 열네 장과 2달러 지폐 두 장, 그리고 많은 은 동전…… 전부 23달러였다. 그 정도면 충분히 메이컨에 갈 수 있을 것이다. 메이컨, 얼마나 힘있고 근사한 단어인가.

조지아에서 흑인 소년이 집을 나가는 것은 대단한 일도 아니었다. 몰래 집을 나와 걷기만 하면 된다. 밤이 찾아오면 개가 없는 헛간이나 사탕수수밭이나 빈 제재소에서 잠을 자면 된다. 주위에 널린 걸 먹고 작은 시골 가게에서 루트비어와 감초를 사고. 호기심 많은 흑인 어른들이 물으면 언제나 둘러댈 만한 비통한 이야기는 늘 있었고, 백인들은 놀잇감이 아쉬울 때가 아니면 관심도 없었다.

집을 떠난 지 며칠 지나자 그는 좋은 집의 뒷문을 두드려, 흑인 요리사나 백인 여주인이 나오면 자신이 근방에 사는데 잡초 뽑기나 쟁기질, 수확, 청소 따위의 일을 구한다고 말했다. 그 집에서 한두 주 지내고 다시 떠났다. 여름이 다 갈 때까지 이런 식으로 살았고, 10월이 되어서야 정규 버스터미널이 있는 큰 마을에 닿았다. 흥분과 걱정으로 입안이 바짝 마른 채 그는 버스표를 사러 흑인용 매표소로 갔다.

"메이컨까지 얼마예요?"

"11달러. 열두 살 미만은 5달러 50센트."

촐리가 가진 돈은 12달러 4센트였다.

"몇 살이냐?"

"막 열두 살이 되었는데, 엄마가 10달러밖에 안 주셨어요."

"너처럼 큰 열두 살짜리는 처음 본다."

"제발요, 메이컨에 가야 해요. 엄마가 편찮으세요."

"방금 엄마한테 10달러 받았다고 한 것 같은데."

"그건 엄마 대신 돌봐주는 분이고요, 친엄마가 메이컨에 계세요."

"거짓말쟁이 검둥이는 척 보면 아는데, 그래도 만에 하나 네가 거짓말쟁이가 아닐 수 있으니, 네 어머니 중 하나가 정말로 사경을 헤매고 있어서 저세상에 가기 전에 어린 아들을 만나고 싶은 걸 수도 있으니 그냥 넘어가련다."

촐리의 귀에는 아무 말도 안 들렸다. 모욕이란 몸을 기어다니는 이처럼 삶에 존재하는 골칫거리의 일부였다. 블루와 함께 수박을 먹었던 때를 제외하면 그때가 살면서 가장 행복한 순간이었다. 버스가 출발하기까지 네 시간이 남았고, 시간은 파리 끈끈이에 붙은 각다귀처럼 용을 썼다. 그러니까 생명줄을 놓지 않으려 기를 쓰다가 기운이 빠지며 천천히 죽어가는 것이다. 촐리는 앉은 자리에서 꼼짝도 할 수 없었다. 심지어 용변을 보러 가지도 못했다. 자리를 잠깐 비운 사이 버스가 떠나버릴까봐. 변비로 뻣뻣해진 그는 마침내 메이컨행 버스에 올랐다.

뒤쪽 창가 자리에 혼자 앉을 수 있었다. 조지아가 눈앞에서 휙휙 지나가더니 태양이 무심히 시야에서 사라졌다. 컴컴해진 뒤에도 그는 여전히 밖을 내다보려 안달했다. 감기는 눈꺼풀과 격렬히 맞서다가 결국 잠이 들었다. 잠에서 깨자 이미 날이 훤히 밝았고, 뚱뚱한 흑인 여자가 그를 쿡 찌르고는 식은 베이컨을 넣은 비스킷을 주었다. 베이컨맛이 아직 치아 사이에 감도는데, 버스는 메이컨으로 슬그머니 진입했다.

골목 끝에 포도송이처럼 옹기종기 모여앉은 남자들이 보였다. 구부정한 형체들의 머리 위로 우렁우렁하고 걸걸한 목소리 하나가 소용돌이쳤다. 무릎을 꿇은 형체든 비스듬히 기댄 형체든 모두 바닥의 한 지점을 주시하고 있었다. 가까이 다가가면서 그는 짙고 자극적인 남자 냄새를 들이마셨다. 도박장 남자가 말해주었듯, 다들 주사위와 돈을 위해서 모여 있었다. 각자 어떤 식으로든 약간의 녹색 지폐로 몸을 장식하고 있었다. 가진 지폐를 나누어 손가락마다 감아 접은 뒤 주먹을 쥔 사람들이 있었는데, 그러면 말끔한 지폐 끝단이 앙증맞으면서도 사납게 튀어나왔다. 다른 사람들은 반으로 접은 지폐를 한데 겹쳐서 그 뭉치를 카드 돌릴 때처럼 쥐고 있었다. 또다른 사람들은 대충 둥글게 구겨놓았다. 모자 아래로 지폐가 비죽이 나온 사람도 하나 있었다. 또 한 사람은 엄지와 검지로 지폐를 어루만졌다. 촐리가 지금까지 보아온 것보다 더 많은 돈이 이곳 흑인의 손에 있었다. 그 역시 열띤 분위기에 휩싸이면서, 아버지를 만난다는 생각에 입안이 바짝바짝 타던 걱정스러움도 흥분에 자리를 내주며 입안에 침이 고였다. 아버지일지 모르는 사람을 찾으며 그곳에 모인 얼굴을 둘러보았다. 어떻게 알아보지? 다 컸을 때의 내 모습일까? 그런데 자기가 어떻게 생겼는지 떠올릴 수가 없었다. 열네 살이고 흑인이고, 신장이 이미 6피트라는 것만 알 뿐. 얼굴들을 살펴봤지만, 보이는 것이라고는 애원하는 눈, 차가운 눈, 악의로 냉랭해진 눈, 두려움이 어른거리는 눈, 하나같이 한 남자가 던졌다가 잡아챘다가 다시 던지는 한 쌍의 주사위에 고정된 눈뿐이었다. 모인 사람과 함께 기도문처럼 메기고 받는 구절을 반복하면서 그가 뜨거운 석탄이라도 되는 양 주사위를 어루만지더니 거기 대고 뭐라고 속삭였다. 그러고는 함성과 함께 그의 손에서 정육면체가 날아올랐고 놀라움과 실망의 합창이 그뒤를 따랐다. 주사위를 던진 자가 쌓인 돈을 쓸어가자 누군가 외쳤다. "다 쓸어가서 굽실거려라, 버러지 같은 놈, 내가 알기로 그건 최고지." 웃음이 터져나오면서 눈에 띄게 분위기가 풀어졌고, 그사이 몇몇 남자는 돈을 교환했다.

촐리가 백발노인의 등을 톡톡 두드렸다.

"혹시 이 근처에 샘슨 풀러가 있는지 아세요?"

"풀러?" 그 이름이 노인에게 익숙한 모양이었다. "글쎄, 여기 어디 있을 텐데. 저기 있네. 갈색 재킷 입은 이." 노인이 손가락으로 가리켰다.

연갈색 재킷을 입은 남자가 무리의 맨 끄트머리에 서 있었다. 몸짓을 보니, 흥분해서 누군가와 싸우는 모양이었다. 둘 다 화가 나서 얼굴이 일그러져 있었다. 촐리는 원의 바깥쪽을 빙 돌아 두 사람에게 다가갔다. 이것이 여정의 끝이라니, 믿기 힘들었다. 저기 아버지가 있다. 평범하게 생긴 남자지만, 눈매나 입이나 두상이 모두 그와 닮았다. 재킷 속에 숨은 어깨와 목소리와 손도 전부 진짜였다. 존재했구나, 어딘가에 진짜로 존재했구나. 촐리의 머릿속에서 아버지는 늘 거인 같은 남자였기에, 바로 앞까지 다가갔을 때 자기가 아버지보다 크다는 것을 깨닫고 충격을 받았다. 사실상 그는 머리털이 없는 아버지의 정수리 부분을 빤히 보게 되었는데, 문득 그 부분을 쓰다듬고 싶어졌다. 다듬지 않은 무성한 머리칼로 둘러싸인 빈 공간, 측은하리만치 말끔한 그 공간에 정신이 팔려 있는데, 그가 매정하고 호전적인 얼굴을 획 돌려 촐리를 보았다.

"뭐야?"

"어, 저기…… 샘슨 풀러이신가요?"

"누가 보냈어?"

"네?"

"멜바가 보낸 애지?"

"아니에요, 저는……" 촐리가 눈을 끔벅였다. 어머니의 이름이 기억나지 않았다. 알기는 했었나? 뭐라고 말하지? 누구 아들이라고 해야하지? '당신 아들이에요'라고 말할 수는 없었다. 너무 무례하게 들릴테니.

상대는 버럭 짜증을 냈다. "머리가 어떻게 됐어? 내 뒤를 쫓으라고 누가 시키던?"

"아무도 안 시켰어요." 촐리의 손바닥에 땀이 찼다. 상대의 눈초리에 겁을 먹었다. "전 그냥…… 그러니까 근처를 돌아다니고 있었는데, 어, 제 이름은 촐리예요……"

하지만 게임이 새로 시작되어 풀러는 이미 거기에 정신이 팔렸다. 몸을 숙여 지폐 한 장을 땅에 던진 뒤 주사위가 던져지길 기다렸다. 그돈이 사라지자 그는 숙인 몸을 일으키더니, 부아가 나서 투덜대는 투로 촐리에게 소리를 질렀다. "그년에게 돈 준다고 말해. 이제 내 눈앞에서 꺼져!"

촐리는 한동안 땅에서 발이 떨어지지 않았다. 뒤로 물러나 그 자리를 뜨려고 했다. 지독한 노력을 들인 다음에야 근육이 말을 듣기 시작했다. 근육이 뜻대로 움직이자 그는 어둑한 골목길을 되짚어나와 불타는 듯 환한 거리로 나아갔다. 햇빛 속으로 들어서자 다리에 힘이 풀리는 것 같았다. 옆면에 깍지 낀 손 그림이 붙어 있는 오렌지 상자가 보도에 뒤집힌 채 놓여 있었다. 촐리는 그 위에 앉았다. 햇빛이 머리 위로 꿀처럼 뚝뚝 떨어졌다. 말이 끄는 수레 위에서 과일장수가 "방금 따온 포도, 설탕처럼 달고 와인처럼 붉어요"라고 노래하며 지나갔다.

소음이 점점 커지는 듯했다. 또각또각하는 여자들의 하이힐 소리, 문가에서 빈둥거리는 남자들의 웃음소리. 어디선가 전차도 지나갔다. 촐리는 앉아 있었다. 아주 가만히 있기만 하면 괜찮으리라 여겼다. 그런데 느껴질 듯 말 듯한 통증이 눈으로 슬금슬금 밀고 들어와, 그것을 몰아내려 안간힘을 써야 했다. 아주 가만히 있기만 하면, 그리고 어느 한곳에 시선을 집중하면 눈물이 나오지 않을 거야. 그는 생각했다. 꿀처럼 뚝뚝 떨어지는 햇빛 속에 앉아, 눈에서 눈물이 쏟아지지 않도록 모든 신경과 근육을 총동원했다. 모든 에너지를 눈에 집중하며 바짝 긴장하고 있는데 난데없이 장이 꾸르륵하더니 미처 깨닫기도 전에 묽은 변이 그의 다리를 타고 흘렀다. 아버지가 있는 골목 입구에서, 햇빛이 쏟아지는 오렌지 상자 위에서, 성인 남녀들이 가득한 거리에서, 그는 아기처럼 옷에 실례를 했다.

공포에 질린 그는 밤이 올 때까지 꼼짝없이 그 자리에서 기다려야 하나 생각했다. 아니야. 분명 아버지가 나타나 나를 보고 비웃을 거야. 오, 세상에. 비웃을 거야. 다들 비웃을 거야. 할 수 있는 일은 단 한 가지였다.

촐리는 거리를 달려내려갔다. 그의 의식엔 적막뿐이었다. 사람들의 입이 움직이고 다리가 움직이고 차가 덜컹거리며 지나갔지만 소리는 없었다. 아무런 소리 없이 문이 쾅 닫혔다. 그의 발에서도 아무 소리가 나지 않았다. 공기가 그의 목을 조르며 그를 막아서는 것 같았다. 자신을 질식시키려 달려드는, 보이지 않는 송진의 세상을 헤치며 밀고 나갔다. 소리 없이 움직이는 것들만 시야에 들어오는 채로 여전히 그는 달렸고, 마침내 건물들이 사라지고 트인 공간이 나타나며 저멀리 굽이굽이 흐르는 옥멸지강이 보였다. 그는 황급히 자갈이 깔린 비탈길을 내려가 얕은 물 위로 튀어나온 선창으로 갔다. 선창 아래 가장 어둑한 곳을 찾아, 기둥 뒤 그늘 속에 웅크려앉았다. 주먹으로 눈을 가린 채 온몸이 마비된 듯 꼼짝도 않고 태아 같은 자세로 오랫동안 앉아 있었다. 들리는 것도 보이는 것도 없이, 있는 것이라고는 오로지 어둠과 열기와 눈꺼풀을 누르는 그의 주먹뿐이었다. 바지가 엉망이라는 사실조차 잊었다.

저녁이 찾아왔다. 딱총나무 열매가 속과 껍질로 씨앗을 보호하듯 어둠과 온기와 적막이 촐리를 감쌌다.

촐리가 몸을 약간 움직였다. 두통만이 느껴질 뿐이었다. 곧 반짝이는 유릿조각처럼 그날 오후의 일들이 그에게 박혔다. 처음에는 검은 손가락이 쥔 돈만 보이다가 곧 그 자신이 불편한 의자에 앉아 있는 것 같았다. 하지만 다시 보니 그것은 남자의 머리통, 오렌지 크기만큼 머리가 벗어진 머리통이었다. 기억의 조각들이 마침내 하나의 전체를 이루자 비로소 촐리는 자기 몸에서 풍기는 냄새를 의식했다. 자리에서 일어섰는데, 힘이 없어 몸이 떨리고 어질어질했다. 잠시 기둥에 기대서 있다가 바지와 속옷, 양말, 신발을 벗었다. 흙을 한 움큼 쥐어 신발에 대고 문질렀다. 그러고는 강가로 엉금엉금 기어갔다. 잘 보이지 않았으므로 손으로 더듬어 강물이 시작되는 지점을 찾아야 했다. 옷이 깨끗해졌다는 생각이 들 때까지 강물에 넣고 천천히 흔들고 비볐다. 다시 기둥 근처로 돌아와 셔츠를 벗어 허리에 두른 뒤, 바지와 속옷을 땅에 펼쳐두었다. 그는 웅크리고 앉은 채 선창의 썩은 목재를 손으로 쑤셨다. 문득 지미 할머니가 생각났다. 아위 주머니와 금니 네 개와 늘 머리에 두르던 보라색 천. 할머니가 자기 접시에 있던 훈연 족발 한 조각을 집어주던 일이 떠오르자 그리움으로 몸이 찢겨나갈 듯했다. 족발을 집어들던 모습, 세 손가락으로 집은 품이 좀 어설펐지만 애정이 담뿍 담긴 그 모습이 떠올랐다. 아무 말 없이, 그저 고깃조각을 집어 내밀던. 그러자 눈물이 왈칵 쏟아지며 뺨을 타고 흘러 턱 밑에 주렁주렁 달렸다.

두 개의 창문 밖으로 세 여자가 몸을 내밀고 있다. 새로 온 남자애의 기다랗고 깨끗한 목이 보이자 여자들이 소리쳐 그를 부른다. 그는 여자들이 있는 방으로 간다. 어둑한 방안은 따뜻하다. 그들이 병조림용 병에 레모네이드를 담아 건넨다. 그가 레모네이드를 마시는 동안 그들의 시선이 흘러가서 유리병 바닥을 뚫고, 미끈하고 달콤한 물을 뚫고 그에게 닿는다. 그들은 그에게 남자다움을 돌려주고, 그는 그것을 무심히 받는다.

촐리의 삶의 조각들은 오직 음악가의 머릿속에서만 조리를 갖출 수 있었다. 곡선을 이루는 금색 금속을 통해서, 혹은 흑과 백의 직사각형이나 나무통을 울리는 팽팽한 가죽이나 줄을 매만지면서 자기 이야기를 하는 사람들만이 그의 삶에 진실한 형식을 부여할 수 있었다. 새빨간 수박을 아위 주머니에, 포도에, 뒤쪽에서 비추는 손전등 불빛에, 돈을 쥔 주먹에, 병에 든 레모네이드에, 블루라는 남자에 연결하고 그 모든 것의 의미를 환희와 고통과 울분 속에서 찾아내고 거기에 자유로움이라는 전면적이면서 최종적인 통증을 부여할 수 있는 방법은 오직 그들만 알았다. 오직 음악가만이, 자신이 안다는 사실을 알지 못한 채 촐리가 자유롭다는 사실을 느끼고 알 것이었다. 위험할만치 자유롭다는 것을. 두려움, 죄책감, 수치, 사랑, 슬픔, 연민, 그 무엇이든 자유롭게 느끼고, 다정하거나 폭력적이거나, 휘파람을 불거나 울부짖거나 어느 쪽이든 자유롭게 할 수 있다는 것. 문가에서 자거나 노래 부르는 여자의 이불 속에서 자는 것도 자유였고, 일을 하거나 그만두는 것도 자유였다. 간수의 시선 속에서 이미 교활함을 간파했고, 백인 남자를 셋이나 죽였으므로 "아닙니다"라고 대답하며 씩 웃는 것도 자유롭게 할 수 있었기에 감옥에 들어가도 갇혀 있다는 느낌이 들지 않았다. 자기 몸으로 여자의 몸을 이미 정복했기에 여자의 모욕도 자유롭게 받아들일 수 있었다. 그녀의 머리를 이미 품에 안았기에 자유롭게 그 머리를 후려칠 수도 있었다. 그녀가 아프면 다정하게 대하거나 바닥을 걸레질하는 것도 그의 자유였다. 그녀는 이미 그의 남성성이 무엇이고, 어디에 있는지 알고 있으므로. 엉망으로 취하도록 술을 마시는 것도 자유였다. 이미 뜨내기 노동자로도 살아보았고, 사슬에 묶여 30일 동안 강제노역도 했고, 여자가 쏜 총알을 종아리에서 빼내기도 했으므로. 자기 환상대로 살거나, 심지어 죽는 것도 자유였다. 언제 어떻게 죽을지는 전혀 관심 밖이었다. 그 당시 촐리는 진정 자유로웠다. 어머니는 그를 고물집하장에 버렸고, 아버지는 허접한 노름을 하느라 그를 내쳤으니 더는 잃을 것이 없었다. 그에겐 자신의 지각과 욕구밖에 남지 않았고, 그의 관심은 그것들뿐이었다.

이렇게 자기가 신이라도 되는 양 살고 있을 때 그는 폴린 윌리엄스를 만났다. 그리고 손전등이 하지 못한 일을 해준 것은 바로 폴린, 그보다는 폴린과의 결혼이었다. 한결같음, 단조로움, 동일함의 순전한 무게가 그를 절망으로 내몰고 그의 상상력을 얼어붙게 했다. 한 여자와 평생 잠자리를 해야 한다니 참으로 희한하고 부자연스러운 일로 여겨졌다. 낡아빠진 행동이나 뻔한 술책을 위해 없는 열의를 긁어내기를 기대하는 것도. 그는 여자의 오만함이 신기했다. 그가 켄터키에서 폴린을 만났을 때 그녀는 울타리에 기대서서 성치 않은 발로 다른 쪽 다리를 긁고 있었다. 자신으로 인해 그녀가 처음으로 환희를 느끼고, 멋지고 매력적인 모습이 생겨나는 걸 보자 함께 보금자리를 짓고 싶어졌다. 무엇이 그 열망을 파괴하게 될지는 차차 알게 될 일이었지만 그는 깊이 생각하지 않았다. 그보다 예전에 지녔던 호기심은 어떻게 된 걸까, 그런 생각을 했다. 이제는 아무것도, 그 무엇도 그의 흥미를 끌지 못했다. 자신도, 다른 사람도. 오직 술에 취했을 때만 어떤 틈이 열리며 조명 불빛이 흘러들었고, 그것이 닫히고 나면 망각이 찾아왔다.

하지만 그를 혼비백산하게 하고 완전히 기능장애에 빠지게 만든 결혼생활의 면모는 바로 자식이 생긴 것이었다. 아이를 어떻게 키우는지 전혀 아는 것이 없고, 부모가 아이를 키우는 모습도 지켜본 적이 없으니 부모와 자식의 관계가 어떠해야 하는지 파악할 수조차 없었다. 그가 물건의 축적에 관심이 있었다면 자식을 물질적 상속자로 여길 수 있었을 것이다. 불특정한 '남들'에게 자신을 증명해 보일 필요가 있었다면, 자기 모습을 닮은 자식이 자신을 위해서 뛰어난 인물이 되기를 바랄 수도 있었을 것이다. 아는 사람이라고는 책임감을 가지고 그를 돌봤지만 나이나 성별이나 관심사에서 그와는 너무 동떨어진, 죽어가는 노파가 전부였고 그나마 열세 살 때부터는 세상천지에서 외톨이로 살아온 삶이 아니었다면, 자식과 안정된 결속력을 느낄 수도 있었을 것이다. 사실은 어떠했냐면, 그는 아이들에게 반응을 했을 뿐이고, 그 반응은 그가 그때그때 느낀 감정에 좌우되었다.

그래서 여린 봄 햇살이 비추는 토요일 오후에 그는 취해서 휘청거리며 집으로 돌아왔고 부엌에 있는 딸을 보았다.

딸은 설거지를 하고 있었다. 자그마한 등을 개수대 위로 구부린 채. 그 모습이 촐리의 눈에 어슴푸레 들어왔는데, 그는 무엇을 보았는지, 그래서 어떤 기분이었는지 스스로도 알지 못했다. 그다음 그가 의식한 것은 불편함이었다. 그다음엔 그 불편함이 쾌락으로 녹아들어가는 느낌이었다. 그의 감정은 역겨움, 죄책감, 연민, 그리고 사랑으로 연속적으로 변해갔다. 역겨움은 그 어리고 무력하고 가망 없는 존재에 대한 반응이었다. 구부정한 등이 그랬다. 변함없이 영원히 지속되는 매를 웅크려 맞듯 고개가 한쪽으로 기울어 있었다. 왜 저렇게 심하게 매를 맞는 꼴이어야 하지? 아이잖아. 삶의 부담이라곤 없는. 그런데 왜 행복하지 않아? 비참함을 주장하는 또렷한 진술, 그것은 비난이었다. 그 목을 부러뜨리고 싶었다—하지만 다정하게. 죄책감과 무력감이 역한 이중주로 치솟았다. 도대체 내가 뭘 해줄 수 있다고? 무엇을 주고

196

무슨 말을 해야 해? 피폐한 흑인 남자가 열한 살짜리 딸의 구부정한 등에 대고 무슨 말을 할 수 있겠어? 만약 딸의 얼굴을 들여다보았다면, 산란하지만 사랑이 담긴 눈길이 보였을 것이다. 그 산란함이 거슬렸을 것이고 그 사랑으로 인해 격렬한 분노에 휩싸였을 것이다. 어떻게 감히 나를 사랑하지? 도대체 제정신인가? 나보고 어쩌라고? 사랑을 되돌려주라고? 어떻게? 이 굳은살 박인 손으로 딸의 얼굴에 미소가 떠오를 만한 무슨 일을 해줄 수 있다고? 세상과 삶에 대해 그가 아는 것 가운데 딸에게 소용이 될 게 무엇이 있단 말인가? 무거운 팔과 만취한 정신으로 할 수 있는 일이 뭐가 있어서 딸이 자신을 존경하고, 자신도 딸의 사랑을 받아들일 수 있을까? 딸을 향한 증오가 위장 속에서 끈적이며 요동쳐 토악질이 나올 것 같았다. 그런데 토악질이 예상에서 실제 감각으로 넘어가기 직전에 딸이 한쪽 다리에 몸무게를 실으며 다른 쪽 발가락으로 종아리 뒤쪽을 긁었다. 조용하면서 안쓰러운 동작이었다. 손으로는 여전히 기름기가 뜬 차가운 개숫물에 담긴 프라이팬을 문지르며 검은 자국을 벗겨내고 있었다. 종아리를 긁느라 말려들어간 발가락의 그 소심한 인상, 그것은 바로 그가 켄터키에서 처음 폴린을 봤을 때 그녀가 하던 일이었다. 울타리에 기대서서 딱히 어디에도 시선을 두지 않고 허공을 응시하며, 매끄러운 다리를 긁던 맨발의 크림색 발가락. 정말 사소하고 단순한 동작이었지만, 그때 그 광경은 그의 마음을 경탄하는 부드러움으로 가득 채웠다. 꽉 조인 상대의 다리를 내 다리로 벌리고 싶다는 일반적인 성욕이 아니라, 보호해주고 싶은 마음과 다정함이었다. 두 손으로 그 발을 감싸고, 자기 이빨로 종아리의 가려움을 살살 갉아먹고 싶은 욕망. 그때 그는 그렇게 했고, 폴린은 웃음을 터뜨렸더랬다. 지금 그가 한 일도 그것이었다.

다정함이 솟구쳐서 그는 무릎을 꿇고 딸의 발을 바라보았다. 네발로 기어가서 손을 들어, 종아리 쪽으로 올라간 발을 잡았다. 페콜라가 균형을 잃으며 자빠지려는 찰나, 넘어지지 않도록 촐리가 다른 손을 들어 엉덩이를 받쳤다. 촐리는 고개를 숙이고 딸의 장딴지를 야금야금 깨물었다. 탄탄한 살맛에 그의 입이 바르르 떨렸다. 그는 눈을 감고 손가락을 딸의 허리께 옷 속으로 집어넣었다. 딸은 깜짝 놀라 몸이 뻣뻣해지고 망연자실하여 아무 말도 하지 못했는데, 그것은 폴린의 편한 웃음보다 나았다. 엉망으로 뒤섞인 폴린에 대한 기억과 해서는 안 될 짓을 한다는 의식이 그를 흥분시켰고, 욕망이 번개 치듯 뻗어내려 그의 성기가 팽창하며 항문이 부드러워졌다. 공손함이 이 욕정 전체를 빙 둘러쌌다. 그 안으로 들어가고 싶었다―다정하게. 하지만 다정함은 오래가지 않았다. 질이 얼마나 단단히 조여 있던지 더는 참을 수가 없었다. 그의 영혼이 내장을 타고 미끄러져내려가 그녀의 몸속으로 날아들 것처럼, 어마어마한 힘으로 성기를 쑤셔넣자 그녀에게서 나올 수 있는 단 하나의 소리가 튀어나왔다. 목구멍 뒤쪽으로 공기를 훅 들이마시는 소리. 서커스 풍선에서 한순간에 공기가 빠져나가듯.

성욕이 해체되면서―사그라지면서―비눗물에 젖은 딸의 손이 그의 손목을 그러쥐고 있는 것을 알았다. 주먹 쥐듯 꽉 쥐었는데, 놓여나려는 가망 없지만 끈덕진 몸부림의 일환인지, 아니면 다른 감정 때문인지 그는 알 수 없었다.

그 안에서 빠져나오기가 너무 고통스러워서 그는 짧게 끝내고 마른 항구 같은 질에서 성기를 뺐다. 딸은 기절한 듯했다. 촐리가 일어섰

을 때 눈에 보인 것은 딸의 발목에 애처롭게 축 늘어진 회색 팬티뿐이
었다. 다시 증오와 다정함이 뒤섞인 감정. 증오 탓에 딸을 안아 일으키
지 못했으나, 다정함에 못 이겨 몸을 덮어주었다.

　그래서 의식을 되찾았을 때 아이는 다리 사이의 통증과 위에서 내려
다보는 어머니의 얼굴을 어떻게든 연관 지어보려 애쓰며 두꺼운 이불
을 덮고 부엌 바닥에 누워 있었다.

강아지를보라멍멍짖는다제인이랑놀아줄래강아지가뛰는걸봐뛰어

예전에 사물을 사랑하는 노인이 있었다. 사람과는 살짝만 맞닿아도 약하지만 지속적인 구역질이 일어서였다. 이런 혐오감이 언제 시작되었는지 기억에 없고, 그런 혐오감에서 자유로웠던 적이 있었는지도 기억에 없었다. 어릴 때는 남들에게 없는 이런 반감 때문에 매우 불안했지만, 고등교육을 받으면서 배운 것들 가운데 '인간혐오'라는 단어가 있었다. 그런 꼬리표가 위로와 용기를 준다는 사실을 알게 되자, 악에 이름을 붙이면 완전히 없앨 수는 없어도 중화할 수는 있다고 믿게 되었다. 또한 책을 읽으면서 각 시대의 위대한 인간혐오자 몇 사람을 알게 되었다. 그들과의 정신적 동반관계가 그를 달래주고 자신의 변덕과 열망과 반감을 가늠하는 척도를 제공했다. 게다가 인간혐오가 인격을 계발하는 뛰어난 수단이라는 사실도 깨달았다. 치미는 반감을 눌러가며 이따금 상대를 어루만지고 도움이나 조언을 주고 친분을 맺을 때면 자신의 행동이 관대하고 의도는 고귀하다는 생각이 들었다. 어떤 인간적 노력이나 결점에 울화가 치밀면, 자신이 안목이 뛰어나고 가탈스러운 사람이라 자잘한 거리낌이 많을 뿐이라고 여길 수 있었다.

인간혐오가 대개 그렇듯이, 그 역시 사람을 업신여기다보니 오히려 다른 사람을 섬기는 직업을 갖게 되었다. 그는 상대의 신용을 얻는 능력에 전적으로 의존하는 직업, 아주 친밀한 관계가 요구되는 직업에 종사했다. 한동안 성공회 목사가 되어볼까 하다가 그 생각을 버리고 사회복지사로 방향을 바꿨다. 그런데 운도 때도 맞지 않아 어려움을 겪다가 마침내 자유와 만족을 모두 보장하는 직업에 안착했다. '마음을 읽고 조언하고 꿈을 해석하는 사람'이 된 것이다. 그에게 아주 잘 맞는 직업이었다. 시간을 마음대로 정하고, 경쟁자도 별로 없고, 고객은 이미 마음이 기울어진 상태라 다루기 쉬웠다. 함께 나누거나 거기에 물들지 않으면서 인간의 어리석음을 목격하고, 썩어가는 신체를 바라보며 자신의 까다로움을 육성할 무궁무진한 기회를 누렸다. 수입은 보잘것없었지만 그는 사치를 즐기지 않았다. 한때의 수도원 생활로 고독을 더 좋아하게 된 동시에 타고난 금욕주의가 더욱 강화되었던 것이다. 독신의 삶은 피신처였고 침묵은 방패가 되어주었다.

그는 평생 사물에 애정이 있었다. 재산이나 아름다운 물품을 얻고자한 것이 아니라, 낡은 물건을 진심으로 사랑했다. 모친이 쓰던 커피주전자, 한때 그가 지냈던 하숙집 문가에 놓여 있던 도어매트, 구세군 상점에서 산 조각보 이불. 사람과의 접촉에 대한 혐오가 사람들이 접촉한 사물을 향한 갈망으로 전환된 것만 같았다. 인간적인 것으로는 무생물에 묻은 인간 정신의 잔여물만 참을 수 있었다. 가령 매트에 찍힌 인간 발자국의 증거를 두고 명상에 잠기고, 조각보 이불의 냄새를 들이마시며 무수한 몸이 그 안에서 땀을 흘리고 자고 꿈을 꾸고 사랑을 나누고 병에 걸리고 심지어 숨을 거두었으리라는 달콤한 확신을 한껏 즐겼다. 그는 어디를 가든 자기 물건을 가지고 다녔고, 다른 물건이 없나 찾았다. 낡은 물건에 이렇게 갈급하다보니 골목길의 쓰레기통이나 공공장소의 휴지통을 무심하게, 하지만 습관적으로 뒤지게 되었던 것이다⋯⋯

전체적으로 보아 그의 인성은 아라베스크였다. 복잡하지만 대칭적이고 균형이 맞는 탄탄한 구조물. 딱 하나의 결점만 뺀다면 말이다. 드물지만 예리한 성욕이 세심한 도안에 이따금 손상을 입혔다.

아예 동성애자로 나설 수도 있었겠지만 그럴 용기가 없었다. 동물과의 성행위는 떠오르지도 않았고, 남색은 처음부터 제외되었다. 그의 발기는 오래가지 않았고 다른 누구의 발기는 생각만 해도 견딜 수 없었기 때문이다. 게다가 여자를 애무하고 그 몸안으로 들어가는 일보다 더 혐오스러운 것이 하나 있다면 그것은 남자와 서로 애무하는 일이었다. 어쨌든 그의 성적 갈망은 강렬하기는 했지만 육체적 접촉은 도대체 즐기지 못했다. 살과 살이 맞닿는 건 생각만 해도 끔찍했다. 체취와 구취에 질겁했다. 눈곱, 썩은 이나 이 빠진 자리, 귀지, 블랙헤드, 점, 물집, 굳은살 등 몸에서 이루어지는 자연스러운 분비와 보호 작용이 그에게는 다 거북했다. 따라서 그의 관심은 차차 가장 덜 거슬리는 몸을 가진 인간, 즉 아이들에게 향하게 되었다. 동성애를 대면하기에는 너무 소심한 인물이었고, 남자아이들은 사람을 깔보는데다 고집 세고 사나웠으므로 그는 자신의 관심을 여자아이들에게 한정하게 되었다. 여자아이는 대개 다루기 쉬웠고 종종 유혹적이기도 했다. 음탕한 성욕은 전혀 아니었다. 여자아이들을 아끼는 그의 마음에는 순수한 면도 약간 있었고, 스스로 생각하기에는 청결함과 가까웠다. 그는 아주 깔끔한 노인이라 부를 만한 인물이었으니까.

연갈색 피부에 계피색 눈을 지닌 서인도제도 사람.

그는 자기 성姓을 부엌 창문에도 붙여놓았고 주변에 돌린 명함에도 적었지만, 동네 사람들은 그를 '소프헤드 처치'라고 불렀다. '처치'가 어디서 온 것인지는 아무도 몰랐다. 누군가 그가 초청 전도사―자기 양떼나 우리가 없이 어디서든 불러주면 찾아가는, 그래서 늘 다른 교회를 찾아다니며 주임 목사와 함께 제단에 앉아 있는 목회자―로 살던 시절을 기억해서였을 수도 있다. 하지만 왜 '소프헤드'인지는 다들 알았다. 아주 곱슬거리는 숱 많은 머리칼에 비누거품과 함께 포마드를 발라 굽슬굽슬하고 반짝이는 머리를 유지했기 때문이다. 좀 원시적인 방법이었다.

그는 혼혈이라는 사실과 학문적 성취를 자랑스러워하는 집안에서 자랐다. 사실 그들은 혼혈을 기반으로 학문적 성취를 이루었다고 믿었다. 영국보다 온화한 햇빛 아래에서 죽기를 바랐던 휘트컴 경이라는 노쇠한 영국 귀족이 1800년대 초에 이 집안에 백인 피를 처음 도입했다. 국왕의 명으로 신사계급이 된 그는 자기가 낳은 혼혈 사생아에게 개화된 일을 해주었다. 자식에게 300파운드를 준 것인데, 그 모친은 행운의 여신에게 어여쁨을 받았다 여기며 아주 흡족해했다. 사생아도 감사한 마음이었고, 백인 피를 계속 모으는 일을 삶의 목표로 삼았다. 비슷한 부모를 가진 열다섯 살짜리 여자에게 마음을 주었고, 그 여자는 빅토리아시대의 근사한 패러디처럼 남편에게서 배울 만한 것은 모두 배웠다. 몸과 마음과 정신에서 조금이라도 아프리카를 연상시키는 것은 전부 떼어냈던 것이다. 있지도 않은 시아버지와 멍청한 시어머니가 인정할 만한 습관과 취향과 기호를 길렀다.

부부는 이러한 영국 사랑을 여섯 명의 자식과 열여섯 명의 손주에게 전수했다. 이따금 이해할 수 없는 반항아가 나타나 다루기 힘든 흑인을 배우자로 선택하기도 했지만, 다들 '나은 집안'과 결혼해서 집안의 피부색은 더 밝아지고 집안 특성은 더 묽어졌다.

우월하다는 확신에서 나온 자신감으로 학교 성적은 좋았다. 다들 근면하고 단정하고 활기차서, 드 고비노*의 '모든 문명은 백인종에서 유래했으며 백인종의 도움이 없다면 아무도 생존할 수 없고, 문명을 창조한 고귀한 집단의 혈통을 보전하는 한에서만 그 사회는 위대하고 뛰어나다'라는 가정을 추호의 의심 없이 증명하고자 했다. 그래서 선생님들이 외국으로 유학 보낼 전도유망한 학생을 추천하고자 할 때 눈에 들지 않는 적이 거의 없었다. 집안 남자들은 의학이나 법학이나 신학을 공부해서, 그나마 토착민들에게 문이 열려 있는 별 힘도 없는 정부기관에 줄줄이 모습을 보였다. 공사를 막론하고 부패한데다 색을 밝히고 음탕했는데, 그 점을 자신들의 고귀한 권리로 여겨서 재능이 덜한 부류까지 대체로 철저히 그 권리를 누렸다.

휘트컴 형제 일부가 부주의하다보니 세월이 가면서 백인성을 유지하기가 어려워졌고 먼 친척끼리, 그리고 그리 멀지 않은 친척끼리 결

---

* 19세기 프랑스 작가, 외교관, 인류학자. 과학적 인종 이론으로 백인종의 우월성을 주장했다.

혼하는 일이 생겼다. 이런 몰지각한 결합에서 확실히 눈에 띄게 나쁜 결과가 나타났다고는 할 수 없지만, 노처녀나 여성화된 남자가 몇 나타나서 기능의 약화를 보여줬고 일부 아이들이 괴짜 성향을 보였다. 통상적인 알코올중독이나 호색의 범주에 들지 않는 그런 결점들 말이다. 하지만 그들은 결함을 노쇠한 귀족의 애초 유전자가 아니라 근친혼 탓으로 돌렸다. 어쨌든 예측하기 힘든 경우는 생기기 마련이다. 당연히 다른 집안보다 더 많지야 않았지만 더 강력했기에 더 위험했다. 그중 하나는 종교적 광신자로 숫제 자기 비밀 종파를 세웠고 아들 넷을 낳았는데, 학교 선생이 된 아들 하나는 엄밀한 정의와 절제된 폭력성으로 이름을 날렸다. 그 선생은 어여쁘지만 게으른 중국 혼혈 여자와 결혼했는데, 아들을 낳는 수고가 너무 버거웠는지 아이를 낳은 뒤 곧 세상을 떴다. 엘리휴 미카 휘트컴이라는 이름의 그 아들은 아버지인 선생에게 교육과 훈육과 좋은 삶에 대한 나름의 이론을 계발할 풍부한 기회를 제공했다. 어린 엘리휴는 제대로 알아야 할 것은 전부 익혔는데, 특히 자기기만이라는 섬세한 기술도 배웠다. 그는 닥치는 대로 읽었지만 선택적으로 이해해서, 다른 사람들의 사상 가운데 무엇이 되었건 책을 읽는 당시 그의 특별한 기호를 뒷받침할 만한 것을 여기저기서 조금씩 골라냈다. 그런 식으로 오필리아를 모욕하던 햄릿은 기억해도 막달라 마리아에 대한 예수의 사랑은 기억하지 않기로 했다. 햄릿의 경박한 정치는 기억해도 예수의 진지한 무정부주의는 기억하지 않기로 했다. 기번*의 신랄함만 알아챘지 그의 관용은 알아채지 못

---

* 계몽주의 관점에서 역사를 서술한 18세기 영국 역사가 에드워드 기번.

했고, 아름다운 데스데모나에 대한 오셀로의 사랑은 알아도 오셀로를 향한 이아고의 왜곡된 사랑은 알지 못했다. 그가 가장 탄복한 저작은 단테의 작품이었고 가장 경멸한 저작은 도스토옙스키의 작품이었다. 서구의 최고 지성이라면 다 접했지만 그에게는 아주 편협한 해석만 가 닿았을 뿐이었다. 아버지의 절제된 폭력에 대한 대응으로 엄격한 습관과 허약한 상상력이 발달했다. 무질서나 쇠락의 낌새를 내보이는 것은 무엇이든 증오했지만 동시에 매혹되었다.

그러다 열일곱 살에 세 살 연상인 자신의 베아트리체*를 만났다. 중국 백화점에서 판매원으로 일하는, 각선미가 좋고 잘 웃는 어여쁜 여자였다. 벨마. 삶을 향한 애정과 열정이 워낙 강한 인물이라 부실하고 병약한 엘리휴까지 끌어안았다. 유머라고는 없이 가탈스럽기만 한 그를 보고 불쌍한 마음이 들어 그에게 즐거움이 뭔지 알려주고 싶어졌다. 그가 그런 시도에 저항했음에도 그녀는 그와 결혼했는데, 그러고 나서야 남편이 난공불락의 우울에 시달릴 뿐 아니라 그것을 즐긴다는 사실을 깨달았다. 결혼한 지 두 달 만에 그에게 우울이 얼마나 중요하고 아내의 기쁨을 학구적인 침울함으로 바꿔놓고 싶은 마음이 얼마나 강한지를, 그리고 사랑을 나누는 일을 성찬식이나 성배를 대하듯 한다는 것을 알게 된 그녀는 그를 떠났다. 지금껏 바닷가에서 늘 뱃사람의 노래를 들으며 살아온 그녀가 엘리휴의 마음이라는 적막한 동굴 속에서 평생을 보낼 수는 없었다.

그녀에게 버림받은 일을 그는 결코 극복하지 못했다. 벨마는 진술

---

* 단테가 사랑한 인물로, 『신곡』에서 이상적 여인으로 묘사된다.

하지도 인정하지도 않은 자신의 질문—잠식해오는 비非삶에 맞설 삶은 어디에 있는가—에 대한 대답이어야 했으니까. 벨마는 그가 아버지의 벨트의 평평한 면으로 맞으며 배웠던 비非삶에서 그를 구해줘야 했으니까. 하지만 그가 얼마나 교묘하게 맞섰는지 그녀는 결국 그렇게 강퍅한 삶에서 불가피하게 생겨나는 지루함을 피해 도망칠 수밖에 없었다.

아버지가 자기 집안의 평판과 벨마네 집안의 미심쩍은 평판을 상기시키며 단단히 붙잡아준 덕에 젊은 엘리휴의 삶이 티나게 박살나지는 않았다. 그는 전보다 더 왕성하게 학문에 몰두했고 마침내 성직자가 되기로 결심했다. 하지만 소명의식이 없다는 지적을 받고 당시 새로 등장한 정신의학을 공부하러 섬을 떠나 미국으로 왔다. 그런데 그 학문분야는 너무 많은 진실과 너무 잦은 대결만 요구했을 뿐, 무능해지는 자아에 전혀 힘이 되어주지 못했다. 사회학으로 방향을 틀었다가 다시 물리치료로 옮겨갔다. 이렇게 여러 분야를 전전하는 학업이 육 년이나 이어지자 부친은 그가 자신을 '발견'할 때까지 더는 지원하지 않겠다고 했다. 누구에게 도움을 구해야 할지 모른 채 혼자 알아서 살아야 할 처지가 된 엘리휴는 자신이 돈벌이를 할 수 없다는 사실을 '발견'했다. 그는 귀족 혈통이건 아니건 미국의 흑인에게 그나마 열려 있는 몇몇 사무직—시카고의 유색인 호텔 접수원, 보험대리인, 흑인을 고객으로 하는 화장품회사 외판원—을 간간이 하면서 빠르게 닳아 떨어지는 신사계급 신세가 되었다. 마침내 1931년에 오하이오주 로레인에 정착했는데, 목사 행세를 하며 독특한 영어를 구사해서 주변에 경외심을 불러일으켰다. 마을 여자들은 그가 독신이라는 것을 일찌감치 알아차렸는데, 그러면서도 자기들을 거부하는 까닭을 이해하지 못해서 그가 자연스럽지 않다기보다 초자연적이라고 결론 내렸다.

그런 결정을 이해한 그는 재빨리 다음 수순을 밟아 사람들이 붙여준 이름(소프헤드 처치)과 역할을 받아들였다. 버사 리스라는 아주 독실한 노파의 뒷방에 세를 들었다. 그녀는 깔끔하고 조용한 인물로, 귀가 거의 들리지 않았다. 그 처소는 모든 면에서 이상적이었지만 딱 한 가지 결점이 있었다. 버사 리스는 밥이라는 늙은 개를 키웠는데, 주인만큼이나 귀가 멀었지만 깨끗하지는 않았다. 대부분 뒤편 포치에 늘어져 잠을 잤는데, 그곳은 엘리휴가 드나드는 곳이었다. 개는 이제 너무 늙어 아무 쓸모도 없었고, 버사 리스는 개를 제대로 돌볼 만한 기력도 정신도 없었다. 먹이와 물만 주고는 내버려두었다. 피부병도 있고, 탈진한 눈에 바다색 이물질이 잔뜩 끼어 있고 그 주위로 파리와 각다귀 떼가 들러붙어 있었다. 소프헤드는 밥만 보면 혐오감이 솟구치며 어서 죽어버리기를 바랐다. 개의 죽음을 바라는 것이 인도적인 마음이라고 여겼다. 누구든 고통받는 모습을 보는 건 참기 힘들다고 혼잣말을 하면서. 개는 이미 허약함과 노년에 적응해 살아가고 있으니, 사실 그의 관심사는 자신의 고통일 뿐이라는 생각은 떠오르지 않았다. 소프헤드는 결국 그 동물의 비참한 삶을 직접 끝내줘야겠다고 마음먹고 그 일을 실행할 독약을 구입했다. 실행에 옮기지 못한 것은 오로지 무서워서 가까이 다가갈 수 없었기 때문이다. 그는 그 일을 해치울 만큼 격분하거나 혐오감에 눈이 멀 순간을 기다렸다.

그곳에서 낡은 물건에 둘러싸여 살면서, 매일 이른아침마다 꿈도 깃들지 않는 잠에서 깨어나, 그는 자신의 조언을 구하는 사람들과 상담을 했다.

두려움이 그의 사업이었다. 사람들은 두려움에 떨며 찾아와, 두려움에 떨며 나지막이 속삭였고, 두려움에 떨며 울고 간청했다. 그래서 그의 상담 대상은 두려움이었다.

그들은 각자 분노, 갈망, 자존심, 복수심, 외로움, 비참함, 실패, 허기로 기운 수의를 두르고 그의 문 앞까지 찾아왔다. 그들의 요구는 사랑이나 건강이나 돈처럼 정말 간단했다. 그 사람이 절 사랑하게 해주세요. 이 꿈이 무슨 의미인지 말해주세요. 이 여자를 떼어낼 수 있게 도와주세요. 어머니가 내 옷을 돌려주도록 해주세요. 내 왼손이 떨리지 않게 해주세요. 난로에 들러붙은 내 아기의 영혼을 떼어내주세요. 아무개의 집착을 없애주세요. 어떤 요구든 그는 주의를 기울였다. 그의 업무는 고객이 요구하는 일을 하는 것이었다. 요구가 부당하다거나 비열하다거나 가망 없다는 뜻을 당사자에게 넌지시 전하는 것이 아니라.

점점 드물어지긴 하지만, 자기 덕에 즐거운 시간을 보내는 거라는 그의 말을 믿는 여자아이들과 이따금 시간을 보내면서, 그는 물건들 사이에서 그럭저럭 평온하게 살았다. 아무런 후회도 하지 않았다. 물론 자기 삶이 어딘가 어긋났고, 사실 누구의 삶이든 다 그렇다는 건 알았지만, 그 문제는 원래 자리인 조물주의 발 앞에 두었다. 부패와 악과 더러움과 무질서가 만연하니 분명 세상살이가 원래 그러하다고 믿었다. 신이 악을 창조했으니 악이 존재한다고. 신이 용서받지 못할 부주의한 판단 실수를 저질러서 우주를 불완전하게 설계한 것이라고. 신학자들은 타락이란 인간이 분투하고 시험받고 결국 승리하게 해주는 수단이라는 식으로 정당화했다. 결국 우주의 말끔함이 승리하도록. 이 말끔함, 단테의 말끔함은 온갖 차원의 악과 부패를 분리하고 정연하게 구역을 나누는 일이었다. 그런데 세상은 그렇지 못했다. 아주 세련되어 보이는 귀부인도 용변을 보고, 아주 험악하게 생긴 사람이 순수하고 성스러운 열정을 지니기도 하니까. 결국 신이 한 일은 형편없었고, 소프헤드는 차라리 자기가 했으면 더 나았겠다는 생각마저 들었다. 조물주가 자신의 상담을 받지 않아 유감이었다.

어느 뜨거운 날 늦은 오후에 소프헤드가 또다시 이런 생각에 빠져 있는데 누군가 문을 두드렸다. 문을 열자 잘 모르는 여자아이가 서 있었다. 열두 살쯤 되어 보였는데, 안쓰럽도록 볼품없는 모습이었다. 무슨 일로 왔느냐고 묻자 아이는 대답은 하지 않고 그의 재능과 업무를 광고하는 명함을 내밀었다. "곤란하고 안 좋은 상황에 짓눌리고 있다면 없애줄 수 있습니다. 저주와 불운과 사악한 영향력을 이겨내도록. 기억하세요, 나는 특별한 능력을 지니고 태어난 진정한 심령술사이자 심령해독자이니 당신을 도울 수 있습니다. 단 한 번 방문으로도 만족할 겁니다. 다년간 수많은 남녀를 결혼으로 맺어주고 갈라선 많은 부부를 다시 이어준 경력이 있습니다. 불행하거나 낙담했거나 고통에 시달린다면 도울 수 있습니다. 늘 불운이 따라붙는 것 같은가요? 사랑하는 사람이 변심했나요? 이유를 알려줄 수 있습니다. 당신의 적이 누구이고 친구가 누구인지, 당신이 사랑하는 사람이 진실한지 거짓된지 알려줄 수 있습니다. 병들어 아프다면 건강해질 방법을 알려줄 수 있습니다. 잃어버리거나 도난당한 물건이 어디 있는지도 알려줍니다. 만족을 보장합니다."

소프헤드 처치는 아이에게 들어오라고 했다.

"뭘 어떻게 해줄까, 얘야?"

아이는 배 위에 두 손을 포개고 서 있었는데, 배가 약간 불룩해 보였다. "아마도, 저를 위해서 그 일을 해주실 수 있을 것 같아서요."

"무슨 일을?"

"이젠 학교에도 갈 수가 없어요. 그래서 여기 오면 절 도와주시지 않을까 생각했어요."

"어떻게 도와줄까? 말해봐. 겁먹지 말고."

"제 눈요."

"네 눈이 어때서?"

"파란 눈을 갖고 싶어요."

소프헤드는 입술을 오므리고 혀끝으로 치아에 박힌 금을 쓰다듬었다. 지금까지 받았던 어떤 탄원보다 더 환상적이고도 타당한 탄원이라는 생각이 들었다. 여기 이 못생긴 소녀가 아름다워지기를 원한다. 이해심과 애정이 파도처럼 그를 휩쓰는가 싶더니 곧 그 자리에 분노가 들어찼다. 아무 도움도 줄 수 없다는 무력함으로 인한 분노. 이것이야말로 사람들이 그에게 들고 오는 어떤 소망—돈, 사랑, 복수—보다 가장 통렬하면서도 무엇보다 이뤄줄 만한 소망 같았다. 흑인이라는 구덩이에서 빠져나와 파란 눈으로 세상을 보고 싶다는 어린 흑인 소녀. 그의 노여움이 자라나 힘이 생겨난 기분이었다. 난생처음 그는 기적을 이루기를 진정으로 바랐다. 지금껏 그는 진정 신성한 힘을 정말로 원했던 적이 없었다. 그저 상대가 그렇게 믿게 만들 힘을 원했지. 판단력의 문제도 아니고 그저 필멸의 존재라서 그 일을 할 수 없다니 너무 서글프면서도 너무 바보 같았다. 그런데 정말 할 수 없나?

떨리는 손으로 그는 소녀 위로 성호를 그었다. 그의 몸에 소름이 돋았다. 낡은 물건이 가득한 그 덥고 어둑한 작은 방에서 한기가 느껴졌다.

"얘야, 내가 해줄 수 있는 일이 없구나. 난 마술사가 아니야. 단지 신의 뜻을 대신 이뤄주는 거란다. 신이 때로 나를 써서 사람들을 돕는 거지. 내가 할 수 있는 일이라고는 신의 역사役事에 사용할 도구로 나를 바치는 것뿐이야. 신께서 네 소망을 이뤄줄 마음이 있다면 그렇게 하실 거다."

소프헤드는 창가로 걸어가 아이에게 등을 보이고 섰다. 그의 생각이 마구 달려나가다가 비틀거리다가 다시 달려나갔다. 다음 문장을 어떻게 이어야 하지? 힘이 생겼다는 이 느낌을 어떻게 지속해나가야 하나. 포치에 누워 자는 늙은 밥이 그의 눈에 들어왔다.

"우리가, 음, 공물을 좀 바쳐야겠다. 그러니까 자연과의 교감이지. 어쩌면 어떤 미물이 신의 뜻을 전달하는 매개가 될 수도 있겠구나. 어디 보자."

그는 창문가에 무릎을 꿇고 입술을 움직였다. 적당하다 싶을 때 자리에서 일어나 다른 창문 근처에 놓인 냉장고로 갔다. 그 안에서 연분홍색 정육점 포장지로 싸인 작은 꾸러미를 꺼냈다. 선반에서 작은 갈색 병을 꺼내, 포장지 속 내용물에 조금 뿌렸다. 위쪽을 약간 벌린 채로 그 꾸러미를 탁자에 올려놓았다.

"이 음식을 가지고 나가서 포치에서 자고 있는 동물에게 주려무나. 먹는지 확인해야 한다. 그리고 어떤 행동을 보이는지 잘 지켜봐. 아무 일도 일어나지 않으면 신이 너의 바람을 거절했다는 뜻이다. 그 동물이 괴상한 행동을 보이면 내일 너의 소망이 이루어질 거야."

아이가 꾸러미를 집어들었다. 칙칙하고 끈적거리는 고기 냄새에 구역질이 솟구치며 한 손을 배에 갖다댔다.

"용기. 용기를 내야지, 얘야. 겁쟁이에겐 이런 일이 주어지지 않아."

아이는 고개를 끄덕이며 올라오는 토사물을 눈에 보이게 다시 삼켰다. 소프헤드가 문을 열어주었고, 아이는 문지방을 넘었다.

"잘 가라, 신의 가호가 있기를." 그러면서 바로 문을 닫았다. 창가에 서서 아이를 지켜보았다. 연민으로 인상을 찌푸린 채 혀끝으로 위쪽 치아에 박힌 닳은 금 조각을 어루만졌다. 아이가 잠든 개 위로 몸을 숙이는 것이 보였다. 아이가 건드리자 개는 녹색 아교처럼 보이는 덩어리가 구석에 뭉친 그렁그렁한 한쪽 눈을 떴다. 아이가 팔을 뻗어 개의 머리를 살살 쓰다듬었다. 그러고는 고기를 포치 바닥, 개의 코 가까이에 놓았다. 그 냄새에 개는 퍼뜩 정신이 들었다. 고개를 들더니 제대로 냄새를 맡으려고 일어섰다. 서너 번 만에 고기를 다 먹었다. 아이는 다시 개의 머리를 쓰다듬었고, 개는 세모눈을 게슴츠레 뜨고 아이를 올려다보았다. 갑자기 개가 컥컥댔다. 가래 끓는 노인이 기침하듯 컥컥대며 일어섰다. 아이가 펄쩍 뛰었다. 개는 숨이 막히는 듯 허공을 향해 입을 벌렸다 닫았다 하더니 픽 쓰러졌다. 몸을 일으키려 했지만 할 수 없었고, 다시 일으키려다 구르다시피 계단을 내려갔다. 망가진 인형처럼 헐떡이고 비틀대며 마당을 휘젓고 다녔다. 아이의 입이 떡 벌어져 작은 꽃잎 같은 혀가 보였다. 한 손으로 마구 무의미한 손짓을 하더니 두 손으로 입을 틀어막았다. 토하지 않으려고 기를 쓰고 있었다. 개는 다시 쓰러졌고 경련했다. 그리고 잠잠해졌다. 여전히 두 손으로 입을 막은 채 아이는 몇 걸음 물러서더니 몸을 돌려 뛰기 시작했다. 마당을 벗어나 진입로를 뛰어내려갔다.

소프헤드 처치는 탁자로 다가갔다. 의자에 앉아 두 손을 포갠 뒤 엄지에 이마를 얹었다. 다시 자리에서 일어나 협탁으로 걸어가더니 서랍을 열고 그 안에서 종이와 만년필을 꺼냈다. 잉크병은 독약이 놓여 있던 선반에 있었다. 그 물건을 챙겨 그는 다시 탁자에 앉았다. 천천히, 주의를 기울여, 자기 글씨체를 음미하며 이렇게 편지를 썼다.

인간 본성을 창조하여 매우 고상하게 만드신 분께

존경하는 신이시여.

이 편지의 목적은 당신이 미처 알아채지 못했거나 일부러 무시해온 사실을 알려드리기 위함입니다.

예전에 저는 당신의 섬에서 풋풋하고 앳되게 살았습니다. 카리브해와 멕시코만을 에워싸는, 남아메리카와 북아메리카 사이 남대서양에 있는 군도―대大앤틸리스제도, 소小앤틸리스제도, 바하마제도 등으로 나뉜―에 속한 섬이죠. 기억하셔야 할 것이, 윈드워드제도나 리워드제도 식민지가 아니라 당연히 두 앤틸리스제도 중 큰 쪽에 속한 섬입니다(정확성을 기하는 제 글쓰기가 때로 지루할 수 있겠지만 저라는 사람을 분명히 알리기 위해 필요한 일입니다).

자, 그럼.

이 식민지에서 우리는 백인 주인의 특성 가운데 가장 두드러지고 가장 명백한 특성, 당연히 최악인 그 특성을 우리 것으로 삼았습니다. 우리 인종의 정체성을 유지하면서, 가장 골치가 덜 아프고 가장 만족스럽게 지닐 수 있는 특성을 굳게 고수했습니다. 결과적으로 위풍당당해진 것이 아니라 속물이 되었고, 귀족적이기보다는 계급만 의식하게 되었습니다. 권위란 우리보다 못한 사람을 잔인하게 부리는 것이고, 교육이란 학교에 있는 것이라 믿었습니다. 난폭함을 열정으로, 게으름을 여유로움으로 착각했고, 생각의 무모함을 자유라 여겼습니다. 우리는 자식을 키우고 작물을 키웠습니다. 아기가 커가고 재산도 늘어갔습니다. 우리에게 남성다움이란 획득이었고 여성다움이란 순종이었습니다. 그리고 당신의 과실果實의 냄새, 당신의 일상적 노동이라면 질색했습니다.

오늘 아침, 어린 흑인 소녀가 찾아오기 전에 저는 울었습니다. 벨마를 생각하며. 아, 소리 내어 운 건 아닙니다. 회한에 짓눌린 소리를 실어나를 호흡이, 그것을 떠받칠 의도가 있건 없건 그럴 만한 호흡조차 없으니까요. 저만의 외롭고 조용한 방식으로 울었지요. 벨마를 위해서. 제가 오늘 한 일을 이해하려면 벨마에 대해 알아야 합니다.

그녀(벨마)는 묵었던 호텔방을 나가듯 저를 떠났습니다. 호텔방이란 뭔가 다른 일을 할 때 머무는 장소죠. 그 자체로는 우리의 주된 계획에 하등의 의미도 없습니다. 호텔방은 편리합니다. 하지만 그 편리는 특정한 업무를 위해 특정한 마을에 있는 동안 필요한 시간에 한정됩니다. 편안한 방이기를 바라지만 그보다는 익명성을 바라죠. 결국 그곳은 사는 곳이 아니니까요.

방이 더이상 필요하지 않으면 사용한 대가로 돈을 냅니다. 그 마을에서 업무가 끝나면 "고맙습니다"라고 말하고는 그 방을 나갑니다. 호텔방을 나가며 회한에 젖는 사람이 있을까요? 자기 집이, 어던가에 진짜 집이 있는데 그곳에 계속 머물고 싶은 사람이 있을까요? 호텔방을 나서면서 애정어린 시선을, 아니면 혐오스러운 시선이라도 던지는 사람이 있을까요? 그 방에서 어떤 식으로든 살았던 경험은 사랑할 수도 있고 경멸할 수도 있겠죠. 하지만 방 그 자체를? 기념품을 챙기기는 합니다. 방을 기억하려는 게 아니에요. 오, 아니죠. 그보다는 자신의 업무, 자신의 모험이 행해진 시간과 장소를 기억하기 위함이죠. 누가 되었건 호텔방에 대해 무슨 감정을 느끼겠어요? 호텔방이 그 안에 머문 사람에 대해 아무 감정이 없듯이 그 사람도 방에 대해 아무 감정이 없죠.

하늘에 계신, 하늘에 계신 신이시여, 그녀가 저를 떠난 방식이 그랬습니다. 아니, 머문 적도 없으니 떠난 적도 없다고 해야 할까요.

우리가 어떻게, 무엇으로 만들어졌는지 기억하시죠? 여자아이들의 가슴에 대해 말씀드릴게요. 적절하지 못한 내용(그런가요?)에 대해, 그리고 부자연스러운 시간에 부자연스러운 장소에서 그들을 사랑하는 일의 일탈성과 내 가족 성원이라 할 여자아이들을 사랑하는 일의 부적절함에 대해 미리 양해를 구합니다. 낯선 이를 사랑하는 일도 양해를 구해야 할까요?

하지만 신이시여, 여기에는 당신 책임도 있습니다. 어쩌다가, 왜 그런 일이 일어나게 하셨나요? 어쩌다가 전 당신의 육체를 사색하던 눈을 돌려 아이들의 육체를 사색하는 일에 푹 빠져버렸단 말입니까? 새순. 그 어린나무의 새순. 아시다시피 새순은 참 심술궂어요. 심술궂고 부드럽죠. 손을 대면 고무처럼 팅기며 저항하는 심술궂은 어린 새순. 하지만 공격적이기도 해요. 건드릴 테면 건드려보라지,

이런 식으로. 건드리라고 아예 명령하는. 당신이 생각하듯 수줍어하는 일은 전혀 없어요. 제게 들이대지요. 오, 그럼요, 제게 말이에요. 밋밋한 가슴, 앙상한 작은 가슴의 계집애들. 그애들을 본 적이 있나요? 그러니까 정말 제대로 본 적이 있나요? 일단 보면 사랑하지 않을 수가 없죠. 그들을 창조한 장본인인 당신 역시 발상만으로도 그들을 사랑했을 것이 분명해요. 그러니 그 발상이 구현되었을 때는 얼마나 더 사랑스러웠겠어요. 당신이야 다 아시겠지만, 전 그들에게서 손과 입을 뗄 수가 없었어요. 짭짤달콤한 맛. 달리기를 한 날, 몇 시간을 깡충깡충 이리 뛰고 저리 뛰고 난 뒤 짭짤한 땀이 약간 맺힌, 아직 완전히 익지 않은 딸기처럼.

그들을 사랑하는 것—그들을 만지고 맛보고 느끼는 것—은 그저 편리하게 즐기는 호사스러운 인간의 악이 아닙니다. 제게 그들은 대신 해야 할 일이었어요. 아빠 대신, 성직자 대신, 벨마 대신. 그리고 전 그들 없이는 못 살겠다고 선택한 것입니다. 하지만 목사가 되지는 않았어요. 적어도 그런 일은 하지 않았습니다. 그러면 뭘 했느냐고요? 당신에 대해 다 안다고 말했죠. 당신의 권한을 받았다고 말했죠. 완전한 거짓은 아니었어요. 하지만 거짓으로서는 완전했죠. 그래요, 번드르르하게 각 상황에 맞춰 적절히 제공한 거짓말의 대가로 그들의 돈을 받지 말았어야 했어요. 인정합니다. 하지만 명심하세요. 저도 너무 싫었어요. 그 거짓말이나 돈을 사랑한 적이 단 한 순간도 없었다고요.

하지만 생각해보세요: 호텔방을 나간 여자를.

생각해보세요: 군도의 푸릇푸릇한 시간, 정오의 시간을.

생각해보세요: 기대에 부푼 그들의 가슴만이 능가할 그들의 희망 찬 눈길을.

생각해보세요: 알게 되면 견딜 수 없을 그것을 알지 않기 위해 제게 편안한 악이 얼마나 필요했는지를.

생각해보세요: 제가 얼마나 돈을 증오하고 경멸했는지를.

그리고 이제 생각해보세요: 오늘 저를 찾아온 정신 나간 어린 흑인 소녀를. 제가 마땅히 받아야 할 벌이 아니라 제 자비심에 비추어 말입니다. 신이시여, 말해보세요. 어째서 당신은 그 어린것을 그렇게 오랫동안 그렇게 외롭게 내버려둬서 결국 저를 찾아오게 만든 건가요? 어떻게 그럴 수가 있었나요? 당신 때문에 눈물이 나요. 제가 당신을 위해 당신의 일을 대신해야 했던 것도 바로 당신 때문에 눈물을 흘리기 때문입니다.

그애가 왜 저를 찾아왔는지 아시나요? 파란 눈. 새로운 파란색 눈, 그렇게 말하더군요. 신발이라도 사듯이. "새로 파란색 눈 한 쌍을 사고 싶어요." 분명 아주 오랫동안 당신에게 간청했지만 당신은 답을 하지 않았겠죠. (습관이라고, 아주 오랜 그 습관이 욥으로 인해 한 번 깨졌지만 그런 일은 더는 없다고 말해줄 수도 있었겠죠.) 그애는 눈을 달라고 저를 찾아왔어요. 제 명함을 가지고 왔더군요. (명함을 여기 동봉합니다.) 참, 제 이름에 미카를 덧붙였어요. 엘리휴 미카 휘트컴이라고. 그런데 사람들은 소프헤드 처치라고 부르죠. 어쩌다가, 왜 그런 이름이 생겼는지 기억이 나지 않아요. 어떤 이름이 다른 이름보다 그 인물을 잘 나타내는 것은 무엇 때문일까요? 그렇다면 그 이름은 진짜일까요? 사람은 단지 이름이 일러주는 것일까요? 그래서 모세가 "당신 이름이 무엇입니까?"라고 당신에게 물었을 때, 무엇보다 간단하고 다정한 그 질문에 당신은 대답하지 않고 대신 "나는 나일 뿐"이라고 대답한 건가요? 뽀빠이처럼? 나는야 나는야일 뿐?* 이름을 대기가 두려웠던 거예요, 그렇죠? 이름을 알면 당신을 알게 될까봐? 그러면 더는 당신을 두려워하지 않을까봐? 괜찮아요. 짜증내지 마세요. 기분 상하게 하려던 건 아니니까. 이해합니다. 저도 한때 나쁜 사람, 불행한 사람이었으니까요. 그런데 저는 언젠간 죽겠죠. 전 항상 진심으로 친절했는데. 왜 제가 죽어야 하나요? 어린 여자애들. 제게 아쉬울 것은 어린 여자애들뿐이에요. 제가 아이들의 자그마하고 단단한 젖꼭지를 만지고 깨물 때—아주 살짝—얼마나 다정한 마음이었는지 아시나요? 키스를 하거나 잠자리를 같이하거나 그 어린것을 신부로 맞아들이기를 원하지 않았다고요. 장난스러운 기분이었고, 다정했죠. 신문에서 떠드는 식이 아니라. 사람들이 쑥덕거리는 식이 아니라. 아이들은 아무렇지도 않게 생각했어요. 전혀. 제게 다시 찾아온 애들이 얼마나 많았는지 기억하세요? 아무도 그 점을 이해하려 하지 않아요. 제가 해를 입혔다면 그 애들이 다시 찾아왔겠어요? 도린과 슈거 베이브, 둘은 함께 왔어요. 전 그애들에게 민트도 주고 돈도 주었고, 제가 장난을 치는 동안 두 아이는 다리를 벌린 채 아이스크림을 먹었어요. 파티와도 같았죠. 추잡함도 없었고, 더러움도 없었고, 냄새나 신음도 없었어요. 단지 저와 어린 여자애들의 가볍고 순수한 웃음소리뿐. 나중에 어떤 표정

---

* I yam what I yam. 뽀빠이가 싸우기 전에 시금치를 먹으며 하는 말로, 자기가 먹는 시금치가 곧 자신이라는 뜻과 정체성에 대한 자신감을 동시에 나타낸다.

이 나타나지도 않았죠. 이상하다는 듯 한참 바라보는 표정, 이상하다는 듯 한참 바라보는 벨마식 표정 말이에요. 나중에 추잡한 기분이 들게 만드는 그런 표정은 없었다고요. 그랬다면 죽고 싶었겠죠. 여자애들과는 모든 것이 깨끗하고 선하고 다정했어요.

신이시여, 이걸 이해해야 합니다. "어린아이들이 내게 오는 것을 막지 말고 그들을 해하지 말라."* 이렇게 말씀하셨잖아요. 잊으셨나요? 아이들을 잊으신 겁니까? 그래요. 잊은 거죠. 아이들이 굶주리도록 방치하고, 길가에서 죽은 어머니 곁에 앉아 울게 내버려둔 거죠. 불에 그슬리고 절뚝거리고 비틀거리는 아이들을 저는 봤어요. 당신은 잊은 겁니다. 언제, 어떤 식으로 신 노릇을 해야 하는지 잊은 거죠.

그래서 제가 그 어린 흑인 소녀의 눈을 바꿔준 겁니다. 만지지 않았어요. 손끝 하나 대지 않았습니다. 그런데도 그애가 원하는 파란 눈을 주었죠. 그 대가로 즐기지도 않았고 돈을 받지도 않았어요. 당신이 하지 않았고, 할 수 없었고, 하려 하지 않았던 일을 했을 뿐입니다. 그러니까 그 못생긴 어린 흑인 소녀를 보고 그애를 사랑했던 거죠. 당신 역할을 한 겁니다. 얼마나 멋진 쇼였는지!

제가, 제가 기적을 만들어냈어요. 그 아이에게 눈을 주었죠. 파랗고 파란, 파란 눈 두 개를 주었죠. 새파란. 당신의 파란 하늘에서 한 줄기를 그대로 떼어낸. 아무도 그애의 파란 눈을 보지 못할 거예요. 하지만 그애는 보겠죠. 그리고 앞으로 행복하게 살 겁니다. 저는, 저로서는 그렇게 하는 것이 경우에 맞고 올바르다고 생각했습니다.

---

* 「마태복음」 19장 14절의 "어린이들이 나에게 오는 것을 막지 말고 그대로 두어라"를 변형한 것.

이제 시샘을 하는군요. 절 시샘하는군요.

봤죠? 저도 뭔가를 창조했어요. 당신처럼 태초에 한 것은 아니지만, 창조란 독한 포도주라서 양조업자보다는 맛보는 사람을 위한 것이지요.

말하자면 천상의 술을 이제 들이켰으니 이제 전 당신도, 죽음도, 삶조차도 두렵지 않아요. 벨마도 상관없습니다. 아빠도 상관없고, 대앤틸리스든 소앤틸리스든 다 괜찮아요. 어지간히 괜찮아요. 어지간히.

언제나 당신을 지극히 따르는,

엘리휴 미카 휘트컴

소프헤드 처치는 종이를 세 번 접어 봉투에 집어넣었다. 인장도 없으면서 봉인용 밀랍이 있었으면 했다. 침대 아래에서 시가 상자를 꺼내 안을 뒤져보았다. 그 안에는 그가 가장 소중히 여기는 물건이 들어 있었다. 시카고호텔에 있을 때 커프스단추에서 떨어져나온 옥 조각, 알지도 못하는 어머니의 것이었다는, 산호 조각이 달려 있는 Y자 모양의 금목걸이, 욕실 세면대 위에 벨마가 놓고 간 커다란 머리핀 네 개, 프레셔스 주얼이라는 이름의 어린 여자애가 머리에 묶었던 연청색 그로그랭* 리본, 신시내티 감방 세면대에서 떼어온 시커메진 수도꼭지, 아주 화창한 봄날 모닝사이드파크 벤치 아래에서 발견한 구슬 두 개, 아직도 암적색과 모카색 파우더와 레몬 보습크림 냄새가 나는 낡은 럭

* 비단이나 인견으로 무늬지게 짠 천.

키 하트* 카탈로그. 그는 그 물건들에 정신이 팔려 자기가 뭘 찾고 있는지도 잊었다. 옛날 일을 떠올리려니 너무 버거웠다. 머릿속이 윙윙거리며 피로감이 한꺼번에 몰려왔다. 그는 상자를 닫고 침대에 몸을 누인 뒤 상아처럼 단단하고 매끈한 잠에 빠져들었다. 그래서 사탕가게에서 나오다가 밥이라는 늙은 개의 뻣뻣한 사체를 발견한 노파가 내지른 자그마한 비명도 듣지 못했다.

---

* 미국의 화장품 회사.

여름

딸기의 단단한 과육을 베어 물기만 하면 여름이 보인다. 먼지와 낮아지는 하늘. 여름은 내게는 여전히 폭풍우의 계절이다. 바싹 마른 낮과 끈끈한 밤은 내 머릿속에서 분간되지 않지만 폭풍우만은, 갑작스럽고 사나운 폭풍우만은 겁이 나면서도 내 갈증을 풀어주었다. 하지만 내 기억은 불확실하다. 나는 우리가 살았던 마을의 여름 폭풍우를 회상하고 1929년에 어머니가 겪었던 여름을 상상한다. 그해 회오리바람이 로레인 남부를 덮쳐 반을 쓸어갔다고 어머니가 말했다. 난 어머니의 여름과 내 여름을 뒤섞는다. 딸기를 베어 물며, 폭풍우를 생각하며, 난 어머니를 본다. 얇은 분홍색 원피스를 입은 호리호리한 여자아이. 한 손은 엉덩이에 대고 다른 손은 허벅지 위로 늘어뜨리고 있다. 기다리면서. 바람이 휙 낚아채 아이는 집 위로 높이 솟구치지만, 여전히 엉덩이에 손을 댄 채 서 있다. 빙그레 웃으며. 늘어뜨린 손에 담긴 기대와 약속은 재앙에도 달라지지 않았다. 1929년 여름의 회오리바람에도 어머니의 손은 소멸되지 않았다. 어머니는 강했고, 웃고 있었고, 주변 세상이 무너져내리는데도 느긋했다. 기억은 이 정도로 해두자. 공적 사실이 사적인 현실이 되고 중서부 마을의 계절은 우리의 작은 삶에서 운명의 여신이 된다.

프리다와 내가 씨앗을 받았을 때는 이미 여름이 한창이었다. 우리는 씨앗이 수없이 담긴 마법의 꾸러미를 4월부터 기다리고 있었다. 한 뭉치에 5센트씩 받고 팔면 새 자전거를 살 수 있겠지. 우리는 그렇게 믿었고, 그래서 매일 한나절 씨앗을 팔며 동네를 돌아다녔다. 엄마는 친분이 있는 집과 아는 동네만 다니라고 했지만 우리는 집집마다 문을 두드렸고 문을 열어주면 다 들락날락했다. 기름과 오줌 냄새가 진동하는, 여섯 가구가 들어앉은 방 열두 개짜리 주택, 기찻길 근처 덤불 사이에 박힌 방 네 개짜리 아주 작은 목조주택, 어시장이나 정육점, 가구점, 술집, 식당 위에 자리한 상가주택, 꽃무늬 카펫과 물결모양 테두리의 유리그릇이 있는 작은 벽돌집.

씨앗을 팔던 그 여름 내내 우리는 돈 생각, 씨앗 생각뿐이라 사람들의 말을 거지반 흘려들었다. 아는 집에서는 우리에게 들어와 앉으라고 하고 냉수나 레모네이드를 주었다. 그리고 우리가 앉아서 땀을 식히는 동안, 상대와 하던 대화를 이어가거나 집안일을 했다. 우리는 조금씩 얻어들은 이야기의 조각을 맞추기 시작했다. 끔찍하고 참혹하고 은밀한 이야기. 그리고 그렇게 어렴풋이 대화를 엿듣는 일이 두세 번 있은 뒤에야 페콜라를 두고 하는 이야기임을 깨달았다. 조각난 대화의 자리를 제대로 잡아보면, 이런 식이었다.

"걔 얘기 들었어?"

"무슨 얘기? 임신했다는 거?"

"응. 근데 누가 그랬게?"

"누군데? 내가 남자애들을 다 알아야 말이지."

"바로 그거야. 남자애가 아니라는 거지. 사람들 말이 촐리래."

"촐리? 걔 아버지?"

"그래."

"세상에 맙소사. 추잡한 검둥이 같으니."

"그자가 가족을 다 태워 죽일 뻔했던 일 기억해? 제정신이 아니라는
걸 난 그때 이미 알았지."

"이제 어쩐대? 걔 엄마는?"

"그냥 살던 대로 사나봐. 그 작자는 도망가고."

"카운티에서 그애가 애를 키우게 놔두지는 않겠지, 안 그래?"

"모르지."

"브리드러브 집안사람들은 하나같이 이상해. 아들 녀석은 늘 어딘
가 별나고 딸은 늘 멍청하고 말이야."

"어차피 아무도 그 사람들에 대해 아는 게 없잖아. 어디 출신인지도
모르고. 친척도 없는 것 같아."

"어쩌다가 그런 짓을 하게 되었을 것 같아?"

"난 도저히 모르겠어. 그냥 추잡해."

"아무튼, 학교는 그만두게 해야지."

"그래야지. 걔 탓도 있을 테니."

"아니, 무슨 소리야. 겨우 열두 살인가 그렇잖아."

"그렇긴 하지. 그래도 어떻게 알아. 왜 저항도 안 했겠어?"

"했겠지."

"그럴까? 모를 일이지."

"뭐, 뱃속 아기가 멀쩡하진 못할 거야. 사람들 말이 그 엄마가 딸을 얼마나 두들겨팼는지 안 죽은 게 다행이라고 하더만."

"아기가 죽으면 차라리 다행이지. 세상에서 제일 못생긴 애가 나올 테니."

"아무래도 그렇겠지. 법칙이잖아. 못생긴 사람 둘이 합쳐지면 더 못생긴 게 나온다. 땅에 묻히는 게 차라리 낫지."

"나라면 걱정 안 하겠다. 멀쩡히 태어나면 그게 기적이지."

우리는 경악했지만, 그런 놀라움은 어느새 묘한 방어적 수치감에 자리를 내주었다. 페콜라를 대신해 민망하고 마음이 상했고, 그리고 그 아이가 안쓰러웠다. 너무 슬픈 마음에 새 자전거 생각은 저만치 멀어졌다. 슬픔을 나눌 사람이 아무도 없는 것 같아 우리의 슬픔이 더 강렬했다고 생각한다. 사람들은 그 일에 넌더리를 내고 흥미로워하고 경악하고 격분하고, 심지어 신이 난 모습이었다. '불쌍하기도 해라'나 '아기가 불쌍해' 같은 말이 혹시 나오지 않을까 귀를 기울여도, 그런 말이 나올 순간에 고개만 절레절레 흔들었다. 근심어린 눈빛을 찾아보았지만 표정이 지워진 눈빛뿐이었다.

다들 죽는 게 낫다고 말하는 아기를 떠올리자 내 눈에 아기가 아주 또렷하게 보였다. 어둡고 축축한 곳에 있었다. 양털 같은 머리칼이 머리를 둥글게 감싸고 시커먼 얼굴에는 5센트 동전 같은 맑고 검은 두 눈이 있고, 나팔 모양 코에 두툼한 입술, 그리고 살아 숨쉬는 실크 같은 검은 피부. 구슬처럼 파란 눈 위쪽으로 가짜처럼 보이는 금발 앞머리가 내려와 있지도 않고, 뾰족한 코나 얇은 입술이 있지도 않은. 그 흑인 아기가 살기를 바라는 사람이 하나라도 있어야겠다 싶었는데 그런 마음이 페콜라에 대한 애정보다 더 강했다. 백인 아기 인형들과 셜리 템플들과 모린 필들에 대한 보편적인 사랑에 맞서기 위해서라도. 분명 프리다도 같은 마음이었을 것이다. 우리는 페콜라가 결혼을 하지 않았다는 사실은 생각하지 않았다. 결혼하지 않고도 아기를 낳는 여자는 많았다. 아기의 아버지가 페콜라의 아버지라는 사실도 따져보지 않았다. 누가 되었든 남자에 의해 아기를 갖는 과정 자체가 우리에겐 불가해한 것이었으니까. 자기 아버지였으니 적어도 페콜라가 아는 사람 아닌가. 우리는 오로지 태어나지도 않은 아기를 향한 압도적인 미움만 생각했다. 우리는 미시즈 브리드러브가 페콜라를 후려치고는 우리 냉장고 문처럼 삐걱대는 소리를 내던 인형 같은 아기의 분홍색 눈물을 닦아주며 달랬던 일을 떠올렸다. 학교에서 아이들이 '머랭파이'의 시선을 받으면 눈길을 피하면서, 페콜라를 볼 때면 눈빛이 어떻게 달라지는지 기억했다. 어쩌면 기억이 아니라 그냥 알았던 것일 수도 있다. 기억할 수 있는 때부터 내내 우리는 모든 것과 모든 사람에 맞서 우리 자신을 방어해왔다. 말은 전부 알아서 해독해야 하고, 모든 몸짓은 세심하게 분석해야 한다고 여겼다. 우리는 고집불통이고 앙큼하고 교만해졌다. 우리에게는 아무도 관심을 보이지 않았으므로 우리 스스로 우리에게 많은 관심을 보였다. 우리의 한계는 알지 못했다. 적어도 그때는. 우리가 지닌 불리한 조건은 몸집, 딱 하나였다. 다들 우리보다 크고 힘이 세니까 우리에게 명령하는 것이라고. 그래서 우리는 연민과 자부심으로 더 단단해진 자신감으로, 일이 진행되는 방향을 바꾸고 한 인간의 삶을 바꾸겠다고 결심했던 것이다.

"어떻게 하지, 프리다?"

"우리가 뭘 어떻게 해? 미스 존슨 말이 아기가 살면 그게 기적이라 잖아."

"그럼 기적을 만들어보자."

"그래, 근데 어떻게?"

"기도를 하면 되지."

"그것만 가지고는 안 되지. 저번에 죽은 새 기억나?"

"그때와는 달라. 새는 우리가 발견했을 때 이미 반쯤 죽어 있었잖 아."

"그건 모르겠고, 어쨌든 이번에는 정말 강력한 수단을 써야 한다고 생각해."

"페콜라의 아기를 살려달라고 간청하고 그러면 한 달은 착하게 지 내겠다고 약속해보자."

"좋아. 하지만 우리도 뭔가를 포기해야 이번에는 우리가 진심이라 는 걸 아실 텐데."

"뭘 포기해? 가진 게 없는데. 씨앗 팔아서 번 2달러가 전부잖아."

"그거라도 바칠 수는 있지. 아니면, 이건 어때? 자전거를 포기하면 되잖아. 돈을 땅에 묻고 그리고…… 씨앗을 심자."

"그 돈 전부?"

"클로디아, 하고 싶은 거야, 아니야?"

"알았어. 잠깐 생각했던 거야…… 좋아."

"지금 당장 해야 해. 우리가 다시 파내지 않으려면 돈은 페콜라 집에 묻어야 하고, 씨앗은 우리집 뒷마당에 심어야 계속 지켜볼 수 있겠지. 씨앗이 싹을 틔우면 모든 게 다 잘되었다는 뜻인 거야. 어때?"

"좋아. 대신 이번엔 내가 노래 부르게 해줘. 언니는 마법 주문을 외우고."

봐봐여기친구가오네친구는제인과놀아주겠지재밌는놀이를하겠지놀아제인

놀아봐

일 분에 몇 번이나 그 낡은 걸 들여다볼 심산이야?

한참 안 봤잖아.

또 그런다—

그래서 뭐? 내가 원하면 보는 거지.

그러면 안 된다는 말이 아니잖아. 단지 왜 그렇게 수시로 들여다봐야 하는

지 모르겠다는 거지. 사라지는 것도 아니고.

알아. 그냥 보고 싶어서 그래.

사라질까봐 겁이 나?

당연히 아니지. 어떻게 사라지겠어?

다른 건 사라졌잖아.

사라지지 않았어. 변한 거지.

사라진 거랑 변한 거랑 뭐가 달라?

엄청 다르지. 소프헤드 씨가 영원할 거라고 말했어.

영원히 영원히 아멘?

굳이 알고 싶다면 그래.

나랑 얘기할 때는 똑똑한 척 안 해도 돼.

똑똑한 척하는 거 아냐. 네가 먼저 시작했잖아.

난 단지 그 거울을 빤히 바라보는 너를 지켜보는 일 말고 다른 걸 하고 싶어서 그래.

그냥 시샘하는 거잖아.

아니야.

맞아. 너도 갖고 싶은 거지.

하. 내가 파란 눈이면 어떻게 보이겠어?

그저 그렇겠지.

계속 이런 식으로 나올 거면 차라리 나 혼자 가버리는 게 낫겠어.

아냐, 가지 마. 뭐하고 싶어?

밖에 나가서 놀까?

너무 덥잖아.

낡은 거울 가지고 나가도 돼. 외투 주머니에 넣고 거리를 오르락내리락하면서 들여다보면 되잖아.

야! 그 정도로 시샘할 줄은 생각도 못했네.

오, 무슨 소리야!

맞잖아.

뭐가 맞아?

시샘하는 거.

좋아. 시샘하는 거야.

봐, 내가 말했지.

아니, 내가 말했지.

진짜 근사해?

응. 아주 근사해.

그냥 '아주 근사한' 거야?

진짜로, 진정으로, 아주 근사해.

진짜로, 진정으로, 파랗게 근사해?

오, 세상에. 미쳤구나.

안 미쳤어!

그런 뜻으로 한 말이 아니야.

그럼 무슨 뜻이었는데?

그만하자. 여기 너무 덥다.

잠깐만. 신발을 못 찾겠어.

여기 있잖아.

오, 고마워.

거울 챙겼어?

그럼……

그럼 가자…… 와우!

왜 그래?

해가 너무 밝아. 눈이 아파.

난 괜찮은데. 난 눈도 안 깜빡여. 봐. 해를 똑바로 바라볼 수 있어.

그러지 마.

왜? 전혀 아무렇지도 않아. 눈을 깜박일 필요도 없어.

아무튼, 그래도 깜박여봐. 네가 그렇게 해를 똑바로 바라보니까 기분이 이상해지잖아.

어떻게 이상해?

나도 몰라.

알잖아. 어떻게 이상하냐고?

말했잖아, 모른다고.

그 말을 할 때 왜 날 똑바로 못 봐? 미시즈 브리드러브처럼 눈을 내리깔잖아.

미시즈 브리드러브가 널 볼 때 눈을 내리깔아?

응. 지금은 그래. 내가 파란 눈을 갖게 된 후로는 나를 똑바로 보는 적이 없어. 엄마도 날 시샘하나?

그럴 수도 있지. 너도 알다시피 예쁜 눈이니까.

알아. 정말 훌륭하게 만들어주셨다니까. 다들 시샘하는 거야. 나와 시선이 마주치면 다들 시선을 돌린다니까.

그래서 얼마나 예쁜 눈인지 아무도 네게 말해주지 않는 건가?

그런 거지. 상상이 돼? 누군가에게 그런 일이 생겼는데 무슨 말이라도 건네는 사람이 하나도 없다는 게? 다들 안 보이는 척을 한다고. 웃기지 않아? ……웃기지 않느냐고?

맞아.

내 눈이 얼마나 예쁜지 말해준 사람은 너뿐이야.

그래.

넌 진짜 친구야. 아까 시비 걸어서 미안해. 네가 시샘한다는 말도 그렇고.

괜찮아.

아냐, 진짜야. 넌 내 절친이야. 예전에 왜 널 몰랐을까?

전엔 내가 필요하지 않았으니까.

네가 필요하지 않았다고?

내 말은…… 전에는 네가 너무 불행했잖아. 아마 내가 눈에 띄지 않았겠지.

맞는 말 같아. 외로워서 친구가 정말 그리웠는데. 그런데 네가 바로 여기 있었어. 바로 내 눈앞에.

아니지. 바로 네 눈 뒤에.

뭐라고?

모린은 네 눈을 어떻게 생각해?

아무 말도 안 해. 너한테 무슨 말 했어?

아니, 아무 말도 안 했어.

모린 좋아해?

오, 괜찮은 애야. 백인 혼혈치고는 말이지.

무슨 말인지 알아. 그런데 걔랑 친구하고 싶어? 그러니까 걔랑 같이 돌아다니며 놀고 싶어?

아니.

나도. 근데 걘 참 인기가 많아.

누가 인기 많고 싶다나?

난 아냐.

나도 아냐.

넌 어차피 인기 많은 건 안 되잖아. 학교도 안 다니면서.

너도 안 다니잖아.

알아. 하지만 전에는 다녔지.

왜 그만뒀어?

못 나오게 했어.

누가?

몰라. 파란 눈이 생기고 처음 학교에 갔는데. 그러니까 그다음날 학교에서 미시즈 브리드러브를 불렀어. 이젠 학교에 안 다녀. 상관없어.

상관없어?

응, 상관없어. 다들 편견이 있어서 그래.

그래, 분명 다들 편견이 있지.

그저 내게 파란 눈이 생겼다고, 자기들보다 더 파란 눈이 생겼다고 편견을 갖는 거지.

맞아.

더 파랗잖아, 그렇지?

오, 그럼. 훨씬 더 파래.

조애나 눈보다 더 파래?

조애나 눈보다 훨씬 더 파래.

미셸리나보다 더 파래?

미셸리나보다 훨씬 더 파래.

그럴 줄 알았어. 미셸리나가 내 눈에 대해 네게 뭐라고 했어?

아니, 아무 말도 안 했어.

넌 무슨 말 했어?

아니.

어째서?

뭐가 어째서야?

어째서 아무와도 말 안 하냐고.

너랑 말하잖아.

나 말고.

너 말고는 좋아하는 사람이 없어.

넌 어디 살아?

전에 말해줬잖아.

어머니 이름이 뭐야?

남 일을 왜 그렇게 캐물어?

그냥 궁금해서. 넌 같이 얘기하는 사람도 없고, 학교도 안 가잖아. 너한테 말 거는 사람도 없고.

나한테 말 거는 사람이 있는지 없는지 네가 어떻게 알아?

그렇잖아. 나랑 같이 집에 있어도 미시즈 브리드러브가 네게 말을 거는 일이 없잖아. 한 번도. 가끔은 네가 보이기는 하는 건지 모르겠어.

내가 왜 안 보이겠어?

모르지. 널 치고 지나갈 뻔한 적도 있잖아.

촐리가 떠나서 기분이 안 좋은가보지.

오, 그래. 네 말이 맞아.

그 사람이 그리울 수도 있고.

어떻게 그럴 수 있는지 모르겠어. 노상 술에 취해서 두들겨패기만 하는데.

뭐, 어른들 알잖아.

응. 아니, 어떤데?

아마 그래도 그를 사랑했을 거야.

그를?

그럼. 왜 아니겠어? 어쨌든, 사랑하지 않았을지는 모르지만 그 짓은 수도 없이 하게 내버려뒀잖아.

그건 아무것도 아냐.

네가 어떻게 알아?

내가 다 봤으니까. 엄마는 그걸 좋아하지 않았어.

그러면 왜 하게 내버려두겠어?

그가 그렇게 하게 만들었으니까.

그런 일을 어떻게 하게 만들어?

쉬워.

오, 그래? 얼마나 쉬운데?

그냥 하게 만들어, 그럼 끝이야.

네 말이 맞겠다. 촐리는 누구든 무슨 일이든 하게 만들 수 있겠구나.

그건 아냐.

너도 그렇게 하게 만들었잖아, 안 그래?

입 닥쳐!

장난친 거야.

입 닥치라고!

알았어, 알았다고.

하려다가 만 거야. 아무 짓도 안 했다고. 알겠어?

말 안 할게.

그러는 게 좋을걸. 난 이런 이야기 안 좋아해.

말 안 한다고 했잖아.

넌 맨날 추잡한 얘기만 해. 그런데 그런 얘길 누구한테 들은 거야?

잊어버렸어.

새미야?

아니야, 네가 했잖아.

내가 안 했어.

했어. 네가 소파에서 잠든 사이에 그 짓을 하려 했다고 말했잖아.

말조심해! 왜 알지도 못하면서 떠들고 그래. 설거지할 때였다고.

아, 그래. 설거지.

혼자서. 부엌에서.

못 하게 했으니 다행이네.

그래.

그랬어?

그랬냐니, 뭘?

하게 놔뒀냐고.

누가 미친 건지 모르겠네.

아마 나겠지.

확실히 너야.

그래도……

계속해봐. 그래도 뭐?

그게 어떤 걸지 궁금해.

끔찍해.

정말?

그래. 끔찍해.

그러면 미시즈 브리드러브에게 왜 말하지 않았어?

말했다고!

첫번째 말고. 두번째 말이야, 네가 소파에서 자고 있을 때.

자고 있지 않았어! 책을 읽고 있었다고!

소리지를 필요까지는 없잖아.

넌 아무것도 몰라. 내 말을 듣고도 믿지 않았다고.

그래서 그다음번엔 아예 말도 안 한 거야?

그때도 내 말을 믿지 않았을 거야.

맞아. 네 말을 믿으려 하지 않는데 말해봐야 소용없지.

내가 네 둔한 머리에 이해시키려 했던 게 바로 그거야.

알았어. 이제 이해했어. 거의.

거의라니 무슨 뜻이야?

너 오늘 꽤 못되게 군다.

네가 못되고 엉큼한 말을 자꾸 하니까 그렇지. 우린 친구라고 생각했는데.

친구 맞아, 맞다고.

그러면 촐리 이야기는 이제 그만해.

알겠어.

더이상 할 얘기도 없고. 어쨌든 이젠 여기 없잖아.

그래. 속이 다 시원하다.

그래. 속이 다 시원해.

그리고 새미도 떠났잖아.

그리고 새미도 떠났지.

그러니까 그런 얘기는 할 필요 없는 거지. 그러니까 두 사람 얘기.

그래, 전혀 없어.

이제 다 끝난 거야.

그래.

촐리가 또 달려들까봐 겁낼 필요도 없고.

맞아.

정말 끔찍했지?

응.

두번째도?

응.

정말? 두번째도 그랬어?

그만 좀 하라고! 그만하는 게 좋을 거야.

농담도 못하니? 장난삼아 한 말이잖아.

난 추잡한 얘기 안 좋아해.

나도 그래. 다른 얘기 하자.

무슨 얘기? 무슨 얘기 할래?

당연히 네 눈 얘기지.

아, 그렇지. 내 눈. 내 파란 눈. 다시 한번 봐야지.

얼마나 예쁜지 몰라.

맞아. 볼 때마다 점점 더 예뻐져.

내가 지금까지 본 가장 예쁜 눈이야.

정말?

오, 그럼.

하늘보다 예뻐?

오, 그럼. 하늘보다 훨씬 더 예뻐.

『앨리스와 제리』 이야기책에 나오는 눈보다 더 예뻐?

오, 그럼. 『앨리스와 제리』 이야기책에 나오는 눈보다 훨씬 더 예뻐.

조애나 눈보다 예쁘고?

오, 그럼. 더 파랗기도 하고.

미셸리나 눈보다 더 파래?

응.

확실하지?

그럼, 확실해.

그런 것 같지 않은데……

음, 확실해. 다만……

다만 뭐?

오, 아무것도 아니야. 단지 어제 본 어떤 여자가 떠올라서. 눈이 정말 파랗더라고. 그런데 아냐. 네 눈보다 파랗지는 않아.

확실해?

그래. 이제 기억이 난다. 네 눈이 더 파래.

다행이다.

나도. 이 근방에 네 눈보다 더 파란 눈을 가진 사람이 있다는 생각은 하기도 싫어. 분명 없을 거야. 어쨌든 이 근방에는 없어.

하지만 네가 어떻게 알겠어? 이곳 사람들을 전부 보지도 않았으면서, 안 그래?

그건 그렇지.

그러면 있을 수도 있잖아, 그렇지?

거의 없을 거야.

하지만 혹시나. 혹시나. 그리고 '이 근방'이라고 했잖아. '이 근방'에 더 파란 눈을 가진 사람이 없을 거라고. 그럼 다른 곳은? 내 눈이 조애나보다 파랗고 미셸리나보다 파랗고 네가 본 그 여자보다 파랗더라도 어딘가에는 나보다 더 파란 눈을 가진 사람이 있을 수 있겠네?

유치하게 그러지 마.

그럴 수 있잖아. 안 그래?

거의 없어.

하지만 가령 말이야. 가령 아주 먼 곳에 말이야. 신시내티 같은 곳에 나보다 더 파란 눈을 가진 사람이 있지 않을까? 더 파란 눈을 가진 사람이 '두' 사람이나 있지 않을까?

그래서 뭐? 넌 파란 눈을 원했고 파란 눈을 얻었잖아.

더 파랗게 만들어줬어야 했어.

누가?

소프헤드 씨.

특별히 어떤 파란색을 원한다고 말했어?

아니. 까먹었어.

아. 그래.

봐봐. 저기 봐봐. 저 여자애. 저 눈을 봐. 내 눈보다 더 파래?

아니, 아닌 것 같은데.

제대로 잘 봤어?

그래.

저기 누구 온다. 저 사람 봐봐. 눈이 더 파란지 보라고.

유치하게 굴지 마. 사람들 눈만 쳐다보고 있을 순 없다고.

해야 해.

싫어.

제발. 나보다 더 파란 눈을 가진 사람이 있다면, 그렇다면 가장 파란 눈을 가진 사람도 있을 거잖아. 세상천지에서 가장 파란 눈.

그거야 어쩔 수 없는 거잖아, 안 그래?

내가 찾아보는 걸 도와줘.

싫어.

하지만 내 눈이 충분히 파랗지 않은 게 아닐까?

뭐에 충분히?

그러니까…… 모르겠어. 뭔가에 충분히. 충분히…… 네게 충분히!

이제 너랑 안 놀래.

오, 가지 마.

갈 거야.

왜? 나한테 화났어?

그래.

내 눈이 충분히 파랗지 않아서? 내 눈이 가장 파란 눈이 아니라서?

아니. 네가 유치하게 굴어서.

가지 마. 날 두고 가지 마. 나한테 그게 생기면 돌아올 거야?

뭐가 생기면?

가장 파란 눈. 그럼 돌아올 거야?

물론 돌아오지. 잠깐만 갔다 올게.

약속하지?

그럼. 돌아올게. 바로 네 눈앞으로.

그랬다.

흑인 여자아이가 백인 여자아이의 파란 눈을 갈망하고, 그 갈망의 중심에 자리한 참혹함보다 더한 것이 있다면 그런 갈망이 실현되었을 때의 끔찍한 폐해뿐이다.

우리는, 그러니까 프리다와 나는 이따금 그 아이를 보았다. 아기를 조산하고 그 아기가 죽은 뒤에. 다들 쑥덕거리고 고개를 절레절레 저은 뒤에. 보기 애처로웠다. 어른들은 시선을 돌렸다. 그애를 보고도 겁먹지 않는 아이들은 대놓고 비웃었다.

그애가 받은 손상은 전면적이었다. 허구한 날, 덩굴처럼 이어지는 진초록 날들을, 자기 귀에만 들리는 아련한 북소리에 맞춰 고개를 홱홱 움직이며 거리를 오르락내리락했다. 팔을 접어 손을 어깨에 얹은 채 파닥거렸다. 날아오르려 영원히 기를 쓰지만 그 헛된 노력이 기괴할 정도인 새처럼. 닿을 수 없는―볼 수조차 없는―마음속 계곡을 가득 채운 푸른 허공만을 응시하며, 날개는 있지만 땅에서 벗어나지 못한 채 헛되이 파닥거리는 새.

우리는 그애를 바라보지 않으면서 보려 애썼다. 절대로, 절대로 가까이 가지 않았다. 그애가 우스꽝스럽거나 혐오스러워서가 아니라, 겁이 나서가 아니라, 우리가 그애를 지키지 못했기 때문에. 우리는 꽃을 피우지 못했다. 프리다 말이 옳았을 것이다. 내가 씨앗을 너무 깊숙이 심은 것이다. 난 어쩌면 그렇게 서툴렀을까? 그래서 우리는 페콜라 브리드러브를 피했다. 영원히.

세월은 손수건처럼 차곡차곡 접혔다. 새미는 오래전에 마을을 떠났다. 촐리는 노역장에서 죽었다. 미시즈 브리드러브는 여전히 가정부 일을 한다. 그리고 어머니와 함께 옮겨간 마을 변두리의 작은 갈색 집 어딘가에 페콜라가 있다. 지금도 간혹 그곳에서 그녀를 볼 수 있다. 새를 닮은 몸짓은 닳아 시들해져서 이제는 그저 폐타이어와 해바라기, 콜라병과 박주가리 사이에서, 세상의 모든 폐기물과 아름다움―그녀 자신이 그런 존재였다―사이를 되는대로 돌아다닐 뿐이다. 우리 모두가 그녀 위로 쏟아버렸고 그녀가 받아들인 우리의 모든 폐기물. 그리고 처음에 그녀의 것이었으나 그다음에 우리에게 넘겨준 우리의 모든 아름다움. 우리는, 그녀를 아는 우리 모두는 더러운 것을 전부 그녀에게 쏟아붓고 나서 아주 건전해진 기분이었다. 그녀의 추함을 발아래 두고 당당히 설 때 우리는 참으로 아름다웠다. 그녀의 소박함이 우리를 아름답게 꾸며주었고 그녀의 죄가 우리를 정당화했고 그녀의 고통이 우리를 건강한 혈색으로 빛나게 했고 그녀의 어색함을 보며 우리에게 유머감각이 있다고 여겼다. 그녀가 제대로 표현하지 못했기에 우리는 유창하다고 믿었다. 그녀가 가난했기에 우리는 관대할 수 있었다. 우리는 그녀의 백일몽까지 이용했다. 우리의 악몽을 잠재우기 위해. 그리고 우리가 그렇게 하도록 그냥 내버려두었으니, 그녀는 우리의 경멸을 받아 마땅했다. 우리는 그녀의 자아를 숫돌 삼아 우리 자아를 연마했고 그녀의 약점을 우리 인격의 완충재로 삼았고 우리가 강하다는 환상 속에서 하품을 했다.

그리고 그것은 환상이었다. 우리는 강한 것이 아니라 공격적이었을 뿐이고, 자유로운 것이 아니라 방종했을 뿐이고, 인정이 있었던 것이 아니라 정중했을 뿐이고, 선한 게 아니라 예의바르게 행동했을 뿐이었으니까. 스스로 용감하다고 자부하려고 죽음을 무릅썼고 삶에서는 도둑이 숨듯 숨었다. 올바른 어법을 총명함인 양 여기고 성숙함을 가장하려고 습관을 바꾸고, 거짓을 순서만 바꾸어 진실이라고 불렀으며, 새로운 패턴으로 늘어놓은 낡은 사고에서 계시와 신의 말씀이 보인다고 했다.

하지만 그녀는 제정신의 경계를 넘어버렸다. 그렇게 미쳐버린 모습에 우리는 결국 따분해졌으므로 그녀는 그렇게 우리로부터 자신을 보호한 셈이었다.

오, 누군가는 그녀를 '사랑했다'. 마지노선. 그리고 촐리도 사랑했다. 사랑했다고 난 믿는다. 어쨌든 그녀를 만지고 감싸고 자신의 일부를 내줄 만큼은 사랑했으니까. 하지만 그의 손길은 치명적이었고, 그가 준 것이 그녀가 지닌 고통의 모체를 죽음으로 채웠다. 사랑이 사랑하는 사람보다 나을 수는 없다. 사악한 사람은 사랑도 사악하게 하고, 난폭한 사람은 사랑도 난폭하게 하고, 허약한 사람은 사랑도 허약하게 하고, 어리석은 사람은 사랑도 어리석게 하지만 자유로운 인간의 사랑은 결코 안전하지 않다. 자기가 사랑하는 이에게 주는 선물이 없다. 그저 자기 혼자 사랑이라는 선물을 소유할 뿐. 사랑받는 이는 사랑하는 이의 내면의 시선이 쏘아대는 빛 속에서 자기 존재가 잘려나가고 무력화되고 얼어붙는다.

　그래서 이제 나는 쓰레기를 뒤지는 그녀를 본다. 무엇을 찾느라? 우리가 암살한 것? 난 내가 씨앗을 너무 깊숙이 심은 것이 아니라고, 그것은 흙과 땅과 우리 마을의 잘못이라고 말한다. 지금으로서는 그해에 온 나라의 땅이 금잔화에 적대적이었다는 생각까지 든다. 이 토양은 어떤 부류의 꽃이 자라기에 좋지 않다. 이 토양에서는 어떤 씨앗은 무럭무럭 크지 않고, 어떤 열매는 결실을 맺지 않는다. 그런 식으로 땅이 자기 의지로 무언가를 죽이면 우리는 그 사실을 순순히 받아들이며 피해자에게 살 권리가 없었다고 말한다. 물론 우리가 틀린 것이지만 그건 중요하지 않다. 이미 늦었으니까. 적어도 우리 마을의 변두리에서는, 우리 마을의 쓰레기와 해바라기 사이에서는 아주, 아주, 아주 늦었으니까.

금잔화의 싹을 틔우기 위해

연노랑 포장지마다 그림이 그려져 있다. 사탕 이름의 주인공인 메리 제인의 그림. 미소 짓는 하얀 얼굴. 살짝 헝클어진 금발과 청결하고 안락한 세상에서 페콜라를 바라보는 파란 눈. 성마르고 짓궂은 눈. 페콜라에게는 그저 예쁘기만 하다. 사탕을 입에 넣으니 달콤해서 참 좋다. 사탕을 먹는 것은 어떤 면에서 그 눈을 먹는 것이고 메리 제인을 먹는 것이다. 메리 제인을 사랑하고 메리 제인이 되는 것이다.

흑인 소녀 페콜라가 메리 제인이라는 이름의 사탕을 먹는 이 장면은 『가장 파란 눈』의 주제를 생생하게 집약한다. 광고나 영화의 이미지가 이상적 아름다움의 기준을 제공하는 소비사회에서 파란 눈을 향한 흑인 여자아이의 선망과 내면화된 인종적 자기혐오. 서문에서 토니 모리슨은 파란 눈을 가졌으면 좋겠다는 친구의 말에 파란 눈의 친구 모습을 떠올리며 반감이 일었던 경험에서 이 작품을 구상했다고 밝히는데, 백인 위주의 미적 기준 탓에 아주 어린 시절부터 유색인의 정체성이 왜곡된다는 사실이 그 간단한 말 한 마디에 상징적으로 담겨 있었던 셈이다.

남북전쟁으로 미국에서 노예제는 종식되었지만 흑백 분리 정책에 대해 공식적으로 위헌 판정이 내려진 것이 1954년이었으니, 이 소설의 배경인 1940년대에도 흑인 대부분은 여전히 열악한 조건에서 직간접적 차별과 박해를 견디며 살아야 했다. 21세기인 지금도 '흑인의 생명은 중요하다Black Lives Matter'는 당연한 사실을 주장하며 대중이 거리에 나서는 것을 보면, 그가 말한 "한 인종을 통째로 악마화하는 기괴한 현상"은 제도적 개선만으로 해결될 문제는 아닌 것이다. 모리슨이 이 소설을 쓰던 1960년대는 흑인 민권 운동이 대규모로 일어나고 부정성으로 점철된 흑인성을 적극적으로 재평가하려는 '검은색은 아름답다Black Is Beautiful'는 슬로건을 내세운 움직임도 활발했다. 그가 그런 움직임에 전적으로 공감하지는 않았지만 그의 첫 소설 『가장 파란 눈』은 그런 시대적 분위기에서 탄생했다고 할 수 있다.

영문학 석사학위를 받은 뒤 대학에서 강의하며 랜덤하우스 출판사의 편집자로 일하던 모리슨이 뒤늦게 소설을 쓰게 된 까닭은, 책을 즐겨 읽던 독자로서 자신이 읽고 싶은 책을 써봐야겠다는 마음에서였다고 한다. 문학작품에서 흑인은 대개 상투화된 주변적 인물로 등장하기 십상인데다 흑인 여자아이가 주인공으로 등장하는 일은 극히 드물었을 테니, 그가 읽고 싶은 책은 우선 흑인 여자아이들이 주요 인물로 등장하는 책이었으리라 짐작할 수 있다. 어린 여자아이들을 주인공으로 삼은 이유는 또 있는데, 첫 작품이 대체로 그렇듯이 고향을 비롯한 자전적 요소가 깊이 스며든『가장 파란 눈』은 외부로부터 가해지는 폭력보다는 어린아이의 내면에 뿌리내린 열등감과 자기멸시에 초점을 맞춘다.

앞선 인용의 메리 제인 사탕에서도 잘 나타나듯 20세기 이후로는 광고와 영화와 TV 따위의 매체가 개인의 정체성과 아름다움의 관념에 큰 영향을 끼치게 되었고, 사방에서 쏟아지는 이미지에 일찌감치 노출되면서 흑인 아이들의 내면에서 외양과 관련된 자기혐오가 알게 모르게 자라났다. 셜리 템플로 대표되는 아역배우, 그리고 "파란 눈과 노란 머리와 분홍 피부의 인형"을 보며 자라는 흑인 아이들에게는 부정적 자기인식이 싹틀 수밖에 없다. 폴린은 결혼 초 영화관에서 영화를 보며 백인의 삶을 사는 환상에 빠지고 클로디아의 부모는 여자아이라면 다들 "파란 눈과 노란 머리와 분홍 피부의 인형"을 당연히 원하리라 여기니, 윗세대에 알게 모르게 스며든 백인 위주의 미적 기준은 아랫세대에게 대물림되며 더욱 확고해진다.

파란 눈을 원하는 페콜라는 이 모든 작용이 한곳에 모이는 지점이다. 모리슨이 서문에서 말했다시피 "어린 나이나 성별이나 인종으로 인해 해로운 외부 영향력에 가장 저항하기 힘들 법한 인물"이라 주인공이면서도 변변하게 자기표현도 하지 못한 채 망가지지만, 파란 눈을 향한 페콜라의 선망이 어떻게 생겨났는지, 가족이나 이웃이나 사회가 어떤 식으로 페콜라를 망가뜨린 데 직간접적인 책임이 있는지를 드러내는 중심이다.

첫머리에 놓인 인용문은 기초 읽기 교재인 『딕과 제인』에서 따온 것으로, 『딕과 제인』은 소설 군데군데 언급되는 『앨리스와 제리』와 함께 1940년대 당시 널리 읽히던 책이었다. 도시 외곽에 주택가가 생기며 주로 중산층이 그곳에 자리를 잡았고, 교외 주택에서 살며 부부와 딸, 아들로 이루어진 백인 중산층 핵가족은 이상적인 가족상으로 선전되었다. 인용문이 무엇보다 집에 대한 설명으로 시작하는 것에서도 알 수 있듯 미국의 중산층 신화에서는 자기 소유의 집이 필요조건으로 여겨졌다. 그런 이상형을 좇아 백인은 물론 다른 유색인도 너도나도 집을 소유하려 기를 쓰지만, 이상의 속성상 현실적으로 많은 가족이 거기서 배제될 수밖에 없다. 딕과 제인 이야기가 정상적인 문장으로 시작한 뒤 이어서 구두점이 사라지고 띄어쓰기가 없어지는 식으로 반복되는 것은 신화는 신화일 뿐 현실에서 온전히 이루어지기 힘들다는 사실을 암시한다. 또한 페콜라 가족을 다루는 장의 앞부분마다 집, 가족, 어머니, 아버지 등의 주제에 따라 『딕과 제인』에서 잘라낸, 기이하게 끊어진 대목을 배치해서 페콜라 가족의 현실적 상황이 그것과 얼마나 어긋나는지도 보여준다.

신화의 경우 전반적으로 현실에 부합하는지는 중요하지 않다. 오히려 전반적인 현실에 부합하지 않기에 신화이고, 부합하지 않기에 사회 구성원에게 목표와 기준을 제시하는 역할을 한다. 다시 말해 사회 구성원이 그 기준에 맞춰 자신을 만들어나가야 하는 정체성 형성 서사로 작용하는 것이다. 어느 사회에서나 이상형을 닮은 정체성을 형성하는 일에서 많은 구성원이 실패할 수밖에 없지만, 여기에 인종 요소가 들어가면 사실 성공할 확률은 제로에 가깝다. "본인은 어떻게 해볼 수도, 바꿀 수도 없는 면"으로 인해 그 기준에 맞추는 길이 애초에 가로막히기 때문이다.

백인을 모델로 한 이상형을 흑인이 따르고자 한다면 가능한 방법은 모방밖에 없다. 많은 흑인이 곱슬머리를 펴고 화장으로 얼굴색을 밝게 만드는 일처럼. 하지만 어린 페콜라가 파란 눈을 갖고 싶다고 했을 때 그것은 모방이 아니라 백인이 '되고' 싶다는, 메리 제인이 되고 싶다는 갈망이었다. 페콜라는 소프헤드 처치를 찾아간 뒤, 그가 자기 소망을 들어줘서 파란 눈이 생겼다고 믿는다. 다시 말해서 미쳐버린 것인데, 흑인이 백인 위주의 정체성 서사를 '그대로' 따르는 길은 사실상 그것뿐이다.

어린 페콜라에게 파란 눈을 향한 선망을 심어준 것은 단지 백인이 지배하는 외부세계만이 아니어서, 스스로 추하다고 믿는, "어떤 신비롭고 전지전능한 주인"에게 "추함의 옷"을 받은 브리드러브 부부의 자기혐오에서 대물림된 것이기도 하다. 모리슨은 두 사람의 과거를 되짚으면서, 빈곤한 흑인계층의 전형이라 할 그들의 자기혐오가 어떤 식으로 내면에 뿌리내리고 폭력적으로 표출되었는지를 보여준다. 정원과 집안 꾸미는 일을 좋아하던 폴린은 좌절된 자신의 욕망을 백인 가정에서 실현하며 자기를 백인과 동일시하는데, 그것은 결혼 초 영화관에서 영화를 보며 백인으로 사는 환상을 즐기던 모습의 연장이다. 부모에게 버림받은데다 여자 앞에서 백인의 조롱을 받으면서도 무력했던 어릴 적 경험으로 인해 아무것도 상관하지 않게 된 촐리는 백인이 규정한 폭력적 흑인 남성의 역할로 자기멸시를 가린다.

이들이 "삶이라는 옷자락의 끝단에서 어떻게든 돌아다니며" 매달려 살아가는 이들이라면 "혼자서 옷의 몸통 부분으로 기어올라가려 버둥"거리는 인물들도 있는데, 방식은 다를지언정 인종적 자기혐오는 매한가지다. 밝은 피부색을 지니고 경제적으로도 부유한 제럴딘은 '펑키함'을 어떻게든 없애고 백인과 비슷한 가정을 만들고자 하고, 소프헤드 처치는 공동체에서 별난 취급을 받는 존재가 되긴 했어도 그의 집안은 백인 귀족 조상의 피를 유지하며 어떻게든 흑인 피를 줄이려 노력한다. 프란츠 파농이 이름 붙인 '검은 피부, 하얀 가면'을 예시하듯, 계층 상승을 꿈꾸고 또 이루기도 한 이들은 흑인과 거리를 두고 의식적으로 흑인성을 거부한다.

이 책의 서문은 1993년판에 붙인 것인데, 작품을 쓴 의도와 구성방식 등을 설명하면서 모리슨은 흑인 공동체 안에서 흑인의 아름다움이 왜 당연히 받아들여지지 않았는지 자문한다.

여기저기서 얻어들은 어른들 이야기의 조각을 끼워 맞춰 페콜라가 아기를 가졌다는 사실을 알게 된 프리다와 클로디아는 무엇보다 아무도 아기를 불쌍해하지 않는다는 사실에 충격을 받는다. 파란 눈을 원했던 페콜라는 그 대신 검은 씨앗을 몸안에 품게 된 셈인데, 흑인 사회가 보이는 "태어나지도 않은 아기를 향한 압도적인 미움"은 결국 파란 눈을 향한 페콜라의 선망과 검은 씨앗을 향한 흑인 사회의 미움이 동전의 양면이라는 것을 알려준다.

페콜라의 아기를 살리기 위해 프리다와 클로디아는 금잔화 씨앗을 심지만, 땅이 "아무것도 내놓지 않는 땅"이라 아기도 씨앗도 죽고 만

다. 소설의 처음과 끝에서 어른이 된 클로디아가 화자로 등장해서 그
때 금잔화가 싹트지 않았던 일을 돌이켜보며 자기들의 순진함도 죽었
고 잘못을 바로잡기에는 너무 늦었다고 말한다. 어느 사회든 자기혐오
를 투사할 희생양은 늘 필요하고, 피해자를 비난하며 그에게 살 권리
가 없다고 말하는 일도 계속될 테니까. 작품은 그렇게 비관적 단정으
로 마무리되었지만, 작가는 흑인문화를 재현하는 '검은 글쓰기'가 쓰
라린 상처의 진정제 역할을 해주길 바랐다. 촐리의 이모할머니 장례식
에서 마을 여자들이 나누는 대화나 페콜라 집 위층에 사는 매춘부 세
명의 대화, 누군가를 앞에 두고 말하는 듯한 폴린의 회상에서 나타나
는 구어적 대화체 등이 그렇고, 어느 장면도 대강 넘길 수 없게 하는
정교하고 아름다운 표현들이 독자에게는 충분히 진정제 역할을 해준
다. 말하자면 극단적인 그들의 삶에서 움찔 뒤로 물러나는 우리의 손
을 가만히 붙들어 이끄는 역할이랄까.

  그런 점에서 『가장 파란 눈』은 독자의 마음을 움직이는 작품이다.
비록 모리슨은 독자가 감정적 반응을 보이기touched보다는 마음이 움
직이도록moved 클로디아라는 서술자를 비롯한 여러 장치를 넣었음에
도, 원하는 효과를 얻지는 못했다는 아쉬움을 내비쳤지만 말이다. 우
리말 '마음'은 경우에 따라 감정이나 생각, 혹은 둘 다 포괄하기에, 마
음이 움직인다는 것은 곧 마음으로 이해하고 그렇게 사고의 테두리가
넓어진다는 뜻일 터이다. 공감이 그저 동정심만을 보이거나 같은 면을
확인하며 자아를 더 확고히 하는 일방적 움직임이 아니라 새롭게 마련
된 자리에서 함께 만나는 경험이라면, 1940년대 미국 오하이오주 로
레인에 살던 흑인 여자아이의 삶에 공감하기 위해 한국의 독자는 꽤

먼 거리를 움직여야 할 수도 있겠지만, 섬세하고 아름다운 문장들을
멋진 벗 삼아 걷다보면 자신의 사고도 성큼 나아가리라 믿는다.

정소영

1931년	2월 18일, 미국 오하이오주 로레인에서 흑인 노동자 가정의 네 자녀 중 둘째로 출생. 본명은 클로이 아델리아 워포드. 아버지 조지 워포드는 원래 조선소 용접공이었으나 이후 여러 직업을 전전하며 가족을 부양했고, 어머니 라마 윌리스 워포드는 독실한 감리교 신자였다. 조지는 남부 조지아주에서 자랐으나 십대 때 백인들의 린치를 목격한 후, 인종차별을 피하고 더 좋은 일자리를 얻기 위해 북부 오하이오주로 이주했다.
1943년	가톨릭 신자가 되어 파도바의 성 안토니오에게서 따온 '앤서니'라는 세례명을 받음. 많은 사람들이 본명을 정확히 발음하지 못해 앤서니를 짧게 줄인 '토니'로 불리게 됨.
1949년	로레인고등학교를 졸업하고 워싱턴 D. C.에 있는 유서 깊은 하워드대학교에 입학. 영문학을 전공하고 고전문학을 부전공으로 선택. 교내 연극 단체에서도 활동.
1953년	하워드대학교 졸업. 영문학 학사학위 취득.
1955년	코넬대학교에서 영문학 석사학위 취득. '윌리엄 포크너와 버지니아 울프의 작품에 나타난 소외된 사람들'이라는 주제로 논문을 씀.
1955~1957년	텍사스주 휴스턴으로 이주. 텍사스서던대학교에서 학생들을 가르침.
1957~1964년	하워드대학교로 돌아와 영문학 강의.
1958년	자메이카 출신 건축가이자 하워드대학교 교수였던 해럴드

모리슨과 결혼.

1961년	첫째 아들 해럴드 포드 출산. 불행한 결혼에 대한 일종의 탈출구로 글쓰기 모임에 가입. 모임에서 모리슨은 직접 이야기를 써보라는 권유를 받고, 파란 눈을 갖게 해달라고 기도하는 어린 소녀의 짧은 이야기를 씀. 이것이 데뷔작 『가장 파란 눈The Bluest Eye』의 모태가 됨.
1964년	해럴드 모리슨과 이혼.
1965년	둘째 아들 슬레이드 출산. 뉴욕주 시러큐스로 이주해 랜덤하우스 지사인 L. W. 싱어 출판사의 교과서 편집자로 일하기 시작. 일과 육아, 글쓰기를 병행하는 생활을 이어간다.
1967년	두 아들을 데리고 뉴욕시로 이사. 랜덤하우스의 뉴욕 본사 편집자로 근무하기 시작. 치누아 아체베, 무하마드 알리, 앤드루 영, 앤절라 데이비스 같은 저명한 흑인 인사들의 책을 출간하는 동시에 예일대학교와 바드칼리지에 출강.
1970년	여러 출판사에 원고를 보낸 끝에 첫번째 소설 『가장 파란 눈』이 출간됨.
1971~1972년	출판사 근무와 더불어 뉴욕주립대학교의 부교수로 재직. 두 흑인 여성의 우정을 다룬 두번째 소설을 쓰기 시작.
1973년	두번째 소설 『술라Sula』 출간.
1974년	논픽션 『블랙 북The Black Book』을 기획 편집. 사진, 악보, 광고 등 다양한 자료로 아프리카계 미국인의 역사와 경험을 보여주는 이 책은 이듬해 전미도서상 후보에 오름.
1975년	『술라』가 전미도서상 후보에 오름.
1976~1977년	예일대학교에서 초빙 교수로 강의하며, 흑인 남성들의 세계에 초점을 맞춘 세번째 소설을 쓰기 시작.
1977년	세번째 소설 『솔로몬의 노래Song of Solomon』 출간. 이 책은 큰 주목을 받으며 북 오브 더 먼스 클럽 도서로 선정되고

전미도서비평가협회상을 수상한다. 미국예술문학아카데미 상 수상.

1981년 처음으로 흑인과 백인 인물 간의 상호관계를 다룬 네번째 소설『타르 베이비*Tar Baby*』출간.

1982년 안무가 겸 연출가 도널드 매케일, 작곡가 도러시아 프라이 태그와 함께 뮤지컬 〈뉴올리언스New Orleans〉 제작에 도전. 정식 공연을 올리지는 못했으나 1984년 뉴욕 셰익스피어 페스티벌에서 공개함.

1983년 이십 년 가까이 근무한 랜덤하우스를 그만두고 뉴욕주 나이액으로 이사.

1984년 올버니 뉴욕주립대학교 인문학부 석좌교수로 임명됨. 그곳에서 첫번째 희곡 〈꿈꾸는 에밋Dreaming Emmett〉을 쓰기 시작. 백인 여성에게 휘파람을 불었다는 이유로 살해당한 흑인 십대 소년 에밋 틸의 실화를 다루었다.

1986년 희곡 〈꿈꾸는 에밋〉이 뉴욕주 올버니의 마켓 시어터에서 초연됨. 바드칼리지의 초빙교수로 임명됨.

1987년 소설『빌러비드*Beloved*』출간.『블랙 북』을 편집할 당시 알게 된 마거릿 가너의 이야기에서 출발한 이 작품은 비평가들의 찬사를 받으며 큰 성공을 거둠.

1988년 『빌러비드』로 퓰리처상과 아메리카 도서상, 로버트 F. 케네디 상, 프레더릭 G. 멜처 상 수상. 그러나 작품을 둘러싼 논쟁 때문에 전미도서상과 전미도서비평가협회상을 받지 못하자 마야 안젤루 등 흑인 작가와 평론가들이 〈뉴욕 타임스〉에 항의 성명을 발표.

1989년 프린스턴대학교 문예창작과 석좌교수로 임명됨. 이로써 흑인 여성으로는 최초로 아이비리그 대학교의 교수직에 오름. 하버드대학교에서 명예 문학박사학위를 받음.

1992년	할렘 르네상스를 배경으로 한 소설 『재즈 Jazz』 출간. 첫번째 문학평론집 『어둠 속의 유희 Playing in the Dark』 출간. 두 책이 동시에 〈뉴욕 타임스〉 베스트셀러에 집계되었는데, 한 작가가 동시에 서로 다른 부문에서 베스트셀러를 기록한 것은 모리슨이 최초임.
1993년	흑인 여성 최초로 노벨문학상 수상.
1994년	프랑스 파리에서 콩도르세 메달 수여.
1996년	미국 내 인문학 분야에서 최고 영예로 꼽히는 국립인문학기금 제퍼슨 강연 Jefferson Lecture의 강연자로 선정됨. TV 방송 오프라 윈프리 쇼에 북클럽 코너가 신설되고 『솔로몬의 노래』가 선정되어 다시 한번 큰 주목을 받음. 전미도서상 평생공로상 수상.
1997년	소설 『파라다이스 Paradise』 출간. 논픽션 『국민성의 탄생: O. J. 심프슨 사건의 시선, 각본, 스펙터클 Birth of a Nation'hood: Gaze, Script, and Spectacle in the O. J. Simpson Case』 편저.
1998년	〈타임〉 표지 인물로 등장. 흑인 작가로는 제임스 볼드윈에 이은 두번째, 여성 작가로도 진 커에 이은 두번째였다. 『빌러비드』가 오프라 윈프리 주연으로 영화화됨.
1999년	아들 슬레이드 모리슨과 함께 어린이책 『네모 상자 속의 아이들 The Big Box』 출간.
2000년	미국 국가인문학훈장 수훈. 오프라 북클럽에 『가장 파란 눈』이 선정되어 단기간에 80만 부가 판매됨.
2002년	슬레이드 모리슨과 공저로 『얄미운 사람들에 관한 책 The Book of Mean People』 출간. 프로메테우스 출판사에서 펴낸 『위대한 아프리카계 미국인 100명』에 선정됨.
2003년	소설 『러브 Love』 출간.

2004년	브라운 대 교육위원회 재판 50주년을 기념하여 어린이들을 위한 책『기억하라: 학교 통합을 향한 여정Remember: The Journey to School Integration』출간. 당시 판례로 인해 백인과 유색인이 같은 학교에 다닐 수 있는 기반이 마련되었다.
2005년	옥스퍼드대학교에서 명예 문학박사학위를 받음. 오페라 〈마거릿 가너Margaret Garner〉의 가사를 씀. 미시간주 디트로이트 오페라하우스에서 초연.
2006년	프린스턴대학교 교수직 퇴임.
2007년	슬레이드 모리슨과 공저로『누가 승자일까요?Who's Got Game?』출간.
2008년	소설『자비A Mercy』출간. 산문집『경계에서는 무슨 일이 벌어지고 있는가What Moves at the Margin』출간. 대통령 경선에서 버락 오바마를 지지했고, 오바마가 당선되자 "처음으로 내가 미국인이라고 느낀다"고 말함.
2009년	슬레이드 모리슨과 공저로『피니 버터 퍼지Peeny Butter Fudge』출간. 노먼 메일러 재단에서 수여하는 평생공로상 수상. 미시간주의 고등학교에서 모리슨의 책 중 하나가 금지되자, 검열제도에 대해 발언하기 시작함. 검열에 대한 여러 작가의 논설을 모은 책『이 책을 불태워라Burn This Book』를 편저.
2010년	프랑스 레지옹 도뇌르 훈장 수훈. 슬레이드 모리슨과 공저로『꼬마 구름과 바람 아가씨Little Cloud and Lady Wind』출간. 슬레이드가 췌장암으로 세상을 떠나자 한동안 집필활동을 중단함.
2011년	제네바대학교에서 명예 문학박사학위를 받음. 희곡 〈데스데모나Desdemona〉가 오스트리아 빈에서 초연되고 이후

미국과 유럽 여러 나라에서 상연됨.

2012년	슬레이드에게 바치는 소설 『고향Home』 출간. 버락 오바마 대통령에게서 자유 훈장을 받음.
2014년	슬레이드 모리슨과 공저로 『제발, 루이즈Please, Louise』 출간.
2015년	소설 『하느님 이 아이를 도우소서God Help the Child』 출간.
2017년	하버드대학교에서 했던 강의 내용을 담은 『타인의 기원The Origin of Others』 출간.
2019년	에세이, 연설, 강연 등을 모은 『보이지 않는 잉크The Source of Self-Regard』 출간. 8월 5일, 88세의 나이로 뉴욕에서 타계. 탄생일인 2월 18일을 '토니 모리슨의 날'로 기념하는 결의안이 고향 오하이오주 로레인에서 통과되고 이듬해 오하이오주 전체로 확대됨.

세계문학은 국민문학 혹은 지역문학을 떠나 존재하는 문학이 아니지만 그것들의 총합도 아니다. 세계문학이라는 용어에는 그 나름의 언어와 전통을 갖고 있는 국민문학이나 지역문학의 존재를 인정하면서 그것을 넘어서는 문학의 보편적 질서에 대한 관념이 새겨져 있다. 그 용어를 처음 고안한 19세기 유럽인들은 유럽문학을 중심으로 그 질서를 구축했지만 풍부한 국민문학의 전통을 가지고 있는 현대의 문학 강국들은 나름의 방식으로 세계문학을 이해하면서 정전(正典)의 목록을 작성하고 또 수정한다.

한국에서도 세계문학 관념은 우리 사회와 문화의 변화 속에서 거듭 수정돼왔다. 어느 시기에는 제국 일본의 교양주의를 반영한 세계문학 관념이, 어느 시기에는 제3세계 민족주의에 동조한 세계문학 관념이 출현했고, 그러한 관념을 실천한 전집물이 출판됐다. 21세기 한국에 새로운 세계문학전집이 필요하다는 것은 명백하다. 우리의 지성과 감성의 기준에 부합하는 세계문학을 다시 구상할 때가 되었다.

문학동네 세계문학전집은 범세계적으로 통용되는 고전에 대한 상식을 존중하면서도 지난 반세기 동안 해외 주요 언어권에서 창작과 연구의 진전에 따라 일어난 정전의 변동을 고려하여 편성되었다. 그래서 불멸의 명작은 물론 동시대 세계의 중요한 정치·문화적 실천에 영감을 준 새로운 작품들을 두루 포함시켰다.

창립 이후 지금까지 한국문학 및 번역문학 출판에서 가장 전문적이고 생산적인 그룹을 대표해온 문학동네가 그간 축적한 문학 출판 경험을 바탕으로 새로운 세계문학전집을 펴낸다. 인류가 무지와 몽매의 어둠 속을 방황하면서도 끝내 길을 잃지 않은 것은 세계문학사의 하늘에 떠 있는 빛나는 별들이 길잡이가 되어주었기 때문이다. 우리가 자부심과 사명감 속에서 그리게 될 이 새로운 별자리가 독자들의 관심과 애정에 힘입어 우리 모두의 뿌듯한 자산이 되기를 소망한다.

문학동네 세계문학전집 편집위원
민은경, 박유하, 변현태, 송병선, 이재룡, 홍길표, 남진우, 황종연

세계문학전집 249
가장 파란 눈

초판 인쇄 2024년 7월 16일
초판 발행 2024년 7월 30일

지은이 토니 모리슨 | 옮긴이 정소영

책임편집 김수연 | 편집 최고라 손예린 김혜정
디자인 이현정 유현아 | 저작권 박지영 형소진 최은진 오서영
마케팅 정민호 서지화 한민아 이민경 안남영 왕지경 정경주 김수인 김혜원 김하연 김예진
브랜딩 함유지 함근아 박민재 김희숙 이송이 박다솔 조다현 정승민 배진성
제작 강신은 김동욱 이순호 | 제작처 영신사

펴낸곳 (주)문학동네 | 펴낸이 김소영
출판등록 1993년 10월 22일 제2003-000045호
주소 10881 경기도 파주시 회동길 210
전자우편 editor@munhak.com | 대표전화 031) 955-8888 | 팩스 031) 955-8855
문의전화 031)955-1927(마케팅) 031)955-3560(편집)
문학동네카페 http://cafe.naver.com/mhdn
인스타그램 @munhakdongne | 트위터 @munhakdongne
북클럽문학동네 http://bookclubmunhak.com

ISBN 979-11-416-0016-7 04840
       978-89-546-0901-2 (세트)

www.munhak.com

● 문학동네 세계문학전집은 계속 출간됩니다